L'effet Larsen

Du même auteur
aux Éditions J'ai lu

CABINE COMMUNE
N° 9161

TWIST
N° 9315

DELPHINE
BERTHOLON

L'effet Larsen

ROMAN

J'AI LU

L'auteur a bénéficié, pour la rédaction de cet ouvrage,
du soutien du CENTRE NATIONAL DU LIVRE.

It's a strange world, isn't it ?

David LYNCH,
Blue Velvet

EFFET LARSEN

I – Sonore

Phénomène physique de rétroaction acoustique, découvert par le physicien danois Søren Larsen.
Dans les années 60, les guitaristes de rock – Jimi Hendrix en tête – utilisèrent cette anomalie sonore, jusqu'ici considérée comme nuisible, pour élargir la palette de leurs effets.

II – Visuel

Effet généré lorsqu'une caméra filme en direct l'écran sur lequel l'image filmée est diffusée. Le téléviseur affiche alors une image où l'on voit ce même téléviseur qui affiche lui-même ce même téléviseur qui affiche lui-même ce même téléviseur – images gigognes, à l'infini.
On parle également d'effet larsen lorsque deux miroirs sont placés face à face.

De ma vie, papa, j'ai oublié des tas de choses. Mais cet été-là, je m'en souviens comme si c'était hier. Je ferme les yeux et le film se déploie, en trois dimensions et en technicolor, les bruits me reviennent, les émotions, la chaleur – surtout cela, cette effroyable chaleur. Il y a eu depuis nombre de canicules ; mais à mes yeux, celle-ci reste la pire.

Aujourd'hui est bien différent. Un blizzard sibérien tamponne mes fenêtres, les flocons dans le vent dessinent des tornades. Derrière les vitres froides, j'aperçois le jardin, l'arbre saisi de gel, ses branches nues découpées sur un ciel de béton.

C'est rare dans le Sud, même en hiver. Un larsen climatique. Une anomalie.

Le feu dans la cheminée crépite en faux raccord sur l'imposant silence de la grande maison vide. Encadrée au-dessus, l'œuvre de mes dix-huit ans, cette toile saugrenue que je tiens pour magique – une magie un peu noire, mais une magie tout de même.

Cet été-là, j'ai arrêté le temps sur un demi-mensonge, j'ai créé une pause qui a duré douze ans.

J'aimais jouer à celle qui n'a rien entendu, c'est vrai, j'aimais fermer les yeux et faire la sourde oreille. Mais voilà, papa : tôt ou tard, le passé vous rattrape, grignote votre présent à petites dents avides, dresse des barbelés autour de votre avenir. Semblable à une tumeur, la vérité s'agite, la mémoire travaille et réclame son dû. Il faut que je sache. Il faut qu'enfin j'invoque, convoque, affronte les fantômes, il faut qu'un jour prochain, au printemps peut-être, j'ai la bravoure d'oser cette question-*là*, question obsédante que je ne veux pas poser.

Je sais ce que je risque. Ce que nous risquons. Mais je vais avoir trente ans, papa. J'imagine qu'il est temps de faire enfin cela… *Grandir*.

DISPARITIONS

Alors, la gosse ? Encore occupée à rater ta vie ?

Le Vieux a dit cela et poursuivi sa route. On ne savait pas très bien qui du chien ou du maître tirait l'autre tellement ils se ressemblaient, bavant tous les deux, des poils dans les oreilles, gris sombre, le même bandana rouge en guise de collier et la patte folle, pareille. Ce vieux, je le détestais. Je l'avais en horreur. Si j'avais pu, osé, j'y aurais collé des fléchettes, à ce vieux. *Un jour, oui, tiens !* je me disais. Un jour, sûr, je n'en pourrais plus de l'entendre, sa foutue blague, « encore occupée à rater ta vie, la gosse ? », je n'en pourrais plus et je fabriquerais un lance-pierres, une fronde, un truc de môme sauf que ça ferait mal, ça ferait du dégât sur ce visage de pomme pourrie, sur cette bouche trop grosse qui, chaque fois, m'obligeait à penser « Saucisses », et cette écume aux lèvres, blanche, qui faisait des petits cristaux aux coins de sa bouche comme celle d'une bête atteinte par la rage.

Je l'ai suivi du regard, longtemps, jusqu'à ce qu'il disparaisse à l'angle de la rue, d'abord lui, puis la main calleuse, la laisse noire, et enfin le chien qui, de là, semblait un morceau de vieille moquette beigeasse découpé à même le sol d'un hôtel abandonné. En haut, ma mère m'appelait par la fenêtre, mais j'ai fait semblant de n'avoir pas entendu. Marre, aussi. Marre de la souffrance des autres, de la vieillesse des autres.

Marre.

Assise en bas de l'immeuble, j'étais donc occupée à rater ma vie. En l'espèce, j'hésitais entre rose/*Lisboa*, violet/*Glasgow*, bordeaux/*Las Vegas* et rouge/*Madrid*, tous les petits flacons de vernis répandus sur les graviers de la cour comme autant de tours du monde, aussi toc que les paysages dans les boules à neige mais qu'importe, c'était joli, ça faisait rêver, et on ne rêvait pas souvent dans ma rue. Dans ma rue, il y avait juste du bruit. Des sirènes, des voitures, des sirènes, des voitures, des sirènes, des voitures. Tout le temps.

Et puis *Macao*, là, sur un bout d'herbe sèche.

Le contraste était saisissant, le vermillon cassé de rose sur le jaune brûlé presque fluorescent. Alors, je me décidai : mes ongles iraient en Asie, ils se laqueraient d'un climat subtropical humide, mes mains deviendraient jonques, paumes ouvertes sur l'estuaire de la rivière des Perles ; et je me mis au travail, en commençant par l'auriculaire gauche selon mon habitude, encore aujourd'hui. À l'époque, je choisissais la couleur sur le mode du coup de tête, je voulais qu'une sorte d'instinct me pousse vers telle ou telle teinte, une spontanéité. Je pensais aux héros des films romantiques, ces gens dans des aéroports qui décident à pile ou face de leur destination, ces filles en robes de bal qui entrent en larmes dans des taxis et disent simplement « roulez », ces couples d'amoureux qui prennent le premier train sans savoir où il va – qu'importe le wagon, pourvu qu'on ait l'ivresse.

— Nola !

— Je sèche, m'man !

— Quoi ?

— MES ONGLES ! Je sèche !

Je ne l'entendis pas râler, j'étais beaucoup trop loin et sa voix portait peu, mais je savais bien qu'elle râlait. Quelque chose comme « Cette gamine aura ma peau », ou « Mais qu'est-ce que j'ai fait au bon Dieu », ou peut-être « Où sont mes pilules, Seigneur, où sont mes pilules ». Non que ma mère crût en l'au-delà, franchement pas, encore moins qu'avant, mais c'était sa manière à elle de jurer. Elle avait dû en prendre l'habitude quand j'étais petite, à l'époque où je commençais à parler, quand il fallait remplacer tous les « putain » et autres « merde » du quotidien par des « zut », des « flûte », des « saperlipopette ». Je pensai à la boîte à Biiiip qu'avait inventée mon père, inspirée des cagnottes qu'il utilisait pour les pourboires au salon de coiffure – une tirelire en forme de transistor dans laquelle on devait glisser une pièce chaque fois qu'on disait un gros mot. Ma mère ne tombait jamais dans le panneau, sa technique Seigneur était imparable ; mais papa se laissait souvent prendre au piège, en particulier à cause de « chier » et ses dérivés, dont il usait copieusement. Son propre dispositif lui coûta une fortune, aussi convertissions-nous l'argent des Biiiip en séances de ciné quand j'avais une bonne note.

Alors, en son honneur, j'ai chuchoté :

— Va chier.

J'avais envie de pleurer, ça ruisselait à l'intérieur de moi, en silence, comme une averse sur une vitrine. L'insulte n'était destinée à personne, c'était un « va chier » à la grande catastrophe, une oraison funèbre, un galet envoyé à la face du Hasard. Ce que je pensais, au fond ? *Dieu qu'il me manque.*

– Papa, si tu savais à quel point tu me manques.

J'ai murmuré cela, soufflé sur mes doigts, et je suis rentrée dans l'immeuble.

Il y avait des travaux, la réfection des caves, un problème d'humidité. Toute la journée des coups de boutoir, *bang, bang, bang,* même pas réguliers comme ceux d'une machine auxquels, à force, on aurait pu s'habituer, non, des bruits sourds, désordonnés, portés par des mains humaines.

— C'est insupportable. C'est insupportable, Moineau, c'est insupportable...

La voix sortait, étouffée, d'un amas de couvertures et de draps emmêlés sur le lit. On aurait dit une momie, ou un cocon tissé par un ver à soie gigantesque. Entre deux doigts vernis Macao, j'ai essayé d'écarter les pans d'étoffe, mais ma mère s'était si bien enroulée qu'il aurait fallu une grue pour l'extraire de sa chrysalide.

— M'man, s'te plaît, sors de là.

Il n'y avait plus qu'un souffle, maintenant. Un râle. C'était un août caniculaire, 1998, 37° au thermomètre ; et l'autre, là, sous des draps d'hiver, des plaids, de la laine vierge et de l'angora, elle allait en crever !

J'ai refait une tentative pour la libérer, tiré plus fort sur les bouts de tissu. Une des couches a fini par céder et je me suis retrouvée fesses contre terre. Mon crâne est parti en arrière, tel un punching-ball après un uppercut, a cogné le mur du fond. J'ai juré, je me souviens, un des jurons de mon père, et je me suis frotté la tête. Après, j'ai regardé ma main.

L'ongle de mon pouce – la couleur, déchirée.

La gestion d'une mère dépressive et la manucure sont deux missions incompatibles.

Je suis restée assise par terre, dos au papier peint à micro-marguerites. La pièce baignait dans une semi-obscurité ; elle avait fermé les volets, sans doute pour amortir le ramdam extérieur. Son cocon râlait toujours sur le lit, dont le cadre était composé d'un enchevêtrement compliqué de tubes métalliques, comme une cage de cirque. Le soleil entrait par les stries des stores et, en percutant l'étrange architecture, dessinait des éclats brillants partout dans la pièce. J'avais dû imaginer des diamants, des pierres précieuses, de jolies choses, pour changer.

— Maman, il va être midi. À midi, ils arrêtent.

Le gros cocon se déforma, la forme d'un bras apparut sous la surface. Le lit semblait une sorte de matrice, un ventre tendu qui aurait hébergé un fœtus géant ; j'ai pensé à cela et détourné les yeux. Concentrée sur le cadran du radio réveil, j'ai regardé tourner les minutes, lumineuses et rouges comme des phares. Ce temps, ce temps ridicule et infime et dérisoire avait pourtant réussi à renverser notre vie, aussi facilement qu'une quille de bois sur une piste de bowling. Une poignée de secondes – et tout ce que vous connaissiez, tout ce que vous aviez toujours connu, n'était plus que ruines.

À douze heures et quatre minutes, le bruit des travaux cessa enfin ; une créature échevelée émergea des ténèbres. Dressée sur son séant, raide et luisante, elle avait l'air d'une poupée de faïence en haut d'une étagère. Puis la fixité se rompit, elle se tourna vers moi avec une mine de reproche.

— Qu'est-ce que tu faisais, Moineau ? Où tu étais ?

— Je te l'ai dit. Rien. J'étais dehors. Je me faisais les ongles. Je profitais du soleil.

Elle secoua la tête et se leva. Elle lissa sa robe du plat de la main, une robe en lin mauve froissée par la chrysalide, puis elle entreprit de remonter les stores.

— Quand même ! dit-elle. Je vais me plaindre.

— Je sais, mais c'est l'affaire de quelques jours. T'as pas envie que l'immeuble s'effondre, si ? Je t'achèterai des boules Quiès, ça ira mieux.

Ma mère s'était retournée et, dans la lumière crue, elle avait l'air plus jeune que ses cinquante-deux ans. De la sueur perlait sur sa peau nue, on aurait pu croire qu'elle venait de faire l'amour. Ses cheveux blonds semblaient blancs, presque translucides, et autour d'elle dansait la poussière. J'avais pensé « morte-vivante » mais tout de même, là, devant cette fenêtre ouverte sur l'été, quelque chose rappelait encore la personne qu'elle avait été, *avant*.

— Pardonne-moi, murmura-t-elle.

— De quoi ?

— De t'obliger à vivre ici. Dans ce... ce taudis.

Je haussai les épaules.

— M'man, t'exagères. T'es au courant qu'il y a des gens qui habitent dans leur voiture ?

— Il paraît. C'est triste.

Elle avait les yeux qui regardaient en arrière. Je veux dire, elle regardait dans ma direction, mais elle ne me voyait pas. Son regard tout entier était construit de passé.

— Yep. C'est triste.

Nous avions souri, mais dans ces sourires-là, papa, il n'y avait rien, rien d'autre que ton absence.

Avant de parler de moi, de ma mère, de mon père ou de n'importe quoi d'autre, sans doute faudrait-il parler de l'immeuble. Nous avions emménagé six semaines plus tôt, fin juin, juste après les épreuves du bac – bac passé en deuil et en état second.

C'était une vieille maison XIXe mal entretenue, cinq étages superposés entre lesquels courait un dédale de couloirs sombres aux trajectoires insolites, troués d'anfractuosités et de recoins obscurs dont on craignait toujours de voir surgir quelque créature. Le ventre du bâtiment était percé d'une courette intérieure noire, profonde comme un puits : des bennes en plastique y étaient entreposées, dans lesquelles s'enfonçait le conduit du vide-ordures. Ma chambre donnait sur cette courette par une fenêtre borgne qui n'offrait pas la moindre lumière et d'où montait par rafales une pestilence atomique. Vue féerique, en somme.

Devant, sur la rue, il y avait l'autre cour, plus lumineuse et pavée de graviers bruns, avec quelques pans de pelouse rase que le soleil implacable de cet été-là calcinerait jusqu'à l'os. Les marches en bois de l'escalier principal étaient glissantes, rendues convexes en leur milieu par les milliers de pieds qui les avaient gravies. Elles étaient de hauteurs différentes, étroites et inclinées dans le colimaçon, ce qui rendait leur ascension pénible. Un autre escalier, ajouté plus tard, servait de raccourci vers les caves. Je me figurais qu'il grouillait de rats à cause des grains de mort roses qui jonchaient les marches mais, par chance, je n'avais jamais à y passer.

La première fois que je vis cet immeuble, je m'imaginai la tête de l'architecte : énorme, boursouflée, un crâne bizarroïde plein de bosses et de trous, la peau talée comme un fruit blet. Il avait dû créer le bâtiment à son image, pour qu'il soit si affreux ! Sur chaque palier, deux ou trois appartements se répartissaient de façon anarchique selon les étages. Le propriétaire de l'époque avait fait des travaux après le bombardement allemand de juin 44 et en avait visiblement profité pour optimiser l'espace. De fait, les logements étaient tout biscornus, les cloisons montées n'importe où et n'importe comment : l'immeuble ressemblait à une ruche conçue par une Reine cinglée, pleine d'alvéoles dissymétriques, là rondes, là carrées, là octogonales, dans lesquelles les habitants bourdonnaient et s'agitaient sans but.

Le nid dont nous héritâmes se trouvait au dernier étage et, pour couronner le tout, on le louait meublé, dans un goût « *eighties* fauchées », à base d'agglo farci de formaldéhyde, de carrelage éteint et de meubles défraîchis. Mais voilà : le loyer était modéré et nous avions été pistonnées par un ami de mon père pour nous y installer au plus vite et sans trop de garanties. Il comportait un vestibule, ouvert sur un couloir étranglé distribuant le salon et le coin-cuisine, aménagé à l'américaine, avec un comptoir transversal. Le salon était doté de deux fenêtres et d'un renfoncement en alcôve qui évoquait une habitation troglodyte. À gauche, une dalle de pierre, l'élégance d'une verrue sur le vieux parquet sombre, attestait de la présence révolue d'une cheminée. De l'autre côté se tordait un corridor coudé, avec la chambre de ma mère, face à la salle de bains. Et, tout au bout, après une sorte de niche qui servait de cagibi, il y avait ma chambre, vaguement triangulaire, comme une part de tarte à la pointe entamée. L'ensemble devait mesurer soixante mètres carrés. C'était plutôt grand mais tout faisait rétréci, à cause des plafonds bas, des tapisseries vieillottes, des décrochages saugrenus de-ci, de-là des murs, qui coupaient les angles et dessinaient des ombres aux allures inquiétantes.

D'emblée, je détestai cet appartement. Ma mère également même si, selon son habitude, elle n'en avait rien dit. Aux confins du XVIIIe arrondissement, près du périphérique, le quartier était pourri, triste et mal famé. L'air alentour paraissait perpétuellement poussiéreux et la proximité de l'hôpital Bichat saturait jour et nuit l'espace de sirènes. Mais les alvéoles étaient toutes occupées, par de vieilles personnes ou des gens modestes qui semblaient demander pardon d'exister ; on aurait cru la bâtisse peuplée de fantômes, d'âmes perdues sillonnant en silence les ramifications des corridors noirs. Tout était aux normes, disons, ce n'était pas insalubre, il y avait l'eau courante, le gaz et l'électricité, rien qui fît hurler au marchand de sommeil ; mais cet immeuble avait quelque chose de monstrueux.

Le jour de l'emménagement, comme toutes les mamies, la voisine d'en face avait ouvert sa porte, à l'affût d'un imprévu sur son palier. Nous lui avions dit bonjour. Elle avait répondu avec un drôle d'accent et une voix plus-éraillée-tu-meurs, mais elle n'avait pas refermé sa porte. Toute la matinée, la vieille dame nous avait observées monter nos cartons, un petit cigare noir en travers de la bouche, encerclée de fumée tel un leader Apache. Elle semblait droit sortie d'un dessin de Reiser : elle avait le nez rond, la silhouette charnue et des nichons pareils à une réclame pour l'attraction terrestre. Sa grosse figure lunaire, étrangement peu ridée, était encadrée d'un carré marron à la Louise Brooks, avec une frange courte ; une perruque, sans doute. Elle portait une robe improbable imprimée de muffins – de muffins ! – et serrée à la taille par une corde d'alpiniste en nylon vert fluo. À ses pieds, des tongs en plastique, vertes aussi, style Granny Smith.

Nous montions donc nos affaires et, bien que l'humeur ne fût pas à la fête, ma mère et moi échangions des regards humides, entre rire et frayeur. Pendant tout ce temps, plus d'une heure, la grand-mère resta là, sans piper mot, immobile sur son paillasson en forme de tigre. Une fois nos corvées finies, elle vint se présenter. Elle traversa le couloir d'un pas glissant, presque aérien, et nous serra vigoureusement la main.

— Je suis Harriet. Bienvenue chez nous !

Elle parlait très fort, un vrai chef de chantier ; je reconnus un accent anglo-saxon. De près, on voyait à son menton une barbiche blanchâtre, semblable à du crin.

— Mira, répondit maman, Mira Verdier. Et ça, c'est ma fille, Nola.

— AH, AH ! Vous aimez le A, dans la famille !

— Je suis d'origine russe, précisa ma mère comme pour s'excuser.

— Oh, *that's okay !* Positivement charmant ! Mira, Nola, Matriochka… Merveilleux !

Je n'arrivais pas à détacher mon regard de sa barbichette, alors pour être polie, j'avais demandé :

— Vous habitez ici depuis longtemps ?

— Quarante-cinq ans, Mistinguett.

— Eh bien... ! chuchota ma mère, dans un souffle surpris mêlé de consternation.

— N'est-ce pas ?!

La mamie nous fixa droit dans les yeux, tour à tour, comme si elle cherchait à nous hypnotiser. Un long silence embrasa tout l'étage mais, finalement, elle déclara :

— Croyez-moi, pitites dames... Vous serez incroyablement heureux, ici !

Sur ce, elle nous serra de nouveau la main puis regagna ses pénates, escortée par les ronds de fumée qui retombaient autour d'elle comme des cerceaux. Elle disparut derrière la porte d'en face, sur laquelle on pouvait lire « Mc Bean & Dumas ». J'avais eu l'impression qu'elle venait de nous jeter un sort, et Dieu sait que nous n'avions pas besoin de ça. Je l'ignorais encore mais ta mort, papa, n'était qu'un commencement, le premier domino d'une réaction en chaîne.

Mes doigts tripotaient le percolateur et, toujours, il y avait cet ongle de pouce écaillé qui me rappelait ce qui nous était arrivé. J'étais fatiguée, mes mains tremblaient. Derrière moi se tenait celui qu'on surnommait le Caribéen, assis sur l'un des hauts tabourets en bois qui faisaient face au zinc. Il rigolait, il rigolait tout le temps dans son éternel jogging aux couleurs de l'Afrique, que j'apercevais par intermittence quand il levait la jambe. Il était blanc mais portait des dreadlocks et appelait tout le monde « mon frère », même le Vieux.

Le Vieux venait parfois prendre un ballon de rouge sur les coups de dix-neuf heures, son chien en moquette avec lui, qui gênait le passage. Il parlait d'une voix nasillarde de Monsieur Loyal, me reluquait en douce, la bave et le beaujolais mélangés au coin des lèvres, l'air d'un clown à la retraite. Souvent, je songeais qu'il aurait fallu le caser avec la mère Mc Bean, ainsi que nous l'appelions désormais maman et moi, et je me délectais d'inventer les ébats tordus de leurs corps délabrés – la mamie attache les mains du Vieux aux barreaux du lit avec la corde en nylon vert fluo, ensuite elle le bâillonne avec son bandana et *hop !* l'enjambe, le chevauche, le sommier grince, quelle énergie, on croirait une cow-girl sur un taureau mécanique *Yee-Haa !* ses gros seins en maniques lui claquent la figure *pif ! paf !* le Vieux bave de joie derrière son bâillon et la mère Mc Bean crie des insanités en version originale tandis qu'au pied du lit, le chien met en pièces le slip kangourou du pépé et les sous-vêtements de la mémé – que j'imaginais toujours imprimés de petits plats divers, minipoulets rôtis ou tartes à la myrtille. À force d'ennui, j'ajoutais soir après soir moult détails dégoûtants, ça me faisait comme une récréation. Parce que : non. Je n'avais pas dans l'idée de devenir serveuse dans un quartier dont le soleil semblait s'être retiré. Disons, ce n'était pas « le rêve de ma vie ». On ne fait pas toujours ce qu'on veut. Depuis la grande catastrophe, les choses n'avaient plus vraiment la même signification. Même la vanne du Vieux sonnait bizarre. Rater sa vie ? Ça ne voulait rien dire. Ni « rater », ni « vie ». L'expression tout entière était vide de sens et j'enrageais quand il me la balançait, cette foutue phrase, chaque fois qu'il me trouvait assise en bas de l'immeuble, simplement occupée à exister un peu. J'avais envie de lui dire : *Qu'est-ce que tu en sais, hein ? Qu'est-ce que tu en sais, toi, de ma vie, du ratage de ma vie ? Putain, mais qu'est-ce que tu en sais, vieux con ?*

Je ne disais rien, j'étais bien élevée. Je pensais à mon père et à la boîte à Biiiip, je gardais les injures à l'intérieur de moi pour ne pas payer, pas payer davantage, et je servais le Vieux quand il passait au bar, un sourire même parfois, je laissais ses yeux sur mes fesses aller et venir tels les essuie-glaces d'une bagnole mitée, j'étais en colère, une colère perpétuelle, mais pourquoi l'aurait-il prise en pleine figure, lui ? Il n'y était pour rien. Son seul crime était d'être laid, vieux et seul – le crime le mieux partagé au monde.

Cet été-là, je venais d'avoir dix-huit ans. J'aurais dû être en bikini sur une plage, à me tartiner de crème solaire en reluquant des garçons à torses pain d'épice. J'aurais dû, précisément, être en Grèce, sur une île, à Paros, avec Marie et Johanna – nous programmions ce « voyage de la majorité » depuis nos quatorze ans. J'aurais dû manger de la moussaka, boire de l'Ouzo, dormir dans une petite maison blanche avec des volets bleus. J'aurais dû expédier à mes parents une carte postale sur laquelle aurait figuré un coucher de soleil avec, au premier plan, un olivier. Sur cette carte, rédigée un peu ivre déjà à la terrasse d'un bar, face à la mer, j'aurais écrit : *Papa, Maman, il fait beau, il fait chaud, j'ai les marques du maillot et je vous aime*.

J'aurais dû.

Trois semaines plus tard, je serais rentrée dans notre pavillon de Montreuil, avec ses briques rouges luisantes, semblables à celles des immeubles londoniens. Papa m'aurait regardée des pieds à la tête comme si, juste avec ses yeux, il pouvait déterminer si un garçon m'avait touchée, si un homme m'avait pénétrée, s'il y avait des traces de femme dans sa petite fille. Il savait bien que je n'étais plus vierge – six mois avec Thibault squattant son sofa, le grand secret avait été défloré – mais tout de même, il faisait semblant que… Il *aurait fait* semblant que. Et maman aurait demandé si je n'avais pas brûlé, cette terreur permanente que je brûle, comme une sorcière, alors j'aurais exhibé mon bronzage parfait, sage, sûr, maîtrisé, avec un air de défi, pour la vexer, mais ça n'aurait pas marché. Avec empressement, rassurée, elle aurait mis la table au salon, les petits plats dans les grands, ouvert du champagne, « C'est fête, tu es revenue ! », à la cuisine aurait mijoté un filet mignon avec des pommes de terre, mon plat préféré, pas de saison mais qu'importe, ils auraient posé des tas de questions auxquelles je n'aurais pas eu envie de répondre, fatiguée, trop fait la fête, pas assez dormi, trop bu, au bout d'une heure ils auraient commencé à m'exaspérer, imparable, dans ma tête je me serais dit « Putain, faut que je déménage », mais j'aurais souri pour faire plaisir, mangé le filet mignon, il aurait été bon, fondant, juste caramélisé, papa m'aurait servi du vin à croire qu'en me saoulant, j'allais devenir loquace, raconter mes vacances, des détails, des détails enfilés comme des fleurs en collier à leur pendre au cou en guise de retrouvailles, et puis j'aurais bâillé, ostensiblement bâillé, j'aurais rejoint ma chambre sous les combles, ma maison de poupée, retrouvé mon lit, la couette impression cachemire, les murs blanchis à l'éponge qui, au fond, ne m'auraient guère dépaysée, et je me serais endormie là, en sécurité, une main entre les cuisses encore chaudes de soleil, rêvant un peu honteuse à ce flirt estival – ses lèvres délicieuses et puis son sexe dur.

Cet été-là, j'aurais dû être comme toutes les autres : une jeune fille ingrate, inconséquente et merveilleuse.

La vie étant ce qu'elle était, je servais des cafés. Des bières. Du vin. Beaucoup de vin. Les heures passaient et *L'Évasion* se faisait tanière, aquarium, cour des miracles. On pouvait encore fumer à l'époque et dans l'épais brouillard évoluaient des êtres préhistoriques aux pattes terminées de chopes, des capitaines Crochet aux mains de verres à pied. Ils sortaient parfois sur le trottoir, prendre le frais de la nuit après la canicule du jour, déshydratés par l'alcool, et je les regardais à travers la verrière. Tag, lui, le patron, les surveillait ; mais moi, je me contentais de les regarder. Regroupés derrière la vitre, l'haleine chargée, presque palpable d'ici, ils me faisaient l'effet d'un seul et même animal, énorme et monstrueux, une bête pluricéphale dont les innombrables sabots battaient le pavé sous la lumière blafarde des réverbères. Cette vision ne me déplaisait pas, il y avait là quelque chose de raccord avec mon état, mon horreur, je crois que ce travail me faisait tenir debout – moi, le petit Moineau comme m'appelait mon père, le minuscule oiseau parmi les charognards. Postée sur un fil électrique, d'en haut, je passais les verres à la rinceuse, à la chaîne, dans des gestes mécaniques. Les clients me laissaient tranquille car je devais avoir l'air d'un automate derrière ce comptoir, un automate qui ne répondait ni aux provocations ni aux tentatives de séduction vaseuses. Il y en avait même un qui m'appelait le Robot, un grand type aux allures de sauterelle qui œuvrait dans le bâtiment et portait 24/24 un maillot des Bleus – depuis le 12 juillet, nous étions « champions du monde ».

Vers une heure du matin, Tag et moi rentrions la modeste terrasse, fermions les portes, empilions les chaises, coupions la musique. Le monstre râlait, tempêtait, puis ses organes se disloquaient peu à peu en groupes autonomes au son du rideau de fer et, après une dizaine de minutes, il ne restait plus rien de la bête écartelée que des odeurs de cendres et de malt mélangées. De temps en temps, une fois que tout le monde était parti, que tout avait été lavé, rangé, vidé, Tag me proposait un verre. Nous buvions en silence dans le bar éteint, avec juste la veilleuse de sécurité et une bougie à la figue qu'il allumait toujours, coquetterie surprenante pour un ours pareil. J'aimais ce moment-là, on aurait dit un atterrissage. Tag avait dans les cinquante ans, en réalité il s'appelait Gaston, c'était à peu près tout ce que je savais de lui. Je ne demandais rien car je ne voulais pas non plus qu'il me pose de questions – et puis dans un sens, il me rappelait toi, papa. Nous étions taciturnes ; c'était facile de rester ainsi sans rien dire, à boire une bière bien fraîche dans la nuit jusqu'à ce qu'enfin, le chaos de la soirée s'apaise et que nous puissions rentrer dormir.

Souvent, je traînais encore un peu en chemin. J'errais aux abords du périphérique, c'était plein de punks à chiens et de junkies que la chaleur rendait agressifs, mais je n'avais pas peur. Je faisais même exprès d'emprunter les rues les moins sûres, comme un bras d'honneur au destin. J'étais trouillarde, avant. Je ne l'étais plus, à croire que rien ne pouvait arriver de pire que ce qui s'était déjà produit – et de toute façon, je me sentais invisible. En réalité, je retardais mon retour à la maison, de crainte que ma mère n'eût encore fait une crise. Heureusement, elle dormait la plupart du temps, assommée de pilules aux noms pleins de X, de Y et de Z.

Mais ce soir-là, elle était réveillée.

PREMIERS SIGNES

Sous le cri aigu d'une sirène d'ambulance, je poussai la porte cochère. La vitre en verre jaune, protégée par un grillage métallique, présentait un impact en étoile, comme si une balle y avait ricoché ; vraisemblablement, c'était plutôt un caillou, mais cet été-là, j'imaginais une balle. De jour, cette vitre distillait dans le hall étroit une lumière orangée, intense, presque anormale. Le grillage évoquait des nids d'abeilles et on s'attendait toujours à voir une grappe d'insectes s'y agglutiner. Mais de bêtes à miel, je n'en vis jamais. Juste des mouches qui, à cette heure avancée de la nuit, agonisaient en grésillant dans la bulle du plafonnier.

Je montai les marches, péniblement.

Cinquième gauche.

J'enfonçai ma clé dans la serrure.

La température dans l'appartement frisait l'intolérable. Les fenêtres étaient closes, les stores baissés. Seule la pleine lune s'infiltrait entre les lattes, nimbant l'alvéole d'une lueur bleutée, métallique. Je l'ai vue tout de suite, ma mère, assise à la table de cuisine devant un mug de thé qui semblait avoir cessé de fumer depuis près d'un demi-siècle. J'ai posé mon sac sur le meuble du hall, je me suis avancée. Je me souviens avoir marché comme lorsqu'on approche une marmotte en montagne, sur la pointe des pieds et le souffle contenu. Ma mère ne pouvait pas s'enfuir, son terrier était là, dans cet affreux meublé ; pourtant, j'avais l'impression qu'au moindre mouvement brusque, elle partirait en fumée, *pfffuit,* sur la chaise en formica vert. Sa peau était devenue si fine qu'on aurait pu la croire fabriquée en celluloïd.

— Maman, tu dors pas ?

Elle me lança un regard atterré.

— Mais enfin Nola, tu n'entends donc pas ?

Immobile, j'écoutai le silence de la nuit. Il était trois heures du matin, l'immeuble était calme, ni musique ni travaux, pas même une voix sur le palier, non, tout le monde dormait – tout le monde, sauf elle. Je m'approchai davantage : ses yeux clairs étaient enfoncés, entourés d'un halo noir, comme deux grottes jumelles.

— Maman... De quoi tu parles ?

— Les voitures, dit-elle en montrant les fenêtres, ces voitures auront ma peau, je n'en peux plus, je ne supporte plus...

La rumeur de la rue était lointaine, assourdie, tout juste perceptible.

— Maman, t'abuses, on entend à peine. Pourquoi tu n'as pas mis tes boules Quiès ?

Elle releva brusquement la tête. Elle eut un hochement, non, plutôt un soubresaut, un mouvement d'animal, et sa nuque craqua dans un bruit de branche cassée. Elle porta les mains à ses oreilles, ses deux mains ensemble et, de ce geste d'une effroyable symétrie, elle retira les tampons de mousse jaune.

À ce moment-là, très précisément à ce moment-là, papa, je t'en voulus d'être mort. Jusqu'ici, j'en voulais à la terre entière ; mais pas à toi.

Elle a remis ses boules Quiès, avalé un autre somnifère avec un verre d'eau. Nous sommes allées dans sa chambre, elle s'est allongée dans la prison du lit. Je l'ai veillée, lui ai tenu la main ; sa main était froide et rugueuse comme une serre de rapace. Au bout d'une quinzaine de minutes, elle a fini par s'endormir en me tournant le dos. Je suis restée quelques instants, pour être sûre de pouvoir la laisser, lâcher sa main, quitter la pièce. Je me rappelle avoir longuement regardé son oreille. La gauche, celle qui n'était pas sur l'oreiller. J'ai regardé cette spirale de chair, ce colimaçon rose, et il m'a alors semblé n'avoir jamais vu d'oreille de ma vie. Son lobe était troué, mais ne portait plus de boucle.

J'ai pensé à mon enfance, à mes poupées Barbie.

Gamine, je perdais systématiquement les petits clous strassés et je passais des heures à quatre pattes pour tenter de les retrouver. Je ne supportais pas ce creux dans le vinyle, cela me faisait peur, réellement, une angoisse terrible. Quand enfin, les genoux rougis par les fouilles, je mettais la main dessus, je me précipitais pour replanter la boucle : une fois le trou comblé, je me sentais mieux. La peur du vide, sans doute... D'ailleurs, à cette époque, mes lobes étaient intacts.

Cette nuit-là, j'aurais aimé faire la même chose, fouiller la boîte à bijoux et reboucher les trous aux lobes de maman, mais j'avais bien trop peur de la réveiller. Endormie, papa, elle ne pensait pas à toi. Rêvait de toi, peut-être, mais ne pleurait plus. Ne souffrait plus. N'angoissait plus. L'angoisse, me disais-je, n'est rien d'autre qu'une nouvelle phase du deuil, un pas de plus vers la guérison. Avec le temps, sûr, les angoisses s'estomperaient – celles de maman, comme les miennes. Du temps au temps, voilà tout. Le mal en patience. J'étais optimiste.

Pour ma part, je n'arrivais pas à trouver le sommeil. Des heures, j'avais fixé les motifs du papier peint de ma chambre, des œillets minuscules dans de petits losanges verts reliés entre eux par un inextricable réseau de tiges et de branches. Par endroits, il y avait des traces d'humidité et ces traces me donnaient l'impression, moi, d'être sale, sûrement parce que je savais que de l'autre côté du mur se tordait le boyau du vide-ordures, boa poubellivore. Et surtout, j'étouffais. En juillet, j'avais acheté un ventilateur, mais depuis que la tolérance au bruit de ma mère s'était à ce point détériorée, je n'osais plus m'en servir. Je le regardais avec nostalgie, éteint dans un coin de la pièce, blanc comme une banquise.

Je me suis levée. Le lit a grincé, une longue plainte stridente qui m'a figée sur place. J'ai attendu un signe, un râle, un grognement : rien. J'ai avancé sur la pointe des pieds jusqu'à la fenêtre, espérant un peu d'air monté de la courette ; mais il n'y avait pas le moindre souffle, juste une odeur atroce, la pourriture des ordures accélérée par la température. En désespoir de cause, j'ai entrebâillé la porte dans des gestes chirurgicaux et quitté ma chambre part-de-tarte-entamée. Je me suis faufilée à la cuisine, j'ai ouvert le frigo et enfoncé la tête dans le compartiment à glace.

Enfin !

Enfin j'ai repris mon souffle, comme après une apnée. Je suis restée ainsi un moment, à observer la fumée qui sortait de mes lèvres. La situation était ridicule, moi pliée en deux dans cette cuisine, les fesses à l'air et la tête coincée dans un appareil électroménager. Je ne me sentais pas fière, comme s'il y avait eu une présence, un témoin dans la pièce. Soudain mal à l'aise, j'ai tourné la tête pour poser ma joue contre la pellicule de givre. Et là, j'ai remarqué le morceau de carton. Sous la fenêtre, ma mère avait obstrué l'aération. En lieu et place de la bouche grillagée, il y avait le sourire triomphant du tigre des céréales *Frosties*, entouré de punaises pour le maintenir au mur.

Je croyais que rien ne pouvait arriver de pire que ce qui s'était déjà produit. Mais un instant, l'espace d'un instant, la tête dans le freezer, je sentis que, peut-être, je m'étais trompée.

J'ai effectué un rapide tour d'alvéole. Sous chacune des fenêtres, les aérations étaient bouchées de la même manière, ici par une boîte de biscottes, là par une couverture de magazine féminin. Un peu affolée, je me demandai quelle serait la prochaine étape. Allait-elle tout barricader au papier d'aluminium, comme ces schizophrènes paranoïaques qui croient que la CIA leur pirate le cerveau ? Mira craignait plutôt l'intrusion de quelque sniper, mais le résultat était le même.

J'ai emporté avec moi l'un des bacs à glaçons, je me suis recouchée en prenant garde, cette fois, de ne pas trop brusquer l'antique sommier, j'ai posé le bac sur mon ventre en guise d'anti-bouillotte et je me suis endormie. Je fus réveillée quelques heures plus tard, beaucoup trop tôt, par un sac qui dévalait comme un corps le conduit du vide-ordures. J'ai pensé au mot « deuil » qui, comme tant d'autres mots, n'avait plus de sens – un mot contreplaqué, incapable d'exprimer la souffrance qu'il désigne.

Aujourd'hui, je pense à ceux qui disent « partir » à la place de « mourir ».

Papa, si seulement tu avais pu te contenter de *partir*.

Je l'ai dit : à l'époque, je n'avais plus peur. En fait, je ne ressentais plus rien – le chaud et le froid, c'était à peu près tout. Ma mère s'abrutissait de cachets, réduite en esclavage pour s'abolir les sens mais moi, je n'avais pas besoin de recours chimique : j'*étais* abolie. Cette jeune fille blonde, petite et blonde, fine et athlétique, cette jeune fille des banlieues chic avec son pavillon de briques rouges, sa cabane haut perchée, ses deux-parents-même-pas-divorcés, ses cours de peinture, son argent de poche, ses grands projets, cette jeune fille dépucelée par un camarade de classe suite à un abus de vodka, mais joliment, tendrement, cette jeune fille promise à un brillant avenir, un peu excentrique mais tout de même, sage et studieuse – de cette jeune fille-là, celle que j'étais, celle que j'aurais dû devenir, il ne restait plus rien. Ma mère continuait parfois de m'appeler Moineau mais l'oisillon semblait passé sous un bus, amas d'osselets et de plumes raides, écrabouillé. Je ne suis pas certaine qu'elle s'en rendit compte, ma mère, tout entière concentrée à tenter de survivre, à coups de médicaments, de larmes et de momification ; mais cet été-là, je l'avais enviée. Envié sa douleur presque comique de veuve sicilienne, son superlatif malheur, ses étranges symptômes. Envié sa réclusion, cette espèce d'hors-la-vie auquel je n'avais pas droit, puisqu'il fallait bien que quelqu'un reste debout. En un sens, elle ne m'avait pas même laissé le temps d'être malheureuse. La perte de mon père m'avait volé l'enfance ; Mira me volait jusqu'à mon chagrin.

Alors, ce que j'étais, moi ? Haine. Colère. Magma en fusion. Oh ! Évidemment, cela ne se voyait pas. J'étais toujours petite et blonde, plus maigre que fine, plus osseuse qu'athlétique, mais disons, j'étais gentille et bien coiffée, polie et policée, je ne pleurais pas, je ne hurlais pas, je ne me bourrais pas de somnifères à quatre heures de l'après-midi, je supportais le bruit de la ville – je croyais le supporter –, je ne m'enroulais pas dans des draps housse comme un putain de saucisson.

Non.

La haine était sourde, sourde et souterraine, tapie dans les entrailles telle une nappe phréatique. D'ailleurs, je censurais le mot : ma conscience, obstinément, se refusait à *haïr*. Je ne voulais surtout pas être comme lui – lui, le Monstre, le tenu responsable de la grande catastrophe.

Mais aujourd'hui, voilà : je peux affirmer qu'il s'agissait de cela.

Le lendemain matin, j'incitai Mira à aller chez le docteur ; elle ne voulut même pas en entendre parler. Sur les nerfs, je secouai devant elle le tigre déchiré des céréales *Frosties* :

— Maman, tu as bouché toutes les aérations !

— C'est le stress. Depuis… Depuis ça, trop de stress, Moineau, tu sais bien, hein ? Tu sais bien.

— Justement, je sais bien... Y'a pas de mal à se faire aider. On a besoin de se faire aider. Tu ne peux pas continuer à transformer cet appart' en bunker !

— On m'aide. Les cachets, ça m'aide. C'est seulement qu'il y a trop de bruit, ici. À Montreuil, on n'avait pas tout ce bruit, tu te souviens ? On entendait les oiseaux.

À l'évocation des oiseaux, son regard s'est vidé. En une fraction de seconde, elle n'était plus là. J'ai bien essayé de la raisonner mais on aurait dit qu'elle était devenue sourde.

— Maman ? MAMAN !

Agacée, j'ai pris nos bols sur la table, laissant deux cercles bruns sur la toile cirée. Je les ai rincés à grande eau, en faisant le plus de bruit possible, *bing-ting/bing-ting/bing-ting*, la faïence contre l'évier.

— Arrête !

Je me suis retournée. Elle avait les avant-bras pressés contre les oreilles, ses coudes comme deux cornes de part et d'autre du front. J'ai coupé le robinet.

— M'man, s'te plaît. Allons voir le docteur.

Elle a écarté les bras, puis les a croisés sur son ventre avec la vigueur d'une camisole de force. On aurait dit une gamine. Une sale gamine. Elle qui, durant dix-huit ans, avait été la Mère des Mères, étouffante d'amour, un amour dont elle vous gavait comme on gave les oies, perpétuellement inquiète, perpétuellement aux petits soins, insupportablement parfaite, à croire qu'elle était en lice pour recevoir un prix, eh bien celle-là, celle qui jadis avait été « maman » n'était plus qu'une gamine qui boudait, enfermée avec des boules Quiès dans un trois pièces meublé.

La vie, c'est vraiment n'importe quoi.

Il faisait trop chaud dans cette fichue cuisine, un four, une étuve : ça me tapait sur le système. Il fallait que je sorte, vite, au plus vite, même si je culpabilisais de la laisser dans cet état. Tant d'années, elle s'était sacrifiée au bonheur de notre famille, à la tenue du pavillon, réprimant ses désirs au profit des nôtres, à toi et moi, papa, et de quelques autres, amis, voisins, le cœur en forme de main éternellement tendue, le regard en compresse apposé sur le monde. Avec toi, elle faisait le maximum pour maintenir le mariage à son top, même après dix-huit ans de vie commune. Elle prenait soin d'elle, mais pas trop, c'eût été indécent, été comme hiver vêtue de pastel, les cheveux relevés en joli chignon flou faussement désordonné, les petits plats mitonnés, quoi qu'il arrive, et le sourire, même falsifié, toujours. De fait, ma mère était en perpétuel mouvement, comme si s'asseoir, c'était mourir. Désormais, Mira était toujours assise – alors quoi, elle était morte ?

— Maman, à moi aussi, il me manque... Mais rester cloîtrée ici ne changera rien à ce qui s'est passé. Ça s'est passé, tu comprends ?

Elle n'a pas répondu, n'a même pas levé les yeux. Une bouffée de panique m'a serré l'estomac – une crainte oppressante, lourde, noire, posée sur le sternum comme un ptérodactyle, qui me renvoyait, je ne savais pourquoi, à une obscure terreur d'enfance. Je l'ai abandonnée sur sa chaise, la peur au ventre.

Et puis, en stigmate d'autrefois, elle avait murmuré avant que je claque la porte :

— Mets de la crème.

Mais, comment dire... Le cœur n'y était plus.

Assise en bas de l'immeuble, côté cour, face à la rue, le soleil cognait ma rétine, intense, jaunâtre. Je n'avais pas mon nécessaire à manucure mais si j'avais dû choisir une destination, sûr, j'aurais choisi Oslo. Il faisait si chaud que sur l'asphalte montaient des mirages – et il n'était que dix heures. Les petits voisins, un garçon et une fille, métis, ravissants, commencèrent à jouer avec un tuyau d'arrosage. C'était à ma connaissance les deux seuls enfants de l'immeuble. La fillette poussait des cris stridents chaque fois que l'eau atteignait sa peau et je faillis me lever, doigt sur les lèvres dire *chut, chut, chut*, mais je me ravisai. Ils étaient innocents, ils n'avaient pas à payer pour le malheur qui régnait là-haut, au dernier étage de cette construction mutante. Et puis ça me plaisait, de les regarder. La cadette portait un maillot à fleurs avec des volants autour des hanches ; le garçon, l'aîné, six ans peut-être, un caleçon Superman. Avec le long serpent vert entre eux, ils évoluaient dans la cour comme sur la scène d'un opéra. Leurs cheveux mouillés leur donnaient l'allure de petits rats, des pans d'arc-en-ciel naissaient dans l'espace entre les gouttes et il y avait dans leurs mouvements, brusques et désordonnés, une sauvagerie, une liberté qui me fit mal au ventre. Pour la première fois depuis l'emménagement, j'avais le sentiment de voir quelque chose de joli. C'était même saugrenu que de si jolies choses pussent encore exister.

De temps en temps, l'inquiétude me faisait tourner la tête vers le bâtiment. Les fenêtres de notre alvéole étaient toujours closes, murées par les stores en bois brun. De là, les lattes ressemblaient à des écailles. L'immeuble évoquait une créature préhistorique endormie sur le bitume, avec sa face grisâtre, polluée par la ville, ses fenêtres multiples comme des yeux d'araignée, tous ses corridors en forme de viscères, ses appendices bizarres dispersés n'importe où. Je me demandais bien ce que ma mère pouvait faire, enfermée là-haut dans le noir. Rien, sans doute.

Bientôt, leur père rejoignit les petits dans la cour. Je l'avais pensé en vacances, peut-être au chômage. Il souleva la fillette de terre et lui fit faire l'avion, bras tendus au-dessus de la tête, très haut. Elle criait, effrayée et ravie, elle semblait glissante comme un pain de savon dans son maillot mouillé. J'avais peur qu'elle ne lui échappe, si minuscule, parte en vol plané en travers de l'été ; mais il la reposa sans dommage dans les cailloux et vint s'asseoir près de moi sur les marches.

— Quel temps, hein.

J'acquiesçai. Il sortit un Camel souple de la poche de son bermuda, tapota le fond du paquet sur son genou plié pour faire jaillir les cigarettes. D'un geste, il m'en proposa une. Je me servis, tendis les lèvres pour qu'il me l'allume.

— Pas de vacances non plus ?

— Non. Pas cette année.

Il était jeune, la trentaine, le crâne rasé, un piercing au sourcil, une boule argentée de chaque côté de l'arcade. Et sur son flanc bronzé, découvert par l'ouverture de son débardeur, il y avait le visage du Che tatoué à l'encre noire. Il vivait au deuxième, je l'avais croisé plusieurs fois dans la cage d'escalier. Il était toujours gentil, il disait bonjour d'une voix douce, presque fragile.

— Ouais, dit-il en soufflant la fumée, c'est pas marrant. Surtout pour les gamins.

De la main, il désigna ses enfants.

— J'aimerais mieux les voir faire des pâtés de sable que de s'arroser comme ça, comme des gosses de bidonville.

— Ils ont l'air content.

— L'enfance... On est toujours content, à cet âge-là. On sait rien de rien, c'est bien la seule raison.

À ce moment-là, le Vieux passa dans la rue avec son bout de moquette. Me voyant accompagnée, il ne dit rien : à l'intérieur de moi, je dessinai en secret un sourire de victoire.

— Alors, qu'est-ce que tu fais de tes journées ?

— Je bosse dans un bar. À *L'Évasion*, vous voyez ? Sur le boulevard, un peu plus bas.

— Un job d'été, hein.

Je haussai les épaules. Tout à coup, je n'avais plus envie de parler. Il le sentit et nous fumâmes en silence, à regarder les petits s'ébattre dans la cour. De toute façon, avec cette chaleur, même parler, c'était pénible. Discrètement, j'étudiai ses oreilles. Elles étaient fines, la chair bistre, mate et ferme, l'escargot superbe, hélix et anthélix en harmonie parfaite. Il avait les plus jolies oreilles que j'avais jamais vues.

La sueur me dégoulinait dans le dos, jusqu'aux fesses, perlait sous mes seins, tachait le coton gris de la robe à bretelles. Le petit garçon serrait le tuyau d'une main et, de l'autre, maintenait son pouce sur l'embout métallique pour que l'eau jaillisse en éventail sur sa sœur. La fillette courait et sautait pour l'éviter, le souffle court, grelottante. On apercevait le fin duvet de ses avant-bras se dresser sur la peau brune, comme de l'herbe au vent. J'aurais voulu les rejoindre sous le jet, crier avec eux, crier à tue-tête, moi aussi redevenir sauvage, sauvage et libre, mais je m'étais levée, à contrecœur m'étais levée, j'avais dit « à plus » au voisin, « merci pour la clope », et disparu dans l'immeuble.

Je ne pouvais pas faire autrement, il fallait bien vérifier qu'elle respirait encore. Cet été-là, il me semblait toujours qu'elle allait mourir d'une seconde à l'autre.

ANTÉCÉDENTS

Mes parents s'étaient rencontrés sur le tard, lors d'un réveillon auquel ils n'avaient eu, ni l'un ni l'autre, envie d'assister. Ce fut pourtant la soirée la plus décisive de leur existence.

Mira, ma mère, trente-deux ans, s'ennuyait ferme à un poste de secrétaire dans une société d'assurances, *un endroit infernal où nous étions parqués comme des volailles en attente d'abattoir*, disait-elle souvent. La mort dans l'âme, elle commençait à se faire à l'idée qu'elle ne trouverait jamais chaussure à son pied, ne se marierait pas et n'aurait point d'enfant. Elle avait connu peu d'hommes, qui tous l'avaient abandonnée après quelques mois pour une autre, *sans que jamais je ne comprenne ce qu'elles avaient de plus que moi*. Seulement voilà : Mira avait été formatée pour l'abandon.

La famille Pevetsova avait, comme tant d'autres, immigré en France en 1919. Mais de cette famille-là, il ne restait que des femmes : pères, fils, époux, tous avaient péri sous les armes des bolcheviks ou mystérieusement disparu après avoir rejoint l'armée blanche. Mon arrière-grand-mère, Maïa, était arrivée en France enceinte jusqu'aux dents... mais sans mari. Sa sœur cadette, Lounna, était d'une beauté à couper le souffle et trouva sans peine un emploi comme mannequin dans une maison de couture – chez Jeanne Lanvin, je crois. Mais Maïa était trop petite, moins gracieuse, et n'eut pas cette chance. Elle vécut de menus travaux pour des familles de l'aristocratie russe qui avaient fui Petrograd pendant la guerre civile. La vie d'Anya, ma grand-mère, apatride et sans père, avait donc commencé dans une chambre de bonne et le plus grand dénuement. Quelques années plus tard, en 1925, Maïa rencontra Charles à la Semaine Internationale de l'Agriculture. Le Parc des Expositions de Versailles était inauguré pour l'occasion et le Tout-Paris avait fait le déplacement. Après les circonvolutions d'usage, mon arrière-grand-mère se remaria donc et partit s'installer dans la Beauce, où Charles et ses frères faisaient tourner l'exploitation familiale. La jeune Anya termina son enfance à la campagne, puis épousa pendant la guerre un cultivateur de la région – Francis Dorson, mon grand-père – qui sortit sain et sauf du maquis pour concevoir ma mère.

Mira vint au monde en 1946.

Elle grandit dans une ferme près de Chartres, miraculeusement épargnée de la destruction. Jusqu'ici, ils avaient eu de la chance, *sûrement un peu trop*, disait-elle parfois avec amertume. Maman parlait toujours de cette époque avec nostalgie et des images d'Épinal que je jugeais plutôt cul-cul la praline – les champs à perte de vue, l'odeur du blé coupé, les œufs tout frais pondus au derrière des poules et le lait qu'elle tirait elle-même aux pis de Fanette, sa vache préférée. Mais le sceau du malheur revint les frapper : l'hiver 1959, il y eut un accident, l'incendie d'une grange (cette partie de l'histoire a toujours été un peu obscure). Mes grands-parents périrent tous les deux, ainsi que plusieurs de leurs employés. Mira avait treize ans. Orpheline, elle fut confiée à sa grand-tante Olga, fille de Lounna et mannequin elle aussi, mais reconvertie dans la couture une fois ses charmes éteints. Maman partit donc vivre à Paris, ralliant à contrecœur les traces de ses ancêtres, cette ribambelle de femmes aux hommes disparus, peuplade de veuves blondes, mutiques et laborieuses.

Mira eut beaucoup de mal à s'adapter. La grande ville lui semblait hostile, tentaculaire. Son adolescence fut jalonnée de rejets en tous genres, au lycée les autres filles l'appelaient la Bouseuse, elle ne comprenait rien aux us et coutumes de la capitale, elle était décalée. Elle grandit solitaire, taiseuse et sans confiance, ni en elle, ni dans le monde. Certes, on ne l'aidait guère ; jour après jour, sa tante lui rabâchait qu'elle était mal attifée, trop gentille, sans caractère, qu'elle n'avait rien pour faire carrière, encore moins pour ferrer un homme – Olga était bien placée pour en parler, célibataire après deux noces ratées et moult cohabitations, elle dont les frasques lui valaient dans tout l'arrondissement le charmant sobriquet de « Salope de l'Est », en référence à ses origines mais aussi à la gare près de laquelle elle vivait. Par chance, Olga était stérile et n'eut jamais d'enfant ; elle n'abîma donc que sa nièce. Ma mère, à force de l'entendre, n'avait plus aucune ambition. Elle passa un CAP de sténo-dactylo, accepta le premier emploi qu'on lui offrit et resta vivre chez sa tante, par une sorte de loyauté mal placée ou, déjà, un sens aigu du sacrifice. Pourtant, j'ai vu des photos : Mira était ravissante. Gracile, d'une élégance naturelle avec ses cheveux blonds coupés court, son visage slave, ses yeux campanule ; mais peut-être était-ce cette allure de garçonnet qui déplaisait aux hommes, comme si, finalement, « la bouseuse » avait été trop moderne pour ces *seventies* où la mode était aux nymphettes avec de longs cheveux mousseux façon Bilitis. Timide, un peu gauche, elle semblait traverser le monde en apesanteur, « comme une fumée » disait parfois mon père, sans réaliser la dimension macabre de sa métaphore, vu l'histoire familiale.

Alors ce soir-là, le 31 décembre 1978, ce fut sans grande conviction que Mira Dorson enfila une combinaison-pantalon en satin vert, un manteau écossais, posa sur sa tête un béret rouge vif, et se rendit au Réveillon donné par sa collègue du côté de la Bastille.

Parallèlement, Jacques Verdier, mon père, trente-cinq ans depuis la veille, terminait au salon une session harassante. Tout le jour, il avait taillé des franges, rasé des nuques, sculpté des pattes. Son nez, saturé par les odeurs de laque. Son crâne, hérissé de jacasseries. Ses doigts, blessés par le maniement du ciseau. Son bras le lançait comme s'il avait joué au squash quarante-huit heures durant et la dernière chose dont il eût besoin était bien d'assister à cette fichue soirée que donnait une vieille copine du côté de la Bastille. Mais à l'occasion du récent mariage de celle-ci, il lui avait promis de passer. Il rentra donc prendre une douche, malgré l'épuisement se rasa, dompta sa lourde masse de cheveux noisette à coups de brillantine, enfila son costume en velours gris rayé et démarra sa R4 vert olive.

Un vent polaire descendu de Suède frigorifiait Paris et recouvrait la ville d'une calotte de glace.

Mira serrait contre elle les pans de son manteau, Jacques dut à la raclette dégivrer son pare-brise.

Juché sur sa colonne, l'ange de la Bastille brillait derrière les vitres, l'air d'avoir dans l'idée de décrocher la lune.

La maîtresse de maison, elle, s'y entendait pour ferrer un homme : elle venait d'épouser le P-DG de la société d'assurances et n'avait pas lésiné pour en mettre plein la vue. L'appartement était immense, tout décoré de guirlandes. Un sapin d'une taille indécente trônait au milieu du living, chargé de dorures et de colifichets. Le buffet paraissait droit sorti d'une agape romaine, croulant sous les fruits frais, le champagne grand cru et les pains-surprise. Isolés chacun à un bout de la pièce, Mira et Jacques se devinaient par à-coups, séparés par la foule gesticulante des danseurs. Ils m'ont toujours raconté s'être immédiatement *reconnus*, sans pour autant oser se rejoindre. Lasse, Mira avait enfilé son manteau avant même les douze coups de minuit et, par ce geste, obligé Jacques à réagir. Il s'était enfin approché d'elle : « Moi aussi, je déteste les réveillons. Cette contrainte calendaire d'être heureux… La vie n'est-elle pas assez pleine d'obligations ? » Mira avait souri pour la première fois de la soirée : « Le bonheur, Dieu merci, n'en est pas encore une. » Et ils s'enfuirent ensemble sans saluer personne, tandis que s'égrainait derrière eux le traditionnel compte à rebours.

Sur les quais de Seine, ils restèrent prisonniers du vert de l'habitacle : une tempête de neige paralysait Paris. À ce moment précis de l'histoire, mes parents avaient pour habitude d'échanger un sourire radieux, comme deux enfants pris en faute, et maman lançait d'une voix acidulée : « Quelle chance, tout de même ! » Papa disait toujours que, sans cette tempête, il n'aurait jamais osé l'embrasser.

Trois mois plus tard, Mira emménageait chez Jacques derrière la Nation, mettant fin à sa pénible cohabitation avec la tante Olga qui, à l'approche de la soixantaine, devenait invivable : l'ex-mannequin ne supportait pas de vieillir et taquinait du goulot au-delà du raisonnable. En dépit du secours de ma mère, quelques années après ma naissance, son goût pour la vodka finit par la tuer. Dès lors, on évita soigneusement d'évoquer la popoche russe, comme si son souvenir imbibé tachait la perfection de notre petit royaume.

En mars 79, Mira abandonna son emploi de volaille et devint assistante chez *Michel Coiffure*, où travaillait aussi Paul, mon oncle, le jeune frère de papa. Elle prenait les rendez-vous, encaissait les deniers, servait le thé à la clientèle. Ces tourbillons de bigoudis, de ragots, de fers à friser, toute cette vie répandue sous les casques chauffants, c'était si différent des cages à poules qu'elle avait connues jusque-là ! Les clients l'aimaient beaucoup, on la trouvait jolie, drôle, elle prenait de l'assurance et, pour tout dire, s'épanouissait enfin, tel un bouton de rose gardé trop longtemps dans une pince-crocodile. Elle s'entendait très bien avec Paul, aussi opposés que fussent les deux frères. Ils sortaient, s'amusaient : la présence de ma mère les avait rapprochés et le trio nouvellement formé écumait bars, boîtes, restos, dansait jusqu'à l'aube. Portés par l'énergie du cadet, mes parents, largement trentenaires, semblèrent rattraper la jeunesse que leurs vingt ans avaient manquée. Puis, à la fin de l'automne, Mira tomba enceinte. Cette grossesse rendit à mes parents leur âge officiel ; le couple investit le pavillon de briques rouges, « un peu excentré mais que veux-tu : le coup de foudre ! », et convola début mars, avant que le ventre de ma mère n'eût l'air d'une provocation à l'encontre du curé.

Je vis le jour au soir du 29 juillet 1980, dans une clinique de l'Ouest parisien. Derrière les grandes fenêtres, semblables à des présages, des grêlons calibrés comme des balles de ping-pong s'abattaient sur le monde.

Que peut-on réellement connaître de la vie de ses parents ? Pour ma part, il m'en fut longtemps dressé ce tableau idyllique, émouvant parce qu'ordinaire. Je sais bien aujourd'hui la manière dont le temps fabrique les souvenirs, les enrobe de tulle et de sucre filé comme des barbapapas. Pourtant, c'est vrai, le pavillon de Montreuil avait quelque chose de merveilleux. Il semblait toujours baigné de soleil, même au cœur de l'hiver. Rien de miraculeux, plutôt le goût très sûr de maman en matière de luminaires, mais c'était exactement ce que l'on ressentait en y entrant : un été perpétuel. Mes parents l'aimaient tellement qu'ils renoncèrent à devenir propriétaires pour y rester : ils n'avaient pas les moyens de l'acquérir et de toute façon, il n'était pas à vendre. Au fil des années, c'était pourtant devenu *leur maison* et, plusieurs mois après le décès de mon père, Mira faisait toujours comme si de rien n'était, à croire qu'elle n'avait pas réalisé sa disparition, malgré le corps, les obsèques, le panneau « à vendre » sur la façade orange du salon de coiffure. Notre intérieur était entretenu avec cette exigence ascétique que j'avais toujours connue, le jardin impeccablement tondu, les plantes fragiles empaquetées pour l'hiver sous de grands voiles arachnéens. « La campagne à la ville », c'était son rêve. Quand elle jardinait, ses joues se confondaient avec le rouge des briques, ses yeux viraient au vert dans le soleil de l'aube. Le pavillon était à son image, élégant et irréprochable, prêt à être photographié chaque jour pour la postérité. Les fleurs dans les vases semblaient se tenir droites de crainte d'énerver la maîtresse de maison, les moutons de poussière se faisaient discrets telles des souris d'église. Mais voilà : il fallut déménager. Et pour Mira, Jacques est mort ce jour-là. Tout commença ce jour-là, la réclusion, les symptômes, le jour où nous posâmes le pied dans l'immeuble-mutant. Ce jour-là, je crois, ce fut l'exil de trop.

De même qu'entre les chiens et leurs maîtres, il existe un phénomène de mimétisme entre les logements et leurs habitants. Là-bas, à Montreuil, ma mère avait le teint frais et le cheveu brillant ; mais depuis que nous habitions l'alvéole, sa peau avait pris la teinte des murs du salon, un blanc cassé un peu jaune, comme un parchemin dans lequel mon père n'aurait jamais été écrit.

INDICES INVISIBLES

En arrivant sur le palier, j'étais en nage. En bas, les travaux dans les caves se poursuivaient, mais les coups s'étaient espacés. J'actionnai la serrure, à me demander dans quel état j'allais la retrouver ; je n'étais pourtant pas sortie longtemps. À l'intérieur, c'était comme d'être aspirée par la bouche d'un incinérateur. Et dans ma bouche à moi, il y avait encore le goût de la Camel, âcre, vaguement désagréable.

Je restai un moment dans le vestibule, pour habituer mes yeux saturés de soleil à l'obscurité.

— Maman ?

Au bout du couloir, une lueur blanchâtre vacillait dans la pénombre. Un instant, je crus que cette lumière provenait de ma mère elle-même, de la façon dont luisent les spectres quand on les imagine, emmaillotés de linges blancs et battant l'air comme des drapeaux. Mais c'était seulement la télévision, allumée vide sur de la neige.

— Maman... ?

Je repérai enfin sa silhouette, recroquevillée sur le vert anis du sofa. Dans le noir, je me cognai le tibia contre la table basse, la tranche de verre jusqu'à l'os. Mon cri fit remuer le corps dans le canapé, la masse informe poussa un gémissement. Je me frottai la jambe du plat de la main, fort, bêtement, comme si ma paume allait aimanter la douleur. Le vieux téléviseur émettait un grésillement continu. Je me redressai et, clopin-clopant, j'allai l'éteindre.

— Non !

Elle avait crié cela, dressée sur son séant, l'air d'une folle, hirsute, les cheveux collés aux tempes par la sueur. Je rallumai précipitamment l'écran, et la lumière du plafonnier. Mais elle se mit le bras devant le visage, comme on se protège d'une agression, d'une gifle, et je rabaissai l'interrupteur.

— Qu'est-ce qu'il y a, maman ?

Dans le silence crépitant, parasité d'une énergie maléfique, ma voix sonnait lointaine, comme éructée d'un puits. Je m'approchai, posai mon poignet sur son front : elle était brûlante. Ses yeux s'étaient figés en une expression stupéfaite, le bleu tout délavé, passé à la javel. Elle ouvrit la bouche, mais aucun son n'en sortit. On aurait dit qu'elle voulait former des mots mais sa mâchoire entrouverte ne laissait rien filtrer qu'un souffle tiède. Je répétai :

— Maman, qu'est-ce qui t'arrive ?

Elle ne bougeait plus du tout et, sans le tremblement de sa jambe droite, j'aurais pu croire qu'elle était *effectivement* morte – qu'elle venait de mourir, là, sous mes yeux. Je pris le téléphone pour appeler le médecin, celui d'avant, celui qui avait toujours suivi notre famille, je le suppliai de venir, de venir vite ici, dans les entrailles de cet immeuble qui semblait fonctionner comme un catalyseur, un déclencheur d'angoisse. Le docteur Pasquier me dit de faire couler un bain, d'y mettre de la glace et d'y plonger Mira pour faire tomber la fièvre.

Je remplis la baignoire. L'eau coulait par à-coups, avec des chuintements, des balbutiements de ventre affamé. Je regardais cette eau comme si elle était capable d'engloutir notre histoire, j'y jetai des glaçons, démoulant les cubes les uns après les autres. Entre ma tête et ma main, il y avait tout un monde, un choc thermique, les doigts plantés dans la banquise et le corps balayé par un vent saharien : je me sentais coupée en deux.

Quand la baignoire fut pleine, je retournai au salon. Ma mère n'avait pas bougé d'un millimètre, sauf son regard, dirigé maintenant vers la neige dans l'écran. Je la pris par les épaules, l'obligeai à se lever. Elle s'appuya sur moi et nous avançâmes jusqu'à la salle de bains. Le corridor était trop étroit pour nous deux et, chaque fois que ses pieds nus dérapaient sur le carrelage, mon épaule cognait contre le mur. Je demandais : « Ça va ? », mais seul son souffle, devenu plus rapide, me répondait. Arrivées à destination, je la déshabillai. Elle se laissa faire, comme une poupée mannequin à dimension humaine. Je lui fis lever les bras pour enlever le t-shirt, descendis dans son dos la fermeture Éclair ; la jupe en rami rose tomba à ses pieds. Je dégrafai son soutien-gorge, mains tremblantes. Le contact de sa peau me fit l'effet d'une plaque à induction, céramique incandescente en forme d'omoplates. Je m'accroupis, ôtai sa culotte, le froid des carreaux m'écorcha les genoux. Je détournai les yeux pour éviter son sexe et toute la scène, soudain, m'apparut irréelle. Je fus éjectée à l'extérieur de moi dans un bruit de succion, aspirée au plafond de la salle de bains. Des morceaux de peinture écaillée lévitaient autour de moi en minuscules icebergs et plus bas – mais bien plus bas, comme si j'avais été beaucoup plus haut que la hauteur effective de la pièce – je voyais ma mère, debout sur l'étendue couleur sable du carrelage, nue, la baignoire pleine d'eau qu'une brise impalpable, venue de nulle part, faisait se rider. *Que se passe-t-il, nom de Dieu, que se passe-t-il ici ?* Mais j'étais brusquement redescendue, en chute libre, à toute vitesse, et j'avais réintégré mon corps. Un peu étourdie, je chuchotai :

— Ça va aller, m'man, tu vas voir.

Je ne le pensais pas, mais je le dis quand même. Je lui attrapai le bras, la fis entrer dans la baignoire. Son visage se contracta quand elle toucha l'eau glacée mais une fois allongée, son expression s'adoucit, pour se figer finalement en masque cireux, atone. Derrière la vitre de protection, elle ressembla au Marat assassiné du musée Grévin.

Une étrangère. Une putain d'étrangère.

— Ça a commencé quand ? demanda le docteur, scannant l'alvéole du regard avec un air inquiet.

— Il y a trois, quatre jours. Quand la canicule s'est installée.

— Elle a déjà eu des problèmes de ce genre ? Des sifflements dans les oreilles ?

— Non, je ne crois pas. En tout cas, je n'en ai jamais entendu parler. Qu'est-ce qu'elle a, d'après vous ?

— On dirait de l'hyperacousie. Une hypersensibilité aux sons... On en connaît mal les causes mais dans son cas, c'est sûrement psychosomatique, alors ça devrait passer. Un jour ou l'autre.

J'avais grimacé. « Un jour ou l'autre » me semblait quelque peu imprécis. Le docteur avait souri sous sa moustache blanche, de son bon vieux sourire à vous guérir les rhumes, et seulement cela. Des gouttes de sueur perlaient sur son front, il respirait fort, avec difficulté. Une sirène démoniaque perça au-dehors, il commença à rédiger une ordonnance.

— Elle a besoin de repos, c'est tout. Tu devrais l'emmener quelques jours à la campagne. Ou à la mer, ce que tu veux. Un endroit calme, et frais.

— Ça n'existe pas. Ça n'existe plus. Il fait chaud partout, et y'a du bruit partout.

— Il y a des endroits plus tranquilles que celui-ci, tout de même. Je sais bien que vous n'aviez pas vraiment le choix mais voilà, Nola, ce n'est pas un environnement sain pour vous reconstruire. Enfin, cet immeuble…

Comme s'il craignait d'ajouter quelque chose qu'il aurait regretté, il se tut et continua de griffonner son ordonnance. Chaque lettre tracée avait l'air d'un petit insecte nuisible, gesticulant sur le papier carbone.

— Vous lui donnez encore des calmants ?

— Qu'est-ce que tu veux ? Qu'on l'interne ?

Je n'avais pas aimé son ton, un peu ironique, un peu condescendant. Il me faisait soudain l'effet d'un vieux hibou déguisé en être humain, avec sa chemisette grise au col cabossé, tout juste bon pour la retraite derrière ses grosses lunettes. Je fixai ses oreilles : elles étaient énormes, en chou-fleur, les lobes pendus comme deux langues roses ; ses lunettes ne risquaient pas de tomber ! J'aurais voulu lui dire qu'il ne comprenait rien, ne voyait rien, n'entendait rien, pas plus que le psy de la police, pas plus que celui qu'elle avait consulté, après. J'aurais voulu lui dire qu'il ne vivait pas, lui, *avec elle*, et n'avait pas non plus dix-huit ans. Je n'avais eu de cesse de vouloir grandir mais maintenant, j'avais envie de repartir au berceau, qu'on s'occupe de moi, qu'on me materne, que mes seuls devoirs se résument à manger, dormir, digérer, faire mon rot, déféquer, et dormir encore.

— C'est moi qu'on va interner, si ça continue...

— Nola, je t'ai vue naître, mon petit. Je sais de quel bois tu es faite. Tu t'en sortiras. Vous vous en sortirez. Tu verras. Ton père... Enfin, c'est arrivé il y a quoi, neuf mois ? Même pas neuf mois ! Ce n'est pas beaucoup, laisse-lui le temps.

Pasquier se leva de table, sans avoir touché au café que je lui avais servi. Entre deux doigts, il lissa sa cravate brodée de fleurs de lys dans un geste de vieux lord, puis glissa son stylo dans sa mallette en cuir. Visiblement, il avait envie de partir au plus vite – lui aussi. Le drame avait fait le vide autour de nous, comme si l'horreur était contagieuse, une sorte de virus qu'on pouvait attraper juste en nous côtoyant. Dans le regard des gens, notre présence sur Terre semblait indécente : avoir eu si peu de chance impliquait tout de même un bien sombre karma, nous devions forcément, d'une manière ou d'une autre, le *mériter*. Le mériter ? Quel dieu vengeur eût été assez cruel pour infliger à qui que ce soit une telle abomination ? Faire de nous des lépreuses, cela, oui, était indécent, et c'était aux autres que j'en voulais. Je n'ai jamais cru au destin, fatum, mektoub. Je ne crois qu'au hasard et aux coups bas du monde : tu t'étais trouvé, papa, au mauvais endroit et au mauvais moment. Bien sûr, il y avait de quoi être en colère. Tant de malchance ! Tant d'impuissance ! Pire que tout : rien à comprendre. Chercher une raison objective à la grande catastrophe serait revenu à regretter de n'avoir pu prévoir un crash aérien, un tremblement de terre ou une pluie de météorites. Mais je n'étais pas loin d'imaginer qu'une pensée de cet ordre – *pas de fumée sans feu* – se profilait dans la tête de ma mère. De quel « feu » il pouvait s'agir, je n'en avais pas la moindre idée. Restait cette fumée qui nous piquait les yeux, noircissait nos oreilles, happait notre oxygène.

Le vieux hibou laissa l'ordonnance en évidence sur la table, comme si ce bout de papier contenait le mode d'emploi de la survie. Je le froissai du regard, énervée. J'avais envie de hurler. Pasquier sortit de sa poche un mouchoir à carreaux, s'en tamponna le visage.

— Et puis cette chaleur, soupira-t-il, ça rend fou. Mais il y a quand même dû y avoir des prémisses, Nola, quelque chose que tu n'as pas su voir. On ne se met pas dans un état pareil du jour au lendemain.

Son grand corps maigre aux bras trop longs s'enfonça dans la pénombre du hall, tapissé d'un papier saumon granuleux, comme une peau acnéique. Il se retourna une dernière fois, tenta un vague sourire :

— Prends soin de toi, mon petit.

La porte se referma, me laissant seule avec l'ectoplasme muet qui me servait de mère.

Après son départ, j'allai jeter un coup d'œil : Mira dormait, assommée par la piqûre de sédatif qu'il lui avait administrée. Son thorax montait et descendait sous le voile du t-shirt au rythme d'un métronome. Je regardai ce visage étrangement calme, cette grâce fanée, le cou flétri, les joues trop creuses. Pourtant, elle était belle, ma mère, encore belle – juste un peu abîmée.

Rassurée, j'en profitai pour ouvrir les fenêtres du salon. Après quatre jours à ce rythme, l'espace semblait poisseux, saturé de miasmes. Je regardais l'air se renouveler péniblement, doigts croisés pour qu'une sirène de flic ne transperce pas la rue, qu'un gosse ne crie pas, qu'un pot d'échappement trafiqué ne donne pas l'illusion d'une fusillade. En fait, j'aurais voulu que le monde entier vive sur la pointe des pieds ; mais dans ce quartier-là, c'était peine perdue.

Je me penchai au-dehors pour regarder la vue, cette vue désespérante, panorama invariable dépourvu d'horizon. La lumière, pourtant, était sensationnelle. Je ressortis mon carnet à croquis – exhumai, plutôt – des décombres du temps. Je pris un crayon, m'assis devant la fenêtre ; mais ma main se refusa à tracer quoi que ce soit. Rien. Pas une ligne. J'aurais pourtant aimé imprimer cette vue, comme un genre d'exorcisme. Aimé retrouver sur le papier celle que j'étais, *avant*. Réapprendre à être Nola. Juste – Nola. Mais cet été-là, je n'étais plus capable de peindre autre chose que mes ongles.

Nola n'était plus Nola, Maman n'était plus Maman.

Cela nous faisait au moins quelque chose en commun.

EFFRACTIONS

Dans le hall de l'immeuble où il faisait plus frais qu'ailleurs, je trouvai les trois ouvriers des caves, torse nu, en train d'avaler un pan-bagnat avec des canettes de bière. L'un d'eux se retourna en m'entendant arriver.

— Salut *punca,* va bien ?

Il avait un fort accent des pays de l'Est et une silhouette si gracile qu'elle semblait incompatible avec le maniement de la masse.

— Ça va, merci. Dites, ça finit quand, votre affaire ?

— Vite. Deux, trois jours...

Mais les garçons échangèrent un regard entendu : les nuisances risquaient de durer.

— Vous venez d'où ?

— Slovenia !

D'un ongle cerné de noir, le plus jeune tapa sur l'une des canettes de réserve.

— Bière, tu veux ?

— Non, c'est gentil, je dois aller bosser... Bon courage, les gars.

— *Hvala ti !*

En me détournant, j'avais senti leur regard sur mes fesses, mais ça ne m'avait pas dérangée comme celui du Vieux. Ces regards-là disaient juste *punca* – jolie fille. Avec *L'Évasion*, j'avais perdu l'habitude de ces regards simples, sans malice, en forme de compliments. Je manquai changer d'avis, revenir sur mes pas, ma décision, accepter la bière et boire avec eux, rire avec eux, me laisser embobiner par eux, même, peut-être, par légèreté, par jeunesse ; mais non, c'était trop tard. J'avais vieilli. Et j'allai relever notre boîte aux lettres.

Il y avait la facture EDF, un dépliant publicitaire pour des climatiseurs et une carte postale. Sur la photographie, une grappe de maisonnettes perchées à flanc de falaise, avec des toits turquoise en forme de dômes, certaines portant des croix métalliques au sommet ; en arrière-plan, la Méditerranée, bleue à faire mal au cœur. Je retournai la carte.

Hey, Blondie !

La moussaka, c'est pas ce qu'on croit et l'Ouzo, ça fait vomir. Joh' a brûlé sur le cul de part et d'autre du string, on croirait qu'elle s'est assise sur les genoux du soleil. Les Grecs sont tous pédés (à l'inverse des coiffeurs, c'est même pas une légende !) et puis les moustiques, je ne te raconte pas. Ce qu'on veut dire, Nola : y'a rien à regretter. On t'aime et tu nous manques.

M&J.

M&J. Marilyn et John.

Elles aimaient bien signer comme ça – leur petit côté « vedettes ». Je l'ai toujours, cette carte. Retrouvée au fond d'une boîte, là-haut, dans le grenier.

On t'aime et tu nous manques.

Marie disait « Je t'aime » à tout bout de champ. Aujourd'hui encore, d'ailleurs. *Tu as fait du café ? Oh, je t'aime ! Tu montes à Paris ? Oh, je t'aime ! Ma nouvelle coupe, c'est bien ? Oh, je t'aime !* « Je t'aime » dans sa bouche, ça n'a plus aucun sens. Elle pourrait dire « choucroute » que ce serait pareil. Je pense à cela car ma mère, jamais, ne m'avait dit *je t'aime* ; pourtant, avant ta mort, papa, je ne l'avais pas réalisé. Toi, tu le disais souvent : « Moineau, je t'aime, ce que je peux t'aimer, ma fille ! » Et dans ta bouche, cela avait du sens, c'était léger, drôle et profond à la fois. Je savais bien qu'elle m'aimait, maman, mais ses sentiments avaient l'allure de craintes, sonores et permanentes – mets ton écharpe, prends tes gouttes, repose-toi, fais attention, couche-toi tôt, mets ton bonnet, prends tes mouchoirs, regarde à droite, regarde à gauche – et cette manie d'entrer dans ma chambre sans frapper, ou à peine, sans jamais attendre de réponse, en terrain conquis, violant mon intimité comme si c'était normal, comme si j'étais sa chose… Cela me rendait folle ! Mais depuis qu'elle ne me protégeait plus, je me sentais dévalisée, violée d'une autre manière, et j'aurais tant aimé la voir débarquer avec son sourire du tonnerre et sa pile de linge – prétexte favori pour venir m'embêter, « Je ne te dérange pas trop ? » – et moi de souffler devant tant de fourberie, *Si, m'man, tu me déranges, c'est mon espace ici, je peux pas être tranquille juste deux secondes ?!* Mais face à cette Absente, j'avais tout le temps envie de demander : *Maman… M'aimes-tu ?* Bien sûr, je ne demandai rien. Réclamer de l'amour à une âme si cassée, c'était comme faire l'aumône auprès d'un sans-abri. Elle t'aimait tellement, papa… Après toi, sans toi, son cœur semblait s'être métallisé, coffre-fort imprenable, et je ne suffisais pas à la garder ouverte ; ne *lui* suffisais pas.

C'est un sentiment terrible, de ne pas suffire, un sentiment que, plus tard, je n'ai connu qu'avec certains hommes.

Vite bannis, ces hommes-là. À mon tour : métallisée.

La ville m'a absorbée, séchoir rotatif, cavalcade de bruit, sueur, frénésie. La carte de mes copines incendiait la doublure de mon sac. Il était dix-sept heures mais il faisait toujours aussi chaud, l'air sentait le rance et l'oxyde de carbone. J'ai croisé un groupe de gamins avinés qui chantait « *On est les champions, on est les champions* », à tue-tête. J'aurais voulu leur dire « Ça va, y'a prescription », mais le pays n'arrivait pas à s'en remettre. À les entendre – le coup de tête de Zizou, le crâne de Barthez, le but de Petit – cette finale France-Brésil constituait le plus grand événement terrestre depuis l'anéantissement des dinosaures. Cet été-là, tout le monde surfait sur la vague bleue dans une joie grotesque, les ministres avaient dansé dans les tribunes sur *Alexandrie, Alexandra*, les vieux ressorti leur drapeau français rangé dans une malle depuis la Libération, comme si cette victoire allait être capable de restaurer nos vies, d'organiser le chaos, d'empêcher les gens de s'entretuer, les maladies d'apparaître, les cœurs de se fendre, comme si les billets de banque allaient tomber du ciel, remplir les ventres, guérir le chômage, comme si – même, tiens, pourquoi pas ! – cette victoire allait boucher la couche d'ozone et sauver la planète. Et moi, l'horreur pendue au cou au milieu de toute cette liesse, je me sentais si seule ! J'aurais voulu crier « Allez vous faire foutre, allez tous vous faire foutre avec votre triomphe, votre allégresse de merde, qu'on soit éliminés, humiliés, vaincus, et qu'on me rende mon père ! » J'aurais voulu pleurer mais les larmes se tarirent avant même de couler – et je m'étais demandé combien de temps ça allait encore durer.

Pas la chaleur, pas le foot. La peine.

… Et alors là y'm'dit : « T'as vu ta tronche ? On croirait mon trou du cul après dix jours de chiasse ! »

— C'est d'un goût !

— Alors mec, t'imagines bien, ni une ni deux, *vlan* dans sa gueule, direct. Parce que moi, faut pas me… hein, faut pas… enfin, tu vois. Eh, le Robot, quesse t'as à rigoler ?

Le maillot de foot de la Sauterelle était maculé de peinture, sa pommette sciée d'une balafre violette, récente, encore ouverte. Derrière le comptoir, j'actionnai la détente pour remplir un demi de bière. Le liquide ambré jaillit dans le verre, *comme de la pisse,* pensai-je malgré moi. Mais je dis :

— C'est vos histoires de chantier, j'y peux rien, ça me fait rire.

— Ça te choque, hein ? Les trucs vulgaires, ça te choque ?

Sans répondre, j'attrapai une spatule pour ôter l'excès de mousse et posai le demi devant un garçon brun que je n'avais jamais vu, l'air de s'être perdu là, dans l'attente, peut-être, d'un rendez-vous non loin. Il semblait une erreur dans le décor, trop jeune, trop lisse, trop propre. Son regard, pourtant, m'avait mis mal à l'aise. Son regard à lui, c'était comme un hold-up.

— Toi, t'es une petite bourgeoise, ça se voit. Il a dû t'arriver un truc pour que tu sois ici, OK. N'empêche que ça se voit bien, que t'es une petite bourgeoise. Hein, le Caribéen, que ça se voit ?

— Oh là là, mon frère…

— Ohlàlàquoi ?!

— Laisse-la tranquille… Si tu crois que c'est marrant pour elle…

— Bah, c'est marrant pour personne, coassa-t-il, un peu radouci. Et puis d'abord c'est l'autre, qui devrait se laver la bouche. Moi, j'me suis contenté de lui refaire le portrait.

La Sauterelle se tourna vers Maurice – dit Momo, un habitué – qui tirait comme un malade sur sa gitane sans filtre devant un pastis tellement chargé qu'il en était marron.

— Tout ça parce que j'avais vingt minutes de retard, y me parle comme ça ? Momo, tu trouves ça normal, toi ? On m'parle pas comme ça, putain. Personne me parle comme ça, même si c'est le boss. Point final.

— Oh là là, fit le Caribéen en secouant ses tresses, vas-y Nola, remets-nous la même, c'est ma tournée.

Le garçon « perdu là » me sourit, l'air de compatir. Je remplis à ras bord les deux ballons de rouge. Quelqu'un demanda :

— Tu t'es fait virer ?

La Sauterelle, tout énervée dans son maillot des Bleus, haussa les épaules.

— Dans ma branche, le boulot, c'est pas ce qui manque. Moi demain, j'suis ailleurs. On est les champions, putain. J'vais pas me laisser emmerder par un enculé de Polak.

L'évocation de la victoire sembla l'apaiser. Tag sortit des cacahuètes et, la vinasse aidant, le ton se tempéra. Je ne pouvais m'empêcher de fixer sa cicatrice ; dans ma tête, je commençai à imaginer les points de suture qu'il faudrait pour la recoudre, je passai du fil noir dans le chas d'une aiguille, je refermai la plaie aux bords distendus. Alors, pour arrêter de penser à ça, je regardai dehors : les ombres gagnaient leur place au soleil. La nuit peu à peu piratait le jour, le gris des tours se poudrait de rose, c'était joli. Je me fis un café et sortis avec ma tasse sur la terrasse déserte.

Là, sur le pas de la porte, j'avais respiré ; et, comme de l'autre côté du miroir, observé les clients à travers la vitrine.

Le Caribéen remontait ses dreads au sommet de son crâne à l'aide d'un chouchou jaune, ses bras maigres rougis par le trop-plein d'UV. Une fois l'opération terminée, il engloutit son verre et fit signe à Tag pour en avoir un autre. Son oreille brillait dans les derniers rayons, le pavillon luisant comme badigeonné d'huile. Celui qu'on appelait le Vilain, avec sa gueule cassée d'ancien boxeur, sortit des toilettes en remontant sa braguette. Le Vilain se tripotait toujours la braguette, à croire que ses bijoux de famille étaient sertis d'émeraudes et qu'on risquait de lui braquer le fond du caleçon. Quand il parlait, ça sonnait comme une langue étrangère : il avalait les mots à force d'avoir bu et je ne comprenais jamais rien de ce qu'il racontait ; seul Tag semblait posséder le décodeur, une fonction « dictionnaire à poivrot » intégrée. Maurice fit un grand geste, renversa son pastis. Il y eut un vaste « Olé ! », le patron à l'éponge lui fit briquer le zinc et tout le monde rigola.

Je me souviens de cela, façon polaroïds – des polas en mouvement, dans de petits cadres noirs.

Je m'étais retournée pour leur donner le dos. J'avais fermé les yeux, levé la tête. Souffle tiède sur la peau, je voulus me faire croire que j'étais à Paros, sur l'île. J'essayai de troquer les rumeurs d'échappement contre un ressac de mer, supprimer les scooters, inventer les cigales, oublier les sirènes et rebâtir le vent, plonger dans les flots, laver ma mémoire et rattraper ma vie. Mais à mes oreilles, il n'y avait rien d'autre que des bruits de klaxon, et je rouvris les yeux. J'allai m'asseoir sur le banc public pour boire mon café. Une femme avec trois petits enfants me demanda une pièce. Elle portait plusieurs couches de vêtements, des pulls les uns par-dessus les autres et des jupes empilées, trimbalait avec elle toutes ses possessions, canicule ou pas, poupée russe de cauchemar. Je fouillai dans mes poches et j'y trouvai cinq francs. Elle murmura : « Dieu vous bénisse. » Je pensai : *Si seulement*.

Comme chaque soir, j'allumai le portable pour téléphoner chez moi. Paul me l'avait offert après ta mort, papa, imaginant sans doute créer un lien permanent entre nous ; en réalité, il ne m'appelait jamais. Si maman ne répondait pas, je recommençais jusqu'à ce qu'elle décroche. Parfois, ça pouvait prendre des heures mais là, ce fut inutile. Tonalité occupée. Même le téléphone, elle ne supportait plus. Le jeune homme au demi passa près de moi en quittant *L'Évasion*, il dit « Bonne soirée », je répondis « Idem ».

Je l'avais regardé s'éloigner. Il marchait vite, d'un pas décidé, fendait la ville en deux. Je marchais comme ça moi aussi, avant, pour compenser la tare de ma pointure 35. Je marchais en faisant mine de savoir où j'allais, même quand je ne savais pas. Je pensais « Nola Darling n'en fait qu'à sa tête », mini-jupe et veste panthère, provocante sans doute à avoir des ennuis – mais jamais je n'en ai eu, en tout cas rien de grave, protégée par une bulle que je ne pouvais voir, ni même supposer. Alors ce jeune homme-là, je l'avais envié. Je n'imaginais pas à quel point j'avais tort.

Nous venions de baisser la grille et Tag demanda :

— Une mousse ?

J'acquiesçai. Il alluma sa bougie à la figue, je m'assis sur un tabouret, celui qu'utilisait toujours le Caribéen. Face à moi, accrochée bien en évidence au-dessus du comptoir, une pancarte annonçait : « Quand je dis NON, c'est NON. » Je me composai une mine de circonstance. Nous étions à la veille du 15 août, *L'Évasion* fermait trois jours et je comptais négocier une avance sur salaire. Je pris une grande inspiration, Tag remplit nos verres.

— Patron, ma mère est malade, je voudrais l'emmener faire un tour. Il me faudrait des sous... Enfin, vous voyez.

Il posa la bière devant moi. J'entourai le verre à deux mains, il était frais, ça faisait du bien.

— Tu sais ce que je fais, moi, ce week-end ? demanda-t-il, comme si l'écouter était une condition *sine qua non* pour obtenir gain de cause.

— Non, quoi ?

— Je vais chasser les OVNI. C'est une année à OVNI, on en a observé partout depuis le début du mois. Le 10, dans les Ardennes, y'a eu cent vingt témoignages concordants. Cent vingt, tu vois le topo ?!

— Ah bon.

— Nola, tu lis pas les journaux ? Ils en ont même parlé à TF1 ! Près de Charleville-Mézières, un engin triangulaire avec des bords arrondis et trois grosses lumières... Les témoins ont dit qu'il avait l'air de jouer à cache-cache. À *cache-cache* !

— Donc, vous allez dans les Ardennes ?

Tag secoua la tête.

— Tu me prends pour un cinglé.

— Ces derniers temps pour moi, c'est science-fiction tous les jours. Alors des OVNI, après tout, pourquoi pas.

Il but une grande gorgée de blonde, s'essuya la bouche entre le pouce et l'index en écartant la main. Dehors, des sirènes de police se firent entendre, plusieurs d'affilée, stridentes, qui me glacèrent le sang. Tag alluma une cigarette, me tendit le paquet – Marlboro rouges.

— Dans un an et demi, on change de millénaire. C'est le moment ou jamais de commencer les repérages...

Il avait murmuré cela, les yeux dans le vague. J'avais pensé : *On a les rêves qu'on peut*. Je ne le jugeais pas. De rêve, moi, je n'en avais même plus, je vivais avec un zombie dans un immeuble mutant, pas de quoi pavoiser. Mais après cette conversation, j'envisageai Tag sous un jour différent. Derrière ses cinquante balais, sa poigne de fer, son air de cowboy délavé sous la masse métallique de ses cheveux trop longs, c'était juste un gamin qui rêvait de soucoupes volantes et de petits hommes verts. Alors à cet instant, je m'étais mise à l'aimer.

— Qu'est-ce qu'elle a, ta mère ?

— Rien. Enfin, je ne sais pas. Elle fait une dépression.

— Et ton père ?

— Il est mort.

— Ah. Désolé. Cancer ?

— Une sorte. Mais genre fulgurant. Et puis avec deux bras et deux jambes.

Il ne demanda rien de plus ; mais au bout d'un moment, comme un échange de bons procédés, il murmura :

— Ma femme, c'était le cancer. Les ovaires. Elle avait trente-quatre ans.

Je posai ma main sur son épaule. Sa chemise à carreaux était douce, trop chaude pour la saison.

— Vous avez des enfants ?

— Ouep, une fille. Mais elle est grande, maintenant. Elle habite aux États-Unis. Boston. Ça fait loin.

Il écrasa sa cigarette dans un cendrier Ricard et, de sa démarche nonchalante, presque élastique, passa derrière le zinc pour ouvrir la caisse. Là, il compta les billets et me tendit une liasse.

— J'espère que ça lui fera du bien, à ta mère. Et puis à toi aussi. Depuis que t'es là, ça fait un rayon de soleil. On sera triste à la rentrée, quand tu devras partir.

— Je ne sais pas s'il y aura un jour une rentrée…

— Nola, tu auras toujours une place ici. Mais une fille comme toi, ça devrait pas faire sa vie dans un bar.

Une fille comme moi.

Qu'est-ce que ça voulait dire, une-fille-comme-moi ? Depuis l'enfance, j'avais la sensation que quelque chose clochait, mais ce n'était étayé par rien. J'avais une vie ordinaire, j'étais bonne élève, sans nourrir de dessein précis pour l'avenir depuis que j'avais renoncé à devenir Directrice de l'Univers Intergalactique. J'appartenais à la « *middle class* », nous n'avions pas de problèmes financiers mais nous n'étions pas riches – ce que je réalisai avec violence à la mort de mon père. Mes parents s'entendaient bien, ils étaient économes, structurés, sévères mais justes, une sorte de propagande pour la normalité. Derrière les briques rouges du pavillon, tout était lisse et de bon goût, les émotions contenues, les effusions modérées ; sans doute l'ensemble du tableau était-il trop banal, une sorte de super-banalité, et je pressentais que c'était précisément *cela* qui clochait.

Néanmoins, avant ta disparition, papa, j'aurais pu avoir une idée de ce que Tag entendait par « une fille comme toi ». Mais ce soir-là, l'expression s'échoua en moi telle une raie morte sur un rivage.

En quittant *L'Évasion* à une heure du matin, j'allai à la gare et j'achetai deux billets pour Saint-Malo. Ils me coûtèrent un bras, un vrai cambriolage ; tant pis. Éloigner ma mère de l'alvéole semblait impératif et ce, à n'importe quel prix. Je pensais que tout cela n'était qu'une passade, un contrecoup. Depuis des jours, je m'échinais à saisir ce qui lui arrivait, sans réaliser que ce malaise mystérieux se situait ailleurs, bien au-delà du deuil. Mira n'avait pas mis les pieds dehors depuis une semaine, à croire que l'air extérieur allait l'intoxiquer comme du gaz sarin. Je n'étais pas certaine d'arriver à la faire sortir, mais j'étais prête à essayer, même s'il fallait l'assommer avec une clé anglaise dans le petit salon. J'espérais lui faire plaisir car elle parlait parfois de Saint-Malo. Mais mon père, lui, n'aimait que la Côte d'Azur ; nous partions toujours près de Saint-Tropez, où son meilleur ami possédait une maison. Quoi qu'il en soit, il ferait plus frais en Bretagne et j'avais une folle envie de plage – n'importe quelle plage.

Les billets dans la poche arrière de mon jean, en sécurité sur mes fesses, je marchais dans la nuit. Le ciel était clair, mais les lampadaires de la ville tuaient les étoiles. À Montreuil, on les voyait. C'était la ville aussi, pourtant. Le long du périphérique, sueur collée dans le dos comme un poisson d'avril, je me repassais en boucle le film du déménagement. J'essayais de reconstruire les événements depuis ta mort, papa, pour tenter de comprendre, de chercher du sens où, vraisemblablement, il était impossible d'en trouver.

Ta mort – une effraction.

Ta mort – un non-sens.

Et cet été-là, la fin du tourbillon qui en avait jailli.

Il avait fallu t'enterrer, près de tes parents, oncles, cousins, au cimetière de Montreuil. La neige avait posé de petits chapeaux blancs aux faîtes des pierres tombales, comme le négatif de tous nos chapeaux noirs – et le voile de maman qui, de bourrasques malmené, se détachait sans cesse. Il avait fallu mettre en vente *Michel Coiffure*, mais le salon ne valait pas grand-chose et, de toute façon, personne n'en voulait : surface réduite, équipements vétustes, mauvaise aura. En attendant que quelqu'un de moins superstitieux daigne s'y intéresser, il avait fallu quitter le pavillon, trouver un logement moins vaste, moins onéreux. Mira n'était plus apte à travailler – et, franchement, qui aurait voulu d'une quinquagénaire dont la seule expérience consistait à servir des grand-mères chapeautées de cellophane ? On n'était pas au Pays des Merveilles. Il avait fallu vendre certains meubles, entreposer les autres dans un box en attendant que « les choses s'arrangent ». Intégrer l'alvéole, faute de mieux. Il avait fallu que j'aie mon bac, en hommage à toi, papa. Il avait fallu chercher un job d'été, gagner un peu d'argent pour ne pas trop piocher dans les économies. Nous espérions une indemnisation, mais nous la craignions d'ordre symbolique – et au demeurant, elle s'avéra symbolique, vingt mille francs, touchés un an plus tard. L'apocalypse n'a pas de prix, j'imagine.

Tu ne pensais pas mourir, papa. Tu n'avais rien prévu. Ça ne te ressemblait pas, cette imprudence ; et pourtant.

Les sept mois qui suivirent ton décès furent un tel tourbillon que maman, dans l'œil du cyclone, avait été contrainte de rester debout, bien droite face au vent qui lui claquait le visage de factures, de paperasserie, d'obligations. Je n'avais pas été surprise par son courage – sa bravoure, devrais-je dire ; c'était la juste continuité de ce qu'elle avait toujours été, parfaite jusque dans l'agonie, et je me souviens lui en avoir voulu de continuer à être cela, la Mère des Mères, même dans l'horreur la plus absolue. Mais voilà : depuis juin, tout était réglé et il n'y avait plus rien pour échapper au réel. La tempête s'était tue, le vent était tombé, on aurait dit que le tuba de la tornade s'était transformé en cornet acoustique dans lequel la réalité de ta mort s'était enfin engouffrée. Pour autant, le cyclone originel avait laissé place à un autre cyclone, que je ne saisissais pas mieux mais subissais au même titre, encore et encore. La vie à cette époque semblait crochetée sans relâche par un sort-aigrefin : chaque calamité se dégottait une remplaçante, on engageait de l'angoisse à tort et à travers, les plaies se photocopiaient, se retouchaient, rapetissaient ou grandissaient mais, inexorablement, s'accumulaient en nous comme des poupées gigognes.

Ça non, papa : le malheur ne connaît pas la crise.

Au loin, j'aperçus bientôt l'immeuble mutant se détacher au sommet de la rue, cette grosse bête malade qui n'en pouvait plus de crever sur l'asphalte, rongée par la gangrène. *L'alvéole est une gangue, créée pour recevoir le pus de notre tragédie* – ce que je pensais cette nuit-là, plus que jamais. Le vieux hibou avait raison : comment se reconstruire dans pareille construction ? L'immeuble faisait mine d'imiter notre ruine, nos âmes fissurées, nos vies décrochées. Nous avions vécu un bombardement que rien, jamais, ne pourrait réparer ; difficile d'en vouloir à Mira de s'effriter tel un morceau de mur. Il me semblait pourtant recevoir double peine, pour un crime dont j'étais innocente.

Ce sentiment d'injustice ne m'a jamais quittée. Il vogue toujours en moi, éternel pétrolier, à la surface du cœur.

SCÈNES DE CRIME

Mardi 2 décembre 1997, nuit noire, flocons lourds, menace de gel sur le territoire, 350 kilomètres de bouchons autour de la capitale.

Oui, c'est étrange mais ce soir-là, il faisait le même temps que la nuit où mes parents s'étaient rencontrés.

Dans la petite rue de *Michel Coiffure*, tout est calme, feutré, assourdi par la neige. Les passants tête basse luttent contre le froid, pestent sans doute un peu, pas un instant n'imaginent que, poussés par la bise, se presser de la sorte va leur sauver la vie. Il est dix-neuf heures trente, quelques minutes de plus. Les coiffeuses s'en vont, Lila a rendez-vous, « un rencard » comme elle dit la voix pleine d'espoir et Sophie ronchonne selon son habitude, doit terminer de coudre un costume taille quatre ans pour la fête de l'école, *moi je sais couper les tifs, la feutrine je suis nulle.* Jacques, par espièglerie, leur souhaite bon courage, les regarde disparaître et va fermer sa caisse. Il devrait s'en aller, lui aussi s'en aller, rentrer à la maison, mais non, il reste, soudain lui prend l'idée d'éplucher la compta, ou bien les livraisons, ou alors va savoir, mais il est toujours là, il ne part pas – mais pourquoi, papa, n'es-tu donc *pas parti* ?

Inconsciente de tout, moi je bois des demis avec mes copines à côté du lycée, Joh' parle de ce sale type qui ne rappelle jamais, Marie tape du poing, je m'insurge avec elles, nous avons dix-sept ans et Thibault m'a quittée, nous lançons un billard, haïssons les garçons, colère délicieuse qui toutes trois nous rapproche, nous fait amies toujours. Dans la cuisine du pavillon de briques rouges, maman attend papa, prépare son fameux filet de porc aux patates parce que ce matin-là, je l'avais réclamé, *pleeease, il fait trop froid dehors et puis j'ai un bac blanc, allez m'man sois sympa, j'vais faire une dépression.*

Mira et moi sommes loin, bien loin d'ici. Loin physiquement, et loin d'imaginer. Terriblement… ailleurs. Maman, le mardi, c'était son jour de congé ; on l'a échappé belle. Peut-être, je ne sais pas. Elle l'aurait peut-être sauvé, si elle avait été là. Elle aurait piaffé, râlé qu'il fallait se dépêcher, l'heure du dîner, j'allais rentrer, avec mes devoirs, ma fatigue, le stress des examens, et la lessive, des choses à faire, toutes ces corvées, impératifs, tâches ménagères, elle l'aurait obligé à fermer à l'heure, à tous les coups, oui, elle l'aurait obligé… Elle t'aurait obligé, papa, et tu serais en vie, et rien n'aurait changé – et l'avenir tout entier aurait alors été ce qu'il aurait dû être. À cela évidemment, il ne faut pas penser. Un coup à devenir folle(s).

Jacques se décide enfin, boucle ses dossiers, referme ses livres de comptes, raccroche son téléphone ou alors va savoir. À l'autre bout de la rue, Katia Soloria et sa mère reviennent des commissions, les doigts sciés par les cabas du Géant Casino ; *mince !* – la mère repart en courant, *nom d'une pipe attends-moi, j'ai oublié le pain* – et Katia proteste au milieu des paquets, juchée sur ses vingt ans et ses boots à talons, lève au ciel enneigé ses grands yeux bleu marine. Elle est déjà en retard, elle veut rejoindre Élise, ensemble se faire belles et écluser les bars dans leur look gothique, elle porte une besace rouge qu'elle vient juste d'acheter, elle la caresse de l'œil en attendant sa mère, heureuse comme une enfant au matin de Noël. Au numéro 36, le quinqua Marc Baguian tire sa porte cochère, il enfile son chapeau, son chapeau et ses gants, c'est l'heure du petit bourbon au *Café des Anciens* – il a perdu sa femme à peine six mois plus tôt et son seul plaisir est d'ordre apéritif. Là-bas c'est la fleuriste, Pauline Amado, sur le pas de sa boutique à fumer une clope, « fumer tue » mais bien sûr, elle espérait plus tard, elle n'a que trente-trois ans et vient de se marier, enfin de se marier, et elle veut plein d'enfants, une ribambelle d'enfants avant la ménopause. Depuis le perron de *Michel Coiffure* et ses clés à la main, Jacques salue la mariée d'un hochement de tête. Pauline lui sourit en soufflant ses volutes, mime des deux mains qu'elle a envie de dormir ; ils s'entendent très bien, pour un peu presque amis, parfois prennent une noisette au bistrot d'à côté, elle est belle à croquer avec ses boucles blondes et son nez en trompette, il la coiffe souvent et même, pour son mariage, lui a piqué des fleurs partout dans les cheveux.

Jacques baisse l'interrupteur, remonte sur sa nuque le col de sa parka, époussette d'une main son pantalon en velours ; mais un bruit sonne à l'angle, l'angle où à l'instant Marc Baguian vient de tourner, c'est une détonation, on croit à un pétard, une horde de gamins, Pauline fronce les sourcils et

Jacques tourne la tête, mais c'est bien différent d'une horde de gamins, un cri, des cris, Katia sursaute, croise le regard de Jacques devant la porte ouverte du salon de coiffure, pétrifié, cela dure une seconde, une fraction de seconde, au bout du tunnel de nuit perpétuelle, l'ombre, treillis, sweat à capuche, un masque sur la face, mais pas un déguisement, non, un masque vénitien, papier mâché laqué noir, une *bautta* home made dénuée de festif, le long bec pointu en trompe monstrueuse au milieu d'un visage *in absentia*, rien que cette gueule terrible vissée au trou béant de la capuche relevée – et, au bout du bras, un fusil.

Ne le savent pas encore, celles et ceux qui sont dans la rue, ne savent pas encore que, caché loin dans l'angle, un corps quinquagénaire s'est désarticulé, une balle cadrée plein front, et le fusil réarme, qui pourrait réagir le temps s'est suspendu, le foie de Marc Baguian ne verra pas le whisky, ni ce soir ni jamais, rejoindre son épouse, il croit au paradis, certains ont de la veine même dans les pires moments, d'autres hurlements et un mouvement de foule, des fenêtres qui s'ouvrent des portes qui se ferment et puis Jacques, toi, papa, voilà, c'est ton tour, Jacques projeté à l'intérieur de *Michel Coiffure*, crashé au sol par la force de l'impact – ou Pauline en premier, ils étaient tellement proches que personne n'est très sûr de l'ordre des événements – Katia essaie en vain de composer son code mais ses mains tremblent trop et là *il* accélère, tout s'accélère, en marche le géant au faciès hérissé qui tire, tire, tire encore, sans arrêt, shoote ainsi au hasard comme si c'était la guerre, mais une guerre contre qui, une guerre contre quoi, unique soldat fou d'un combat sans motif, le sac rouge valdingue au fond du caniveau, liquidée la beauté, ne reste que le gothique, le gothique du sang noir – parce que c'est la dernière, de cela ils sont sûrs, la plus jeune en dernier, Katia Soloria – puis les sirènes au loin, la police, après la bataille, une autre femme blessée mais on oublie son nom parce qu'elle s'en est sortie, l'épaule, une simple éraflure, vivante, elle, survivante, et la *Bautta* encapuchonnée s'arrête net au milieu du trottoir, reste plantée là derrière son non-visage, le Monstre fait un geste, ce dernier geste, le but de tout cela, quatre cadavres pour cela, retourne l'arme contre lui – et enfin s'effondre, tombe lentement à genoux, figure contre l'asphalte. Alors le masque tombe. Et derrière le masque, la mascarade, la capuche de bourreau, c'est un homme. Pas de Monstre, non. Rien qu'un *homme*.

Ce qu'on a dit, papa. Ce que j'ai lu. Ce qu'on m'a raconté. Et, plus que tout, ce que j'imagine. Je n'y étais pas ; mais l'imagination tu sais, c'est une vraie saloperie.

En rentrant chez nous ce soir-là, le soir du 2 décembre, ça sentait bon, le pavillon tout caramélisé par le filet mignon dans la cocotte-minute. Le lustre du salon ricochait phosphorescent sur le manteau de neige, enluminait le givre autour de ma cabane. Noël se profilait, les prémisses de la fête, bientôt, d'ici quelques semaines. Maman avait sorti son couple d'angelots, figurines en faïence tenant de petits cierges dans leurs deux mains croisées, debout, accueillantes sur la commode du hall. J'adorais ces angelots, c'était toute mon enfance.

Le ventre enflé d'houblon et de colère d'ado, j'ai salué ma mère et je suis montée me doucher. Il était presque vingt heures ; tu étais déjà mort, mais on ne le savait pas. Depuis le hublot de notre salle de bains, j'ai vu les gyrophares impacter soudainement les azulejos, des lumières bleues et rouges, tournoyantes. Je n'ai pas compris tout de suite, n'ai pas voulu comprendre, je me suis habillée, un peu trop vite quand même car déjà, je crois, je pressentais quelque chose, mes jambes dans l'escalier se faisaient cotonneuses, les couleurs du monde se délavaient davantage à chaque marche descendue, le bruit s'assourdissait, l'action ralentissait et, arrivée en bas, j'ai vu ma mère, ma mère courbée en deux dans les bras d'un officier de police, j'ai cette image en tête, seulement cette image, une image figée aux teintes sourdes, marronnasses, une image silencieuse, irréelle, une image de fiction. Il y avait sans doute des cris, des pleurs, des gestes, de grands gestes, mais c'est tout ce que je garde de cet instant – du sépia, de l'immobile et du silence – et moi encore humide au bas des escaliers, en train de réaliser que plus rien, jamais, ne serait comme avant.

La dernière fois que je t'ai vu, papa, c'était la veille au soir. Tu buvais ta tisane au salon en écoutant la radio, un tilleul sucré au miel que maman te préparait toujours avant d'aller dormir. Tu le buvais dans un bol en céramique avec ton nom dessus : *Jacques*. J'avais le mien, *Nola*, maman le sien, *Mira*. Le tien était ébréché.

En partant me coucher, j'ai passé la tête entre les barreaux de la montée d'escalier. J'aurais pu descendre, venir t'embrasser, mais non, j'ai eu la flemme, et depuis les marches, j'ai crié : « Bonne nuit ! » Tu as tourné la tête dans ma direction, tu as souri dans la pénombre et, avec deux doigts, tu m'as envoyé un baiser voyageur.

Mes derniers mots pour toi, papa. *Bonne nuit.*

Je n'ai plus jamais dit bonne nuit à personne.

Dans l'alvéole, la lueur de la télévision avait réapparu. Par moments, elle devenait bleuâtre, stroboscopait l'espace. J'ai accroché mon sac à la patère du hall, enlevé mes chaussures. Tout à coup, je me suis sentie très, très fatiguée. Dans l'alvéole voisine, à travers le mur acnéique, on entendait un lave-linge en mode essorage, façon décollage de boeing. Je me suis regardée dans le miroir, suspendu au même mur : j'avais le visage sale, maculé de traces noires. Je me suis frotté la joue, le front, très fort, mais ça ne partait pas et, une fraction de seconde, j'ai pensé *Ça y est, moi aussi, ça m'a infectée, cet appartement m'a infectée*, puis réalisé que c'était la glace, juste la glace, vieille et piquetée, qui faisait des taches sombres sur ma peau. Le téléphone était décroché ; j'ai doucement reposé le combiné sur son socle. Dans le sofa, ma mère dormait. Je ne comprenais pas pourquoi, mais le grésillement entêtant semblait l'apaiser, comme si la neige dans l'écran absorbait les autres bruits. Elle ne portait même pas ses boules Quiès ; les deux tampons de mousse jaune étaient posés sur la table, tout déformés par ses conduits auditifs. J'ai fermé la porte du couloir pour prendre un bain glacé. J'avais peur de la réveiller mais j'étais en sueur, le jean collé aux cuisses, la peau prisonnière d'une raideur de bâche.

Dans le sarcophage de faïence, tu sais, papa, j'avais tenté de m'en persuader : oui, Saint-Malo allait nous sauver. Maman respirerait l'air de la mer, elle aurait faim, elle mangerait. Les vagues la berceraient mieux que la neige, le sable lui redonnerait le goût de vivre, les fantômes des corsaires annuleraient les nôtres. Longtemps, je me suis répété ces bonnes paroles, tel un mantra, en regardant la mousse faire de la résistance autour de la bonde d'évacuation ; mais soudain, j'ai entendu crier.

Au salon, là-bas, elle criait.

J'ai quitté la baignoire comme si j'étais en feu, enfilé mon peignoir, couru dans le couloir. Humide, pieds nus, j'ai dérapé dans l'angle, je suis tombée. Sur ma hanche déjà naissait l'hématome, goutte d'encre sur un buvard. Je me suis relevée et je l'ai trouvée là, au milieu de la pièce, debout dans sa robe blanche. J'ai vu le sang tout de suite : il lui avait taché l'épaule. Elle se tenait la poitrine à l'endroit du cœur mais c'était son oreille qui saignait, son oreille gauche, une large traînée tout le long de la joue, du cou, de la clavicule. Éclairée d'un côté par un rayon de lune froid entre les lattes et de l'autre par la lueur mouvante du téléviseur, elle semblait droit sortie d'un film d'épouvante.

— J'appelle le Samu.

Mais elle m'a attrapé le bras pour me retenir. Sa main, plus que jamais : une serre de rapace.

— Je t'en supplie, Nola, ne parle pas si fort.

J'ai baissé d'un ton.

— T'as mal où ?

— J'ai eu un pincement au cœur... Un violent pincement au cœur. J'ai cru... Tu sais, j'ai cru que je faisais un infarctus. Mais c'est passé.

Elle est allée s'asseoir dans le sofa.

— Chérie, apporte-moi un verre d'eau, veux-tu ?

Je me suis exécutée, la regardant de biais, incapable de lâcher son oreille des yeux, le sang noir qui s'était écoulé du conduit et coagulait sur la peau blanche. Je lui ai donné le verre, elle a bu.

— Maman... Ton oreille...

Elle n'a pas eu l'air de comprendre, alors j'ai murmuré :

— Ton oreille, là... Tu saignes.

Elle a porté la main à sa tête, puis a regardé ses doigts. Entre le pouce et l'index, elle a palpé le sang. Son visage n'exprimait rien, comme si elle ne voyait pas le rouge, comme si tous ses sens s'étaient déréglés.

— Qu'est-ce que c'est que ça ?

— Maman ! C'est du sang ! Du sang, je sais pas moi, une hémorragie ! C'est pas normal !

— Nola, calme-toi, et arrête de crier s'il te plaît.

— Merde, comment tu veux que je me calme ?

— Je vais très bien, chérie, je t'assure.

— C'est ça, j'ai fait en m'asseyant à côté d'elle, c'est ça, tu pètes la forme.

Nous nous sommes tues, le grésillement dans l'écran a pris tout l'espace. Au bout d'un moment, elle a chuchoté d'une voix agacée :

— C'est pas possible... Ça ne s'arrêtera jamais !

— Quoi ? De quoi tu parles, encore ?

— Les tuyaux, là ! a-t-elle expliqué en montrant

le plafond d'une main tremblante. Tous ces tuyaux, Seigneur, on n'entend que ça !

J'ai levé la tête. Je n'entendais rien du tout, juste le grésillement de cette foutue télé. Elle a continué, lasse, plaintive :

— Quand ce n'est pas les travaux, c'est les voitures. Quand ce n'est pas les voitures, c'est les tuyaux. Et quand ce n'est pas les tuyaux, c'est les voisins !

J'aurais pu dire exactement la même chose, mais pas sur le même ton, et j'aurais ponctué le tout de mots qui m'auraient coûté la peau des fesses au temps béni de la tirelire-transistor. Elle regardait autour d'elle, affolée par quelque monstre invisible, et je me demandai soudain si toute cette histoire d'hyperacousie n'était pas un mensonge, prétexte pour ne pas sortir, ne rien ouvrir, rester cachée dans l'alvéole comme dans un abri antiatomique. J'aurais voulu lui faire entendre qu'une telle chose *ne pouvait pas* se reproduire ; mais après tout, l'histoire de sa vie semblait me donner tort.

Elle, Mira, ma mère : conçue pour l'abandon, et pour la catastrophe.

— Maman... Il est mort. Ce mec est mort, il ne risque pas de revenir. Je sais bien qu'ici, ça pue le fantôme ; mais les fantômes, ça n'existe pas.

Elle avait souri, un sourire triste, son sourire de néant, puis elle avait passé sa main sur ma joue.

— Je sais, Nola, je sais bien.

— Alors si tu sais, pourquoi tu fais ça ?

Silence. Elle aurait sûrement voulu dire qu'elle ne faisait pas exprès, qu'elle n'y pouvait rien, que c'était comme ça, mais elle n'a rien dit du tout. Elle s'est levée et s'est éloignée dans le couloir. Je me suis levée à mon tour, je l'ai suivie. Elle est entrée dans la salle de bains. Elle a fixé un instant son reflet ensanglanté dans la glace de l'armoire à pharmacie, elle a pris un coton et elle s'est nettoyée.

Petite, malgré les vannes que me valait à l'école la profession paternelle, j'adorais fréquenter le salon de coiffure. C'était un endroit démodé, un commerce de quartier qui sentait la vieille dame, la poudre de riz et le chèvrefeuille, avec une large vitrine laquée d'orange vif. Papa le tenait de son père, qui l'avait payé une bouchée de pain au début des années 50, profitant du boom économique de l'après-guerre. Mon grand-père en tirait une telle fierté qu'il lui avait donné son prénom : *Michel*.

Jacques s'occupait des coupes, des mises en pli, des brushings, et Paul œuvrait comme coloriste. Je suppose que les deux fils n'eurent guère d'autre choix que de reprendre l'affaire familiale à la retraite de leur père, qui mourut quelques années plus tard, en 69. Mais le métier imposé semblait leur convenir. Mon oncle, en grand séducteur, trouvait bon compte à coiffer les femmes : deux compliments et un balayage californien plus tard, il sautait dans leur lit. Quant à papa, la minutie des coupes flattait son esprit mathématique : « C'est de la sculpture, Moineau, ni plus, ni moins. Une question de volume, de proportion, d'angle d'attaque. » Paul faisait tout le temps l'imbécile, bavard comme s'il quittait à la seconde un séminaire de moines trappistes, et Jacques, promu malgré lui psychologue de fortune, portait une oreille bienveillante aux petites confidences. En somme, les frères se complétaient tels le yin et le yang – le soleil et la lune d'un micro-univers.

Au temps de mon grand-père, et même aux débuts de mon père, coiffeur était un métier tout à fait viril, un business comme un autre rendu lucratif par l'essor de la société de services. Dans les années 80, le salon était toujours rentable, mais ne tournait plus qu'avec les habitués. Hormis quelques jeunes gens désargentés – étudiants, ouvriers, militaires de la caserne voisine – la majorité de la clientèle avait plus d'un demi-siècle au compteur. Lassé des ancêtres, mon oncle démissionna pour se mettre en *free lance*. Noceur légendaire, Paul avait noué tout un tas de relations, notamment dans le milieu de la mode. Il commença à travailler sur des séances photo, en backstage des défilés et, aujourd'hui encore, pour le cinéma. Papa l'avait incroyablement mal pris. Avec le recul, j'imagine qu'il le vécut comme une trahison, un rejet de leur histoire, de leur famille, de leur condition. J'avais dix ans et cette semaine-là, d'abord à ma grande joie, la boîte à Biiiip manqua d'exploser. Mais je compris bientôt que cette vague de grossièretés était beaucoup moins marrante qu'elle n'en avait l'air. D'habitude, mon oncle dînait souvent chez nous ; parfois, il restait même le dimanche. Nous invitions Mamie Jeanne, leur mère, ma seule aïeule encore vivante, et nous partions en balade au bois de Vincennes, faire de la barque, voir les animaux, pique-niquer sur les grandes pelouses vertes comme des pâturages suisses. Mais après la démission du cadet, tout fut différent. La maison de briques rouges était gonflée de rancœur et si Mira, en bonne hôtesse, faisait de son mieux pour calmer les tensions entre Abel et Caïn, les visites de Paul s'espacèrent peu à peu, au désarroi de Mamie Jeanne qui voyait rétrécir notre famille comme peau de chagrin. À sa mort, un an plus tard, elles devinrent nulles, et Paul disparut de ma vie pendant presque six ans – jusqu'à ce qu'il réapparaisse un lundi de décembre pour enterrer son frère.

Pour t'enterrer, toi, papa.

Quoi qu'il en soit, mon enfance fut bercée par les bruits de séchoirs, les commérages radotés, la musique à la radio. Je passais au salon en rentrant de l'école, avant que maman ne me raccompagne pour coacher mes devoirs – poigne de fer, gant de velours. Je m'asseyais à l'un des postes libres et je regardais travailler mon père, jalouse de toutes ces bonnes femmes qui me le volaient à longueur de journée. Le soir venu, je tirais sur ma frange : j'espérais ainsi la faire pousser plus vite, pour passer moi aussi entre ses mains expertes. Ça ne marchait jamais mais j'essayais quand même, en particulier les nuits de pleine lune – j'avais entendu dire que ces nuits-là, la croissance capillaire s'accélérait. Et puis, d'un œil énamouré, j'épiais aussi mon oncle. Il était beau, il l'a toujours été, avec son visage carré, taillé à la serpe, ses boucles noires, presque exotiques. Il me lavait parfois la tête et le massage était si délicieux que, la plupart du temps, je m'endormais. Je prenais mon goûter au milieu de ce joyeux bordel, si différent du calme évangélique du pavillon – des BN à la confiture de fraise, mes préférés, avec du lait que je buvais dans une chope en plastique vert. Postée dans un coin, je dessinais les gens ; j'usais des fauteuils pivotants comme de tourniquets, ce qui faisait enrager ma mère mais marrer tous les autres, papa compris ; je ramassais les cheveux par terre et j'en faisais des bouquets, avant que maman ne hurle une fatale entorse à la Sainte Hygiène et ne les fiche en l'air. Il y avait toujours une grand-mère qui n'était pas la mienne pour me donner une pièce, un parfum d'amande douce et de thé au jasmin, servi dans de jolis verres peints sur un grand plateau en métal argenté.

Ce salon, c'était un asile, un lieu imperturbable où rien ne changeait jamais. C'était un refuge où rien d'affreux ne pouvait arriver, où il faisait chaud, où ça sentait bon, où l'on m'aimait, semblait-il, de manière inconditionnelle, malgré la mauvaise note que j'avais pu avoir, la robe que j'avais tachée ou la bêtise que j'avais faite. Ce salon, c'était précisément l'endroit où je me sentais le plus en sécurité au monde, l'antithèse absolue de la scène de crime.

Comme quoi.

Des oreilles, j'en avais donc vu beaucoup : j'ai grandi avec elles. Je remarquais bien que celles des vieilles personnes étaient anormalement grandes, comme ajoutées sur leur tête par un artisan distrait qui se serait trompé de moule pour les fabriquer. Mais ces drôles d'excroissances faisaient partie du décor, au même titre que les fronts, les nez, les pommettes et, en dehors de celles des Barbie, je n'y avais jamais prêté d'attention particulière. Mais cet été-là, le mal bizarre qui affectait Mira avait changé la donne : elles commençaient, littéralement, à m'obséder. Malgré moi, façon écriture automatique, je passais mon temps à en griffonner partout ; c'était l'unique sujet que je pouvais dessiner. Je ne voyais plus les gens, seulement leurs oreilles, métonymies d'humains. La nuit, je rêvais que celles de ma mère étaient devenues si grandes qu'elle pouvait les rabattre autour d'elle comme un manteau, j'en voyais ramper sur de petites pattes d'insecte le long des tapisseries, se perdre dans les circonvolutions des fleurs, se fondre dans le décor tels des phasmes roses. Dans les rares nuages qui infiltraient le ciel, je voyais des oreilles. Dans le marc de café, des oreilles. Dans les fleurs du marché, des oreilles. Dans les anses des tasses, des oreilles. Dans les reliefs des murs, des oreilles. Même dans le colimaçon des escaliers. Le monde était devenu une oreille géante.

GARDE À VUE

La nuit de l'oreille en sang, justement, nous étions le 15 août. L'Assomption. Ma mère immaculée ne s'élevait pas : elle sombrait. À cinq heures du matin, j'avais réussi à la traîner aux urgences en lui faisant miroiter quelque tumeur au cerveau ; enfermée avec elle dans la salle d'attente de l'hôpital Bichat, j'observais pour tromper l'ennui les oreilles des autres patients.

Face à nous, une fille ravissante pleurait, la main tordue sur ses genoux dans un torchon plein de sang. Son petit ami tentait de la rassurer mais, visiblement, il n'en menait pas large. L'oreille droite de cette fille était très singulière, le haut du pavillon trop fin et légèrement plié, comme celui d'un elfe. Elle avait les cheveux longs, d'un blond vénitien, et l'anomalie ne se remarquait que lorsqu'elle les relevait pour s'aérer la nuque. Quelques fauteuils plus loin, un homme, la quarantaine, l'air frappadingue, de grandes auréoles aux pans de la chemise, passait son temps à se lever et à se rasseoir en murmurant : « C'est marteau, c'est marteau, c'est complètement marteau. » Il bougeait tellement que je n'arrivais pas à observer ses appendices – et c'est moi que ça rendait marteau. J'avais envie de lui mettre une mandale, l'étaler par terre et, sa tignasse en main, lui écraser le visage contre le carrelage pour étudier à loisir ce qui m'intéressait. Évidemment, je restai coite sur ma chaise, polie et policée selon mon habitude, belliqueuse en fantasmes et sage dans le réel comme une image pieuse. À ma gauche, ma mère portait ses boules Quiès ; malgré cela, elle s'agitait sur son siège, se balançait d'avant en arrière au rythme d'un gémissement discret mais suffisamment présent pour que tout le monde la tienne pour cinglée. À ma droite, un bébé couinait sans discontinuer dans les bras de son père, un père fatigué, cerné de violine ; les oreilles du nourrisson étaient si minuscules, si sublimes, qu'elles auraient pu servir de réclame pour la Création. Mais bien entendu, ma mère ne voyait pas cette incroyable beauté. Seuls les cris de l'enfant, tels des coups de poignard, la persécutaient.

Enfin ce fut notre tour, après trois heures d'attente dans la chaleur de l'aube, à croire que la climatisation était tombée en panne. On nous orienta vers le service ORL pour rencontrer une spécialiste au nom évocateur, le docteur Negresco. Je l'imaginai belle à la manière d'un monument historique, parée de deux dômes roses pointant sous sa blouse blanche, un palmier sur la tête, des dents éblouissantes comme des lustres en cristal, un regard rococo meublé de baldaquins, de tentures précieuses et de méridiennes. Mais elle apparut dans le couloir et la réalité reprit ses droits : quinquagénaire sévère, elle était décharnée, aussi pulpeuse qu'un platane l'hiver. En fait de palmier, un chignon piqué d'épingles jaillissait de son crâne tel un oursin de couturière sur une pelote de laine. Ses oreilles, démesurées pour son visage osseux, présentaient des hélix rectangulaires : on aurait dit des écoutilles. Elle n'avait rien de méridional non plus, elle était pâle, nordique, exténuée. Au fond, en dehors des oreilles, elle nous ressemblait beaucoup.

La décevante Negresco nous fit asseoir dans une petite salle austère, blanche et éthérée comme un grand lavabo.

— Alors, qu'est-ce qui vous arrive ?

Ma mère regardait autour d'elle, mains serrées sur les cuisses, l'air d'une fillette fautive dans le bureau du proviseur. Du coup, je répondis à sa place :

— Elle a saigné de l'oreille, tout à l'heure. L'oreille gauche. Elle a vraiment saigné, je veux dire, beaucoup.

— Vous avez d'autres symptômes ? demanda la doctoresse en se penchant vers elle. Madame, vous m'entendez ? Vous avez d'autres symptômes ?

La patiente, rappelée à l'ordre, tourna la tête vers le médecin.

— D'autres... ? Je... J'ai des acouphènes, enfin, c'est ce que dit notre généraliste.

— Non, rectifiai-je, il dit qu'elle souffre d'*hyperacousie*. Elle entend tout trop fort, vous voyez, comme si on lui avait greffé un haut-parleur dans le cerveau. Et puis elle a eu mal au cœur, aussi. Genre attaque.

— Je vois, déclara Negresco en prenant quelques notes dans un grand cahier noir. On va regarder ça de plus près.

Ma mère s'installa dans le fauteuil d'auscultation, une banquette inclinable en simili-cuir brun. La feuille de papier qui le recouvrait se froissa sous ses fesses en craquant, Mira plissa le front comme si ce bruit minuscule était une explosion. La doctoresse commença par écouter son cœur, puis saisit l'otoscope :

— Ôtez les boules Quiès, madame, s'il vous plaît.

Ma mère s'exécuta. Elle lui fourra la lampe dans l'oreille droite. Puis la gauche. Elle attrapa un abaisse-langue, observa sa gorge, prit sa tension. Pour ma part, je me tortillais sur ma chaise en attente du verdict, j'imaginais le pire, qu'elle était condamnée, qu'un nénuphar lui poussait dans la tête, que bientôt elle deviendrait sourde, aveugle, muette, ne pourrait plus marcher, penser, qu'une lobotomie frontale s'avérerait nécessaire, qu'elle finirait concombre au fond d'un lit d'hosto, paralysée, emmurée à l'intérieur d'elle-même en attendant la mort. Mais le médecin déclara :

— Ce n'est rien. Rien de grave. La tension est un peu basse, voilà tout.

— C'est-à-dire ? demandai-je, le cœur – *badaboum* – au fond de l'estomac.

La doctoresse me jeta un sourire, puis son visage repartit vers ma mère, laquelle avait remis ses boules Quiès et semblait de nouveau absente, les yeux perdus quelque part derrière les vitres, comme s'il y avait eu autre chose à voir que du béton et des fils électriques. Negresco lui posa la main sur l'épaule pour la faire revenir, Mira sursauta.

— Vous avez fait de la plongée, récemment ?

— Pardon ?

— De la plongée sous-marine ?

— Oh ! Non, docteur. Vraiment pas. Je ne suis même pas allée à la piscine.

— Un voyage en avion, peut-être ?

— Non, non plus… Rien du tout.

Negresco regarda dans ma direction, cherchant dans mes yeux une confirmation des propos de ma mère. J'avais hoché la tête pour dire « Correct ». Le médecin expliqua qu'elle présentait une perforation du tympan, semblables à celles constatées après un barotraumatisme. Elle lui fit signe de se lever, regagna son bureau et tapota le clavier de son ordinateur. Maman obéit, lissant de la paume sa jupe bleu ciel pour que le pli inélégant apparu entre ses cuisses s'estompe de la surface. Elle vint se rasseoir à mes côtés, avec, au fond du regard, un silencieux mais tonitruant « Je te l'avais bien dit ». Pour ma part, je ne l'entendais pas de cette oreille.

— Un barotraumatisme ?

— Suite à une décompression trop rapide, le tympan se perfore et, parfois, on observe un saignement. C'est fréquent chez les plongeurs. Enfin, quoi qu'il en soit, c'est tout à fait bénin. Quant au cœur, il n'y a rien. C'était probablement une douleur intercostale. Le stress…

— Et l'hyperacousie, demandai-je, il n'y a rien à faire ?

— Non, malheureusement. C'est assez mystérieux, comme pathologie. Il faut s'habituer. Petit à petit, l'ouïe se reconfigure pour gérer la nouvelle donne, même si ça reste pénible. Un générateur de bruit blanc peut aider, parfois.

— …Un quoi ?

— Un appareil qui produit un son de faible intensité, quelques décibels au-dessus du seuil de l'audition normale. Ça permet de tenir les acouphènes à distance.

J'évoquai alors cette nouvelle manie de maman, la télévision allumée sur le vide. Negresco acquiesça : le principe était similaire. Pour autant, à l'inverse du vieux hibou, elle nous déconseilla les environnements trop calmes. L'intolérance au bruit risquait de s'aggraver, une fois de retour dans le cadre habituel. Je me mordis la langue.

— Je pensais lui faire du bien, on part tout à l'heure à Saint-Malo…

Ma mère se tourna vers moi, brusque, un début de terreur saillant sous les paupières.

— Quoi ? Mais qu'est-ce que tu racontes ?

— Oui, j'ai les billets, je t'expliquerai.

Je regardai le médecin :

— Je croyais qu'un endroit calme, ce serait bon pour elle...

Negresco avait éclaté de rire et son chignon sembla vouloir dévaler la pente de son visage comme un bout de rocher dans une avalanche.

— Saint-Malo le 15 août ? Ne vous inquiétez pas, ça n'aura pas grand-chose à voir avec le désert ! Mais c'est une bonne idée : l'air de la mer, de toute façon, c'est salutaire. Avec cette canicule... interminable...

Elle soupira, se passa la main sur le front pour y essuyer une invisible sueur, puis se leva. Nous fîmes de même. Tandis qu'elle nous raccompagnait à la porte, elle me demanda où nous allions loger. Je blêmis : je n'en avais pas la moindre idée. J'étais si accaparée par mes inquiétudes, mon idée fixe de soulager maman, mon envie – tout à fait égoïste, j'avoue – de voir la mer, que je n'avais même pas pensé à cela. Je le dis à la doctoresse et elle ouvrit de grands yeux.

— Eh bien ! Je vous conseille de réserver un hôtel avant de vous embarquer... En tout cas, si vous n'avez pas l'intention de dormir sur la plage !

— Mais bon Dieu, Nola, reprit ma mère, de plus en plus effarée, qu'est-ce que c'est que cette histoire ? Et ton travail ?

— Au revoir, docteur, merci pour tout. Maman, lui chuchotai-je dans le cou en la poussant dehors, on va en parler, ne t'énerve pas...

— Bon courage, mesdames.

Nous sortîmes du bureau, du bâtiment, puis de l'enceinte de l'hôpital. Dehors, je réalisai que l'endroit était climatisé, en fait. L'air était moite et sirupeux comme de la réglisse, on l'avalait goulûment, de travers, il s'enroulait dans les poumons pareil à de la suie et, après quelques mètres, maman et moi étions trempées. L'hôpital n'était qu'à un pâté de maisons de chez nous mais à la voir, avec ses pas traînants, saccadés, les yeux emprisonnés dans les lanières de ses sandales, Mira semblait traverser le Kosovo. Sans me laisser distraire, je lui expliquai que *L'Évasion* fermait : c'était l'occasion rêvée de prendre la tangente, de quitter cet immeuble qui nous cassait le moral sous ses moellons tordus. Bien entendu, les iris scotchés au trottoir, elle râla, tempêta, supplia.

— Pars, toi... Pars toute seule... Je ne peux pas, Moineau, je t'assure, je préfère encore mourir. Mais va, toi. Va t'amuser.

M'amuser. Elle est bien bonne ! Le verbe claque toujours à mes oreilles comme une sorte d'insulte. Elle cherchait à m'apitoyer mais, *in petto*, je répétais en boucle : *Je m'en fous, je m'en fous, cette fois-ci Mira Verdier, tu ne m'auras pas*.

— On a besoin de partir. Toi ET moi. On ne peut pas continuer comme ça. Je ne sais pas ce qui t'arrive, maman... Mais je ne veux pas te perdre toi aussi. Tu comprends ?

À peine réintégrée l'alvéole, j'attrapai le téléphone. Je commençai par l'Office du Tourisme, griffonnant à la chaîne des oreilles sur le bloc-notes. Le docteur Negresco, peut-être parce qu'elle portait un nom d'hôtel, avait raison. J'écumai les numéros que l'Office m'avait donnés, sans le moindre résultat : tout était complet. Au fur et à mesure de mes déceptions, ma mère dans le sofa reprenait des couleurs, comme si j'avais voulu la conduire à l'échafaud, sac de jute sur la tête. Chaque refus à l'autre bout du fil semblait un pas à reculons dans le couloir de la mort. Ça m'énervait tellement que je continuais, plus motivée encore à me frayer un chemin jusqu'à un lit vacant, me tordant les doigts dans les trous numérotés du vieux cadran téléphonique – la seule pièce de mobilier à avoir un certain charme, vintage bakélite rouge vif, un objet plutôt rare qu'encore aujourd'hui, je cherche dans les brocantes sans jamais le trouver. Enfin, *L'Hôtel de l'Univers* m'annonça un désistement, pour une seule nuit, le soir même. Je hurlai quasiment dans le combiné :

— Je prends ! Je prends ! Deux personnes ! Verdier ! Au nom de Verdier !

Et je raccrochai, coulant vers ma mère un sourire de victoire.

— Hop, lève-toi, on part !

— Nola, je t'en prie...

— On part, maman, que tu le veuilles ou non, c'est comme ça, c'est tout. Merde à la fin.

Je m'éloignai dans le couloir et revins avec un sac de voyage. À l'intérieur, en tête, mon maillot de bain.

— Le train est dans une heure, j'appelle un taxi.

Sa peau, comme celle d'un caméléon, avait pris la teinte du canapé.

Après avoir commandé une voiture, je vins m'asseoir près d'elle. Ses genoux claquaient l'un contre l'autre, ses cuisses tremblaient sous sa jupe bleue ; le tissu frémissait, surface océanique, et je m'en voulus de l'avoir mise dans cet état.

— Maman, là-bas, il fait dix degrés de moins, je l'ai lu dans le journal.

— Je sais, mais… Le train, Nola, tu te rends compte ? Les rails, les gens, les annonces au micro…

— Emporte tes boules Quiès. Et puis, ajoutai-je en sortant du sac un walkman, je t'ai fait une cassette. J'ai enregistré la neige dans la télé. Je ne savais pas quoi écrire, alors j'ai laissé vierge. Mais maintenant, je sais.

J'ouvris le clapet de l'appareil, éjectai la cassette. Je pris un stylo sur la table basse et, sur l'étiquette, j'écrivis : *Bruit Blanc.*

— Tu vois ? Ça va aller, je te promets. C'est seulement pour deux jours… Comme une expérience, d'accord ? Juste une expérience, maman. S'il te plaît.

Elle ne disait rien : elle regardait la cassette dans ma main, un peu émue peut-être, et j'attendis le verdict. À l'intérieur de moi, je la suppliai si fort et si longtemps que des larmes salées me montèrent aux yeux, comme la marée. Alors finalement, sûrement parce qu'elle vit que j'allais pleurer, elle murmura :

— D'accord.

EN CAVALE

L'eau. L'eau !

Moi aussi, je voulais un barotraumatisme : j'étais jalouse. J'ondulais au fond du monde, ventre contre le sable, les yeux grands ouverts et le silence autour, le liquide froid à faire mal au crâne, à perte de vue.

J'étais remontée, j'avais happé l'air, l'air à 26°, une perfection d'azote, d'oxygène et d'argon. Les sons refirent surface, les cris des gosses jetés du haut de l'échelle dans le bassin, les chamailleries des garçons en match de volley – torses pain d'épice et caleçons de surfeur –, les conversations des aoûtiens depuis leurs serviettes en éponge éclatantes, les remparts derrière eux, noirs de monde, dominant le golfe de la cité corsaire. Au-dessus de nous, quelques gracieux nuages comme filés au rouet d'une sirène de conte à qui l'amour d'un prince aurait donné des jambes, et puis le soleil tendre, aimé de nouveau, diffracté sur la mer en paillettes dorées. Pour la première fois depuis ta mort, papa, je me sentais vivante.

Mais là-bas, dans le fond : elle, Mira, ma mère, tassée sous la capeline d'osier qu'elle avait achetée une heure auparavant, adossée à un rocher tel un soldat en planque. J'avais les yeux mouillés et elle me sembla floue dans sa robe jaune paille, à demi fondue sur l'étendue neigeuse du sable comme une photo de Sarah Moon dans un vieux magazine.

J'ai encore fait quelques brasses puis, à contrecœur, je suis sortie de l'eau, rongée par la culpabilité plus que par le sel. Le sable était chaud, les garçons m'ont regardée. Exprès, leur ballon a roulé à mes pieds. Je leur ai renvoyé, mais je n'ai pas souri. J'aurais bien voulu… Je n'ai pas réussi. Parce que là-bas, tout près maintenant : le soldat en planque.

J'avais envie d'être méchante, vulgaire, de la traiter de grosse moule, de face d'huître, de bigorneau débile, mais bordel maman, tu ne veux pas une seconde, juste une seconde, sortir de ta coquille et regarder la vie ?

Tympans saturés de *bruit blanc*, elle avait dormi comme une bienheureuse dans le TGV. Mais depuis notre arrivée, après ce voyage en forme de parenthèse, elle était infernale. Terrorisée. Certes, Saint-Malo au 15 août n'avait rien de commun avec le désert mais à la voir, c'était carrément le débarquement de Normandie. Elle me faisait de la peine, me mettait en colère. Mes sentiments à son égard jouaient au yo-yo, j'hésitais entre l'étrangler et la prendre dans mes bras. Alors par vengeance, mais gentiment tout de même, pour rire, j'ai secoué près d'elle mes longs cheveux mouillés.

Les gouttes descendirent de moi comme des bulles de savon, avec douceur se posèrent sur sa peau, bébés loupes sur l'épiderme : elle fondit en larmes.

Du coup, je me suis assise dans le sable – et pour rire, on repassera.

Quelques heures plus tôt, nous avions donc investi *L'Univers*, un bel établissement beaucoup plus cher qu'escompté mais idéalement situé face à l'hôtel de ville, « intra-muros » disent les Malouins, au cœur des murailles. En rangeant nos vêtements dans le placard, j'avais dit pour blaguer :

— Une ville fortifiée, au moins, ça ne va pas trop nous dépayser !

Boules Quiès dans les oreilles, ma mère contemplait le plafond depuis le couvre-lit, bras croisés sur le ventre. Elle ne répondit pas. Je n'aurais su dire avec certitude si elle s'y refusait ou si, bouchée à l'émeri par ses tampons fluo, elle n'avait pas entendu.

— Maman ? Eh, oh, du bateau !

Je fis bringuebaler les cintres dans l'armoire. Elle se redressa, agacée.

— Nola…

— Je croyais que tu avais envie de venir ici !

— Je sais, Moineau… Mais les choses ont changé… Tout a changé, que veux-tu, on n'y peut rien.

Mes doigts se crispèrent autour d'un des cintres, la structure métallique se déforma sous la pression. J'avais failli saisir la lampe de chevet pour l'assommer avec – merde, merde et re-merde, chié, chié et re-chié – j'en avais marre, tellement marre, j'aurais pu me défenestrer.

— On peut toujours quelque chose, soufflai-je au bout d'un moment, le cintre tout écrasé dans ma paume. Tu ne crois pas que moi aussi, je voudrais rembobiner la vie ? Franchement, tu ne crois pas ?

Mais elle resta mutique – désespérément.

— C'est pas bien, ce que tu fais. C'est pas bien pour toi, c'est pas bien pour moi. Si papa était là, sûr, il t'en collerait une.

J'avais fini d'accrocher nos affaires sur la tringle et j'avais annoncé sur un ton sans appel :

— Debout les morts, on va déjeuner.

À la terrasse du *Café Licorne*, je commandai deux assiettes d'écrevisses et un pichet de vin blanc. Ray-Ban sur le nez, je goûtai l'évasion – la vraie, pour une fois. Face à moi, dos au soleil, ma mère ouvrait de grands yeux de lémurien. En dépit de la lumière dorée qui battait le pavé, ils s'étaient assombris. Je sortis de la crème solaire de mon sac, m'en tartinai les épaules et le nez pour lui faire plaisir, puis je lui tendis le tube.

— Non, ça va, merci chérie.

— Tu n'as pas peur de brûler ?

La plaisanterie échoua au ruisseau. Elle avait de l'humour, pourtant. Avant. Le vin arriva. Je me servis un plein verre, le bus d'un trait ; pour la première fois depuis des heures, elle m'avait regardée.

— Eh bien, Nola ! Tu es devenue alcoolique, depuis que tu travailles dans un bar ?

Je savais qu'elle pensait à la vieille tante Olga, aussi détournai-je au plus vite la conversation.

— Maman, pourquoi tu aimes tellement cet endroit ? Du moins, c'est ce que je croyais... Un jour, tu avais raconté que tu étais venue ici avec tes parents. Mais j'étais petite, je ne me rappelle pas bien.

Elle s'apprêtait à répondre quand un Anglais derrière nous éclata de rire – un rire rocailleux comme une chute de pierres. Elle sursauta. À l'intérieur du restaurant, on entendit un verre se briser, suivi de quelques Biiiip de circonstance. Un goéland passa au-dessus de nous en raillant, *kiiiu-kiiiu*, dans la foulée une rafale fit tinter l'enseigne d'une échoppe au loin dans la rue, *cliiiing*, les roulettes d'un landau, *tac-tac*, imprimèrent le dallé, un gosse en skateboard, *waouh*, dérapa en criant.

Sur le visage de Mira, c'était l'apocalypse. Son visage : ravagé. Pommettes affaissées, lèvres frémissantes, tout le sang évacué du derme, aspiré on ne sait où. Son visage : une désolation, un champ de ruines. J'avais l'impression que sa peau avait disparu – un squelette face à moi, ma mère telle qu'elle serait au fond du tombeau après des années de pourriture, ses oreilles depuis longtemps tombées en poussière. Je ne l'avais encore jamais vue dans un état pareil, c'était terrifiant.

— Maman, dis-je en lui prenant la main, c'est rien, regarde, c'est passé, plus de vent, le verre est ramassé, tout va bien, d'accord ? Bois du vin, bois un peu de vin, ça va te détendre…

Elle tremblait comme une feuille. Je poussai le verre devant elle, elle y trempa les lèvres. Je ne savais plus comment réagir, écartelée par des émotions contradictoires – agacement, inquiétude, terreur, solitude. Il fallait s'y résoudre : sa souffrance était réelle. Invisible, incompréhensible, mais réelle. Et comment gérer cela, alors ? Sa souffrance était aussi insensée que ta mort, papa, oui, le rapprochement était infaillible, la maladie de maman était un non-sens et les non-sens, rien à faire, on ne sait jamais par quel bout les prendre.

Le serveur posa les écrevisses devant nous, carmin et magnifiques sur leur lit de roquette. Il m'avait souri, je me souviens, un sourire de dragueur. Il allait dire quelque chose, petite phrase bien tournée pleine de testostérone, mais il regarda ma mère et la drague mit les voiles.

— Tout va bien ? Vous n'avez besoin de rien ?

— Non, c'est bon, merci.

J'avais été sèche, plus que je ne l'aurais voulu, et il fit volte-face en fronçant les sourcils. Il était mignon, un saisonnier, à peine plus âgé que moi. J'avais jeté un coup d'œil à Mira. Elle reprenait lentement des couleurs, aussi concentrai-je mon attention sur le dépiautage des écrevisses, croquant les pattes, suçant la chair, vidant les bestioles pour me rassasier le malheur. Peu à peu, elle parut se calmer tout à fait et entama à son tour, avec des gestes d'une lenteur terrible, le dépouillement des crustacés. Mon cœur battait trop vite, je bus un autre verre de vin, à l'affût de la prochaine catastrophe. La succession de bruits enchaînés m'avait fait l'effet d'un championnat international de dominos, et je n'avais guère envie d'assister à la finale.

Derrière nous, je le savais, c'était la mer. À ce moment-là, je ne l'avais pas encore vue, volée aux regards par les hauts murs d'enceinte ; et je la désirais, cette mer, c'était irrépressible, même mes élastiques de maillot me démangeaient comme pour me houspiller, « La mer la mer la mer on veut la mer ! »

Dans mon assiette, un tas de cartilages, roses et blancs, des coquilles vides, comme moi, pensai-je sans le vouloir, *comme moi*... mais une voix d'outre-tombe s'éleva tout à coup.

— Je suis venue avec eux, c'est vrai. Juste avant leur mort, l'été de l'incendie. Ça avait été les plus belles vacances de toute mon existence.

Je relevai les yeux. En suspension dans le bleu du ciel, ma mère tenait entre deux doigts une queue décortiquée ; on aurait dit un tableau surréaliste. Son geste semblait s'être arrêté entre la table et ses lèvres comme si, finalement, elle avait préféré parler.

— Derrière la cathédrale, Saint-Vincent, tu vois ? fit-elle en pointant le monument de l'index. J'ai eu mon premier baiser. Il s'appelait Tanguy, un Hollandais, un miracle de petit blond. Vu qu'on ne se comprenait pas, on s'était inventé un langage des signes… Ah ! Tiens, c'est drôle, quand on y pense…

Elle avait ajouté son « Ah ! Tiens, c'est drôle » sur le ton de « Ah ! Tiens, j'ai un cancer incurable ».

— Si ça continue, il faudra que j'apprenne le langage des sourds !

— Oui, maman, j'avais compris. Et Tanguy, alors ? Tu l'as revu ?

Elle se racla la gorge, regarda ailleurs, vers la muraille. Elle aurait voulu fuir, disparaître. Parler d'elle, je le savais, était une épreuve. Jamais maman ne parlait d'elle – ni à moi, ni à personne.

— C'était au mois de juillet… Juillet 59. Il y avait du monde. Comme aujourd'hui. Avec mon père, ton grand-père, on se levait très tôt pour aller courir le long des remparts. C'est un bel endroit, pour faire du jogging…

Elle réalisa la présence de la queue d'écrevisse entre ses doigts et l'avala – la goba, plutôt. Un nuage passa, masqua le soleil. Sur la chaise vide, juste à côté d'elle, un moineau vint se poser. Avec les billes opaques qui lui servaient de regard, il nous fixa. Disons, la corbeille de pain.

— *Moineau…*, avait murmuré ma mère sur une note chantée ; et le monde entier eut l'air de basculer.

Je connaissais la suite, la berceuse de papa chaque soir répétée même quand j'étais trop grande, *Moineau moqueur viens contre moi, tout près du cœur là où ça bat, Moineau câlin serre-moi bien fort, là où mon âme tout doux s'endort, Moineau des îles allons nager, dans les coraux partons rêver, Et de nos mains nous caresser, au fond du monde nous arrêter* – cette bluette ridicule, à mes yeux symphonie. Il faut dire, mon père chantait très bien. Mais j'éjectai la tristesse de l'autre côté des murs : je voulais reprendre notre conversation car je réalisais que maman aussi avait eu une enfance, et c'était bouleversant de l'entendre évoquer la personne qu'elle avait été jadis, avant tout, avant nous, avant moi, quand elle était jeune fille, créature d'avant les drames, ingrate, inconséquente et merveilleuse. J'avais l'illusion de la retrouver – mieux, de la découvrir – et, l'espace d'un instant, il y eut comme un espoir, brèche rarissime dans laquelle je sautai, vite, à pieds joints.

— Bon, maman, Tanguy !

— Oui, Tanguy… Quand je suis rentrée chez moi, on s'est écrit. On avait promis de se revoir l'année suivante. Sa famille possédait une maison, si bien qu'il venait tous les étés. Mes parents avaient adoré la région et j'aurais sûrement pu les convaincre de remettre ça… Mais voilà, tu connais la fin de l'histoire. Tout a brûlé… et tout a été brisé… déjà…

Son timbre imita ses mots – cassé. Elle but une gorgée de vin, noya son regard dans le verre à pied.

— J'avais gardé un souvenir merveilleux de cet endroit. Tu sais, la mémoire… On enjolive, on fantasme… On ment, aussi… On se ment… Mais bon, je n'ai jamais réussi à décider ton père.

Elle releva les yeux. Ils étaient laiteux, précipités de soleil, de la couleur du ciel.

— Tout de même, murmura-t-elle d'une voix minuscule, il avait dit : « Peut-être cet été. » L'année dernière, déjà, cette chaleur… Tu te souviens, à Ramatuelle ? On a failli crever…

— Oui, maman. Je me souviens.

Moi aussi, le dernier été avec mon père. Comment oublier ?

— Eh bien, lançai-je trop enjouée, dans le vain espoir de repousser les spectres, je le remplace un peu, du coup ! C'est moi qui t'emmène à Saint-Malo. Et à l'inverse de lui, je ne suis pas jalouse qu'un blondinet t'ait tripotée derrière l'église... Franchement, maman, l'église ! Tu n'as pas honte ?

Elle avait ri, un tout petit rire mais quand même, et je réalisai que son rire était précisément ce qui me manquait le plus. Comment un simple gloussement pouvait-il sembler à ce point extraordinaire ? Mais la seconde d'après, elle s'était refermée comme un poing que l'on serre.

Après l'épisode de la plage, elle voulut rentrer à l'hôtel. Là, elle refusa de se laver parce qu'il n'y avait qu'une douche : à l'appartement, elle ne prenait que des bains. Elle prétendait que le bruit du jet d'eau lui sonnait aux oreilles comme l'éveil d'un volcan et le temps que la baignoire fût pleine, elle allait se terrer dans l'alcôve du salon. Du coup, j'humectai un gant de toilette pour lui enlever le sable. Je le passai sur ses jambes, ses bras, ses pieds, puis la séchai dans une serviette. Dès qu'elle fut propre, elle s'empressa d'enfiler sa chemise de nuit.

— Va t'amuser, chérie. Retourne à la plage. Je vais dormir.

— M'man, il est cinq heures et demie...

Mais elle gisait déjà sur le couvre-lit matelassé.

— Je suis fatiguée, Nola... Tu ne sais pas ce que c'est, vivre avec une grosse caisse accrochée dans le dos !

Et elle s'activa de tout son être à contempler le plafond. Alors, comme une bonne fille, j'obéis à ma mère : je retournai à la plage.

— Mets de la crème.

Encore salée des baignades, j'avais dîné seule face aux remparts, à la terrasse d'une crêperie. Un vent fragile s'était levé, décoiffant la blondeur iceberg d'un adolescent suédois, qui ressemblait à Tanguy tel que je me le figurais. Maman gamine, se livrant là-haut à des jeux fripons avec un blondin d'outre-Rhin, tout ceci avait l'air d'une image de fiction. Mais nos propres souvenirs ont l'allure de fictions. Ce que je raconte ici me semble une fiction – et pourtant, j'y étais. Alors, les souvenirs des autres... J'essayais quand même de me les représenter, cette petite Mira, ce petit Tanguy, leurs baisers interdits et leurs langues inconnues. La dernière fois que j'avais friponné, moi, c'était un an plus tôt. Si le deuil ne constituait pas le cadre idéal d'une partie de jambes en l'air, je n'étais pas de bois... Mais ce qu'il me fallait au fond était beaucoup plus simple : juste que quelqu'un me serre dans ses bras. Depuis ta mort, papa, personne ne m'avait touchée. Personne, et surtout pas maman, comme si ça lui était désormais interdit. Je pensais qu'elle souffrait par erreur. Culpabilisait par erreur. Elle devait se dire : « Si j'avais été là-bas, peut-être... Si j'avais choisi le mercredi plutôt que le mardi comme jour de congé... Si j'avais téléphoné... » J'essayais de pardonner sa folie car par moments, je me disais la même chose. Si j'étais passée au salon comme quand j'étais gamine, au lieu de picoler dans des bars à la noix... Si seulement ! Ces pensées-là, rien à faire, on ne peut les empêcher.

Et j'avais soupiré, je me souviens, une vraie campagne de pub pour la désespérance.

Les coquillages ramassés plus tôt sur la plage tintaient dans ma poche. En m'enfilant bière sur bière, je les alignai sur la nappe en papier – bulots, coques, pétoncles, crépidules – toutes ces oreilles tombées de la Manche en spectacle immobile. Peut-être parce que les oreilles servent aussi à téléphoner, j'eus soudain envie d'appeler quelqu'un. Marie, Johanna, mais elles étaient toujours en Grèce. Même Thibault, alors que je ne lui parlais plus depuis notre rupture : il m'avait quittée pour le pire, Karen A., la garce du lycée, éternelle redoublante et le menton prognathe (mais bon, elle jouait de la guitare) et il me semblait avoir soldé ma virginité à un dindon sans tête. Mais surtout, Thibault n'était pas à ton enterrement, papa, et c'est cela, en réalité, que je ne lui pardonnais pas. Mes copines étaient venues, elles, avec leurs yeux bouffis, leurs robes surannées, toute cette stupéfaction nichée au fond du regard – deux petits elfes noirs aux mines embarrassées, encore plus perdues que moi.

La nuit tombait. Téléphoner à qui ? Un soir de 15 août, personne ne serait chez soi ; même *L'Évasion* était fermée. Je contemplais mes coquillages, le sable et le sel cristallisé dessus, la nacre si brillante devenue presque opaque. Ils faisaient peine à voir. Les coquillages, c'est toujours moins joli une fois sortis de l'eau. Secs, ternes, tristes, on dirait qu'ils supplient « Ramène-nous à la maison ! » Je relevai la tête : les remparts étaient flous, mous, tablette de chocolat en train de fondre devant moi. Je me frottai les yeux ; ça ne fit aucune différence. Pour être honnête, je crois que j'étais saoule. Et saoule, j'avais besoin de parler. Parler à quelqu'un, n'importe qui. J'ai allumé le portable, fait défiler les noms, amis-alphabet les uns après les autres. Mais il n'y avait là que des noms d'avant la chute et je ne me sentais plus aucun lien avec eux. C'est étrange qu'à un moment donné, on puisse avoir le sentiment de partager un monde, un même univers avec d'autres humains. Avant ta mort, papa, une communauté existait, au sein de laquelle j'avais une place. Mais depuis *lui*, depuis l'irruption du « cancer à deux jambes », le monde m'était devenu étranger et les autres me faisaient l'effet de petits hommes verts comme ceux dont rêvait Tag. Ces autres, j'avais beau les regarder, ils ne me touchaient plus. Je ne voyais que leur tristesse, leur médiocrité, leur malveillance. À m'être si vite endurcie, sans rien comprendre au fond à ce qui s'était passé, ni même à ce qui était *en train* de se passer, je n'étais plus tout à fait certaine d'exister. Moi, comme ces coquillages morts étalés sur la table ; et les autres, leurs vies léthargiques, leurs idéaux absurdes, je ne les supportais plus. Seuls les jeunes enfants me faisaient encore du bien, les seuls chez qui j'arrivais à déceler cette chose-là, l'innocence, les seuls à sans cesse demander « pourquoi » et à toujours obtenir une réponse, aussi mauvaise fût-elle. À mon pourquoi à moi, il n'y avait pas de réponse.

Une musique désespérante émergea du restaurant, on aurait dit la bande-son d'un mélodrame. C'était un morceau de Portishead, *Over*, je crois. À la maison, la musique était désormais interdite. Cela me manquait beaucoup mais ce soir-là, j'avais songé que ce n'était peut-être pas plus mal, finalement. Inutile d'enfoncer le clou, disons. Puis, sur l'écran à cristaux liquides, j'étais tombée sur PAUL.

Je commandai une énième bière et pressai la détente. La sonnerie glissa dans le vide, longtemps.

— Allô ? Crrrr… Allô ?

— C'est Nola.

— Nola ? Chérie ! Comment ça va ?

— Pas bien.

Un blanc.

Je me rappelle ce blanc. Je ne l'entends pas seulement, je le *vois* comme la neige là-bas, derrière ma fenêtre. Ce blanc aujourd'hui, il m'est synesthésie. À l'époque, il m'avait juste donné envie de pleurer.

— Je sais, c'est difficile. Pour moi aussi, c'est difficile.

— Où tu es ? Ça grésille.

— En Corrèze, sur un tournage.

— C'est chouette ?

— Bof, c'est un téléfilm, ça ne va pas rester dans les annales. Mais l'équipe est sympa, et puis ça se passe dans un salon de coiffure. Du coup, je m'amuse bien, je joue au professeur avec les comédiennes.

— J'imagine...

— Et toi ? Tu travailles ?

— Le bar fait le pont. On est à Saint-Malo.

— C'est vrai ? J'ai horreur de ce bled, on ne voit même pas la mer !

— Suffit de monter un peu...

— Tu me connais, Nolita : je n'ai pas le goût de l'effort.

Malgré moi, j'ai souri. À l'époque, il avait déjà quarante-sept ans, mais mon oncle se comportait toujours comme un môme. Il avait ce timbre de môme, de sale môme, cauchemar d'instituteur, polisson et indiscipliné.

— Et Mira ? demanda-t-il enfin avec une pointe de stress.

— Elle dort. Elle dort tout le temps, ou alors elle croit à un bombardement dès qu'un gosse fait tomber ses billes sur le trottoir... Enfin, tu vois le genre.

Silence. En fond sonore, des bruits industriels, des rails de travelling, des câbles que l'on tire, des onomatopées.

— Tiens le coup, Nola, ça va s'arranger. Enfin... Ta mère, ça va s'arranger. Laisse-lui le temps. Le deuil, c'est long, c'est vraiment long quand on a passé vingt ans auprès de quelqu'un. Mon frère, moi, je l'ai pratiqué un demi-siècle, alors je sais de quoi je parle.

— Paul…

Ma voix s'est brisée – une explosion de pétéchies dans la gorge.

— Il me manque, si tu savais… Il m'énervait tout le temps, et il me manque tellement !

Se calmer. Les larmes, ça n'a jamais ressuscité personne. Mantra. Personne. Les larmes, périmées. Réprimées.

— Nolita, ne pleure pas… Je viendrai en rentrant, d'accord ? On verra ce qu'on peut faire. On trouvera une solution.

— Y'a pas de solution. Elle devient folle, c'est tout.

— Écoute, je t'ai laissée trop longtemps toute seule, je suis désolé. Je vais me rattraper, je te promets…

— Tu t'es enfui, Paul. Voilà ce que t'as fait. Tu t'es enfui, comme tout le monde, et comme toujours. La fuite, c'est dans ton ADN !

— Chérie, je ne sais pas quoi te dire. Moi non plus, je ne vais pas très bien…

Au loin, j'ai entendu quelqu'un l'appeler, une femme, puis une grosse voix qui criait : « P.A.T. dans dix minutes ! »

P.A.T. Prêt à tourner.

— Faut que t'y ailles ?

— Oui, c'est une séquence de nuit. La Corrèze la nuit, tu n'as pas idée… Un décor de film d'horreur !

Je l'avais trouvé plutôt je-m'en-foutiste de me parler d'horreur, mais c'était sa nature. Ça a toujours été sa nature ; il ne fait pas exprès.

J'ai avalé ma salive, tenté de récupérer la voix d'une vivante.

— Tu viendras, c'est promis ?

— Je viendrai, Nola. Juré-craché, croix de bois-croix de fer, si je mens je…

— Chut. Ça pourrait bien t'arriver.

— J'ai toujours été contre le fait que t'ailles au catéchisme !

J'ai rigolé à travers les larmes. Je lui en voulais, mais j'ai rigolé quand même. On s'est dit au revoir et j'ai raccroché. En relevant la tête, j'ai vu le garçon aux cheveux d'iceberg m'observer, sans doute surpris par des sanglots en un lieu si inédit, l'été à une terrasse, au milieu des rires et des vapeurs d'alcool. J'ai cru qu'il allait se lever pour prendre de mes nouvelles, mais son père a demandé l'addition et l'adolescent s'est tourné vers sa sœur, une gosse d'une beauté sidérante, le visage comme fabriqué dans un moule des usines Corolle.

Essuyés, les yeux. Ça va bien. J'ai laissé un billet de cinquante sur la table, cendrier marocain en guise de presse-papier.

J'ai marché dans les ruelles, je suis montée aussi haut que je pouvais monter. De même qu'à Paris, je retardais mon retour auprès de ma mère. Le fait d'être ailleurs ne changeait rien du tout ; mais au moins, on voyait les étoiles. La nuit était belle, le ciel d'un noir bleuâtre, à peine voilé, iridescent. Je me suis cachée dans l'ombre de la cathédrale, adossée contre la pierre, et j'ai regardé les passants passer. Il en passait beaucoup. En couple, en groupe. Personne n'était seul ; personne, à part moi.

J'aurais aimé peindre cet endroit, Saint-Malo. À défaut, je m'y étais perdue. Les villes fortifiées ont un charme gothique, comme les maladies mentales. Tubulures, synapses, fils emmêlés dans lesquels on se perd, encablures électriques, réseau de nerfs, de rues, vestibules des passages, voûte crânienne des maisons, corps calleux des bois dressés là-bas sur la plage, hérissés telle la chevelure des fous dans les bandes dessinées, circuits de neurones, circuits de pavés – oreille interne. J'errais en rêvant que j'évoluais dans sa tête à elle, Mira, ma mère. Mais rien à faire : c'était un labyrinthe.

J'avais annoncé au taxi :

— Trouvez-nous un endroit de silence. N'importe quoi, une forêt, un champ, la lune... Nous voulons un endroit où le bruit n'existe pas.

Le chauffeur, un homme d'une quarantaine d'années à l'allure de marin, brut, buriné, m'avait regardée de travers dans le rétroviseur ; mais finalement, il avait démarré.

Nous étions désormais dans une vaste clairière, quelque part près de Combourg. De grandes colonnes de lumière descendaient des trouées nuageuses, balayant la prairie : c'était d'une beauté à couper le souffle. Autour de nous, il n'y avait que de l'herbe. Seuls quelques arbres sombres comme des traits de crayon stylisaient l'espace, flambant vert, à perte de vue. Maman était allongée dans le pré, sur le dos, le nez vissé au ciel : elle avait l'air si calme que j'envisageai une virée chez Go Sport pour l'installer là-bas dans une tente igloo. Au loin, on entendait un ruisseau – moi-même, je l'entendais – mais ce bruit-là ne semblait pas la déranger. Ce n'était pas vraiment du bruit ; plutôt de la musique.

— C'est quoi cette rivière ? demandai-je au chauffeur, avec qui je bavardais depuis notre arrivée, tous deux assis sur le capot rouillé de sa BM cobalt.

— L'Ille, répondit-il en roulant une cigarette.

J'ai observé ses gestes, la longueur arachnéenne de ses doigts, la dextérité avec laquelle il glissait les pincées de tabac dans le petit papier, le rapide coup de langue pour activer la colle.

— J'abuse, mais vous voudriez bien m'en rouler une ?

Il m'a souri et tendu celle qu'il venait de terminer. Il me l'alluma avec un briquet tête de mort, *Saint-Malo – Cité Corsaire*, puis répéta l'ouvrage pour son propre compte.

— Qu'est-ce qu'elle a, ta maman ?

— Les oreilles sensibles.

Ma réponse parut lui convenir et je lui en sus gré, de même qu'à tous ces gens qui ne posaient pas de questions. Mais son regard se dirigea vers les miennes, d'oreilles, et tout à coup, je me sentis incroyablement proche de lui. Je portais une queue-de-cheval : elles étaient à nu et il y avait dans l'intérêt soudain de cet homme pour mes appendices une trace d'intime, presque d'érotisme.

— Elles sont jolies, dit-il, comme s'il avait lu dans mes pensées.

— Merci.

Du coup, j'osai détailler les siennes : moyen format, bronzées, les lobes ourlés d'un duvet blond bien qu'il fût brun – un début de poivre et sel, plutôt. Et j'eus envie de les toucher, une envie brusque, un coup de foudre, là, maintenant, tout de suite. Je fixais ce lobe charnu, enflé, et sa peau semblait si douce… Alors, malgré moi, mon bras s'est tendu, ma main s'est avancée. Du bout des doigts, j'ai caressé l'étrange pulpe en fumant ma cigarette. Ça n'a pas eu l'air de le déranger. Il se passait quelque chose entre nous, quelque chose d'inexplicable ; et là-bas, maman était allongée dans une robe écarlate, comme un coquelicot, comme la dormeuse du val, inconsciente de tout. Le chauffeur et moi nous nous sommes observés, les yeux dans les yeux, ensemble fumant, mes doigts toujours effleurant la courbe de son oreille. Son visage était dur et doux à la fois, clair et brutal, un paradoxe. Et ses yeux étaient noirs, d'un noir abyssal, légèrement en amande. Mon cœur battait à tout rompre, près d'exploser en vol telle une comète. Je voyais jusqu'aux pores de sa peau et j'avais l'impression qu'il lisait en moi, qu'il savait tout, qu'il connaissait l'histoire, mon histoire, ma catastrophe, car toujours les inconnus savent mieux vous regarder que n'importe qui d'autre. Mes amis, ma famille, ma ville, tout me semblait étranger ; les lieux nouveaux m'étaient plus familiers que ceux que je connaissais par cœur, les gens rencontrés pour la première fois infiniment plus humains que ceux que j'étais censée aimer.

Si tu m'avais vue, papa... Si tu m'avais vue à cette époque, tu ne m'aurais pas reconnue.

Puis, ma main recula. Suspendus l'instant de la caresse, nos souffles réapparurent. L'Amsterdamer s'échappa de nos lèvres dans l'azur bleu Sainte Vierge et nous avions souri, un sourire gauche, tendre, mêlé de gêne, comme ceux d'après l'amour. Je pensai à mon cœur qui venait de repartir, pour de vrai – pas cette tranche de barbaque qui vous pompe le sang et puis qui le recrache pour vous maintenir debout. Je pensai à Thibault. Il était toujours mon seul et unique amant ; à dix-huit ans, ça ne faisait pas beaucoup. Johanna en était à deux, Marie à quatre. Les *Nineties* étaient dévergondées.

Au loin, le coquelicot s'est relevé, tache vermillon dans le vert infini. Ma mère en fleur nous a cherchés des yeux, elle a fait un signe quand elle nous a trouvés. À grands pas pour une fois, comme si elle avait chaussé des bottes de sept lieues, elle nous a rejoints. J'ai regardé ma montre.

— C'est l'heure…, murmurai-je pour moi-même, un peu déçue.

— En voiture, mesdames, déclara mon soupirant d'oreille en ouvrant la portière.

À l'arrière de la berline, nous étions montées – ceintures et cœurs bouclés. Quand il nous abandonna à la gare, après une demi-heure de route et autant de silence, j'avais enfin osé lui demander son prénom. Il s'appelait Martin.

Lorsque je pense à lui, toujours me vient l'image d'un martin-pêcheur, couleur de rouille et de cobalt – cet oiseau merveilleux qui, à la pire époque de toute mon existence, m'avait offert une seconde de répit. Mais les instants de grâce, cela ne dure jamais. J'espérais qu'en changeant d'air, nous aurions créé une distance entre nous et le drame ; il n'en fut rien. Je ne le savais pas encore, papa, le pressentais peut-être mais ne le *savais* pas ; pourtant, un autre drame se profilait, en marche lui aussi, une ombre gigantesque au revers de nos vies – de ces spectres que l'on ne saurait fuir, même à l'autre bout du monde.

Aujourd'hui pourtant, je fuis encore.

L'EMPREINTE DES FANTÔMES

Bordeaux, les ongles, presque noirs – destination Rio. Et actionner le robinet à bière, avec l'affreuse impression de n'être jamais partie.

La salle intérieure était quasiment vide, à part Momo et le Caribéen qui tapaient le carton dans un coin, sous l'affiche écornée des *Douze Salopards*. Ils avaient commandé une bouteille de graves et, abreuvés pour un temps, nous laissaient tranquilles derrière notre comptoir. Cela valait mieux car Tag non plus n'était pas en grande forme, le mardi de la reprise.

— Patron, c'est quoi cette humeur de massacre ?

— Pffff. Foutaises.

Chacun de ses gestes semblait frappé de colère.

— L'OVNI ?

— Des avions. Juste des avions. Les gens se sont emballés, tu vois le topo. Y'avait un feu d'artifice, c'était la fête au village et la nuit des étoiles filantes : tout le monde regardait le ciel. Tu sais comme c'est, les groupes. J'entends, l'effet de groupe. Et puis, ils devaient déjà tous être un peu bourrés.

— Ils ont l'air bête maintenant, chez TF1 !

— Je ne te le fais pas dire.

Il semblait si déçu dans sa chemise à carreaux ! Au-dessus du zinc, il essuyait les verres comme s'il voulait les tordre.

— Vous savez, Tag, c'est pas parce qu'on ne les voit pas qu'ils ne sont pas là. A priori, les extraterrestres, ils sont plus malins que nous, non ? Ils doivent être du genre discret…

— T'es mignonne, Nola. Je ne suis qu'un vieux taré, c'est tout. Et toi, ton week-end ?

Je haussai les épaules.

— Chaque fois que je vais à la mer, je me dis que je ne suis pas faite pour habiter ici.

— Ouep, déclara-t-il en se grattant le menton, je vois ce que tu veux dire. Perso, ça serait la Laponie. Y'a pas la mer mais y'a la reine des neiges, et peut-être même le Yéti… Et toi ? T'aimerais habiter où ?

— Je ne sais pas. En fait, dès que je suis ailleurs, j'ai l'impression qu'il y a des tas d'endroits où je pourrais vivre. La question n'est pas tellement où, mais plutôt avec qui.

— Ah. Ta mère, ça ne va pas mieux, donc.

— Ça lui a fait du bien, je crois… Sur le moment. Maintenant, c'est retour à la case départ. Mais bon, je me suis baignée.

Tag passa sa grosse main humide de sueur sur ma joue creuse humide de sueur, d'un geste paternel. La canicule devait bientôt cesser mais ce jour-là, il faisait encore presque 30°. Je tournai les yeux vers la terrasse. Une fillette de cinq ou six ans courait entre les tables, inlassablement, à croire qu'elle s'entraînait pour un marathon. Mon voisin tatoué avait bien raison : « À cet âge là, on est toujours content. Parce qu'on sait rien de rien. » Cette petite, elle me flanquait le cafard, mais le garçon entra et mes larmes firent demi-tour, absorbées par les cristallins.

C'était le garçon de l'autre fois, avec son air compatissant, son demi de blonde et son pas décidé. Il était dix-neuf heures et vingt-quatre minutes – je m'en souviens très bien, j'avais regardé l'horloge, un grand truc en plastique bleu traversé de néons figurant une bouteille de vodka. Maman n'avait pas tort, la mémoire est surprenante ; on fixe des détails, des mots et des couleurs, mais au final, on recrée l'essentiel.

Le jeune homme avait dit :

— Bonsoir.

J'avais répondu :

— Bonsoir.

— Vous êtes Nola Verdier ?

Pour le coup, je l'avais dévisagé comme un extraterrestre.

— On se connaît ?

— Non. Enfin, pas exactement. Mais on a quelque chose en commun.

Je l'avais examiné – davantage étudié que la première fois. Il était grand, châtain, la silhouette sportive, les cheveux ras. Quelques taches de rousseur accentuées par le soleil lui couraient sur le nez, les pommettes et le front, comme s'il avait bronzé à travers un tamis. Mais le plus marquant restait ses yeux, d'un bleu très clair, couleur glacier, et je me demandais comment j'avais pu omettre de noter ce détail. Par réflexe, j'ai fixé ses oreilles : petites, toutes petites, rétrécies comme un cachemire passé en machine par erreur. Mais mignonnes.

Lorsque le jeune homme et moi avions établi le contact, Tag s'était éloigné. Il faisait mine de lire *Le Parisien* sous la fameuse horloge mais en réalité, il s'était mis en mode surveillance, exactement comme quand, tard le soir, la bête pluricéphale menaçait du trottoir la tranquillité du voisinage.

— Quelque chose en commun, c'est-à-dire ? m'enquis-je, un peu méfiante.

— J'ai pas mal hésité avant de revenir. En fait, l'autre fois, quand je suis passé, ce n'était pas un hasard. Ça fait deux mois que je vous cherche. J'avais votre adresse à Montreuil mais vous avez déménagé et après...

Je l'interrompis d'un geste de la main.

— Attendez, je ne comprends pas. Je ne comprends rien à ce que vous racontez. Vous êtes qui, au juste ?

— Je m'appelle Jonas.

Il marqua une pause, et je me demandai s'il voulait que je lui dise que c'était un chouette prénom ou quoi ; mais finalement, il avait enchaîné.

— Jonas Soloria.

Mes jambes sous moi s'étaient dérobées, fauchées par une lame immense comme la mort.

À l'une des cinq tables de la maigre terrasse, devant une paire de bières et le soleil du soir qui brûlait les paupières, nous étions face à face. Jonas Soloria / Nola Verdier. *Ceux qui restent.* Les rencontres de ce type, jusqu'ici, j'avais tout mis en œuvre pour les éviter.

— Comment vous m'avez retrouvée ?

— Dans votre immeuble... À la porte, ça ne répondait pas mais en partant, j'ai croisé un gars dans le couloir, un jeune avec deux gosses. Il m'a dit que vous travailliez ici.

Bien sûr. Le « Che ».

Un énorme 4 × 4 noir stoppa au carrefour, cracha fenêtres ouvertes un rap tonitruant, si fort qu'il faisait vibrer le trottoir, les verres, les chaises. Jonas attendit que le véhicule démarre, bifurque, disparaisse, puis il demanda :

— Vous vous sentez mieux ?

J'avais hoché la tête, mais je ne devais pas être très convaincante. Je ne crois pas que j'aurais pu dire quoi que ce soit, ni « oui », ni même « non ». Alors au début, nous avions bu en silence – ce silence citadin, vrombissant, traversé de fureur. Il fallait digérer la rencontre, raccommoder la vie, quitter les cimetières. Pour combler le grand vide de nos paroles tues, je composais d'autres mots, tant bien que mal, j'effaçais tous ceux que je ne trouvais pas, je parlais dans ma tête, *Nuit, lave-moi ces HLM crasseux, ces boulevards déprimants, gomme-moi ces arbres de canicule, décharnés comme des anorexiques au stade terminal...* Je rêvais de Laponie, de neiges éternelles et de petits traîneaux. Je rêvais de grands chiens blancs pareils à des nuages, de flocons en fractales, d'élégants conifères aux cimes monumentales, je rêvais de silence et d'éternité, d'un monde sans odeur, sans poubelle, je rêvais d'intemporel et d'immaculé – je rêvais d'un monde qui n'existait plus. Mais au bout d'un moment, j'avais rouvert la bouche :

— On va dire « tu ».

Il avait souri, un sourire triste, le même sourire de néant que maman et moi, puis mimé de l'index une trachée que l'on saigne.

— On va dire « tue ».

J'avais songé : *formidable. Pour couronner le tout, il est spirituel.*

Je ne savais que penser de sa démarche. Était-elle saine, malsaine ? Salutaire, suicidaire ? Ça m'avait l'air d'un piège, mais ce n'était peut-être pas plus mal d'y être tombée. J'ai bu la dernière gorgée de bière. Avalée lentement. Froide et piquante. Aux flancs du tube vert sapin de la colonne Morris tournaient dans un sens l'affiche d'*Armageddon* et dans l'autre, celle d'un film iranien intitulé *Le Silence*. Tout cela allait très bien ensemble.

— Toi, c'est ta sœur, c'est ça ?

— Katia. Ma jumelle.

— Tu es allé voir les autres familles ? Je veux dire, tu suis un genre de programme, tu veux créer un groupuscule thérapeutique ou je sais pas quoi ?

— Non, juste toi. Les autres… Ce n'est pas notre génération, je ne saurais pas quoi dire, pas comment partager… Toi, c'est parce qu'on a le même âge. Enfin presque, j'ai vingt ans.

— Oui, je sais. Moi aussi, j'ai lu les journaux. Mais bon, ils ont eu la décence de ne pas mettre nos têtes.

— Tu parles… C'est bien la seule qu'ils ont eue !

Jonas alluma une cigarette et, selon mon habitude, je lui en piquai une. À l'époque, je n'en avais jamais acheté, je les taxais toujours, pour l'échange, la convivialité, pour parler avec quelqu'un. Je ne voulais pas de clopes de solitude, elles m'étaient la chaleur des rencontres – de hasard, ou pas.

— Elle est où, ta sœur ?

— Près de François Truffaut. À Montmartre. Ma famille a un caveau.

— *So chic*.

— Et toi ?

— Montreuil.

Nos verres étaient vides et Tag s'est empressé de nous remettre une tournée.

— Ça va, Nola ?

— Oui, ça va, merci. Vous m'appelez si besoin, d'accord ?

— T'en fais pas. Tu vois bien, y'a pas un rat… Ça doit être le double effet « 15 Août ».

Il a débarrassé deux cafés sur la table voisine, m'a souri puis disparu. Jonas l'a suivi des yeux.

— Il a l'air sympa, pour un patron de rade…

— Il l'est. J'ai eu de la chance, avec ce job.

— Une fois n'est pas coutume !

Son cynisme m'a fait rire, un drôle de rire brisé que je n'ai même pas reconnu comme étant le mien. Il faut dire que rigoler, ça s'était fait rare, ces derniers temps. Sur ces entrefaites, le Vieux a débarqué avec sa moquette, bandanas assortis autour de leurs cous grêles, pattes folles et babines écumantes – égaux à leur légende, juste un poil en retard sur l'horaire habituel.

— Alors, la gosse ? On picole pendant le service ?

— Il y a des jours comme ça, m'sieur.

— Eh ben, c'est du propre…

Soudain, le petit bâtard s'est mis à aboyer comme un sourd au passage d'un énorme rottweiler, mâchoire Caterpillar. *S'il croit être de taille !* avais-je pensé. « David et Goliath ». « Jonas et la baleine ». Vu que le molosse forçait sur sa laisse, retenue d'une main fragile par une coquette jeune femme en talons aiguilles, le Vieux a tiré son bout de moquette vers l'intérieur et, à leur tour, ils ont disparu.

— Je déteste ce vieux… Je te jure, c'est dingue, je ne peux pas l'encadrer.

Jonas m'a regardée, comme si ma haine du Vieux disait autre chose que ce que j'avais dit. Il m'a frôlé la main et une décharge électrique m'a transpercé le corps. Littéralement.

— Si tu veux, Nola, je m'en vais. Je comprendrais. Peut-être que tu trouves tout ça un peu « couteau dans la plaie », mais j'ai pensé qu'on pourrait s'entraider… Être un peu moins seuls, tu vois ? Je ne sais pas pour toi mais moi, je n'arrive pas à en parler. À personne. Même dans ma propre famille, c'est un sujet tabou.

— Idem. Sans compter que depuis, ma mère a pété les plombs.

— Ça… Mon père, il boit comme un plan de courge ; et la mienne, de mère, elle passe ses journées couchée sur sa tombe. La tombe de Katia… Quand elle rentre, elle sent la terre sèche et le pétale de rose.

— Peut-être que ça serait plus facile s'il était en vie. Quand on n'a plus qu'un fantôme à haïr, je suppose que ça n'aide pas.

Jonas a fixé l'horizon, ou plutôt le non-horizon, les barres, ce fichu ciel de périphérique. J'ai fixé mes pieds, coincés dans des ballerines orange, pathétique tentative pour colorer le chaos. Alors lui et moi, à cet instant et sans avoir besoin d'en dire quoi que ce soit, nous l'avions vu, le fantôme.

Le tueur.

Vianelli.

C'était son nom, Vianelli. Eric Vianelli. Cela semble incongru, mais il avait un nom. Comme tous les êtres humains, comme chacun sur cette Terre. Pas de dessein céleste, non. Pas de vengeance divine, pas de mauvais karma – juste un mauvais timing. Tu es mort, papa, parce qu'un désespéré n'a pas été foutu de s'autolyser tout seul, tout seul comme un grand, tout seul comme un homme. Tu es mort pour rien. Pour la lâcheté d'un autre. Mais cet autre-là, aucun d'entre nous n'a pu le lyncher, ni en songe, ni en procès – prévenu décédé. Alors même ça, *la haine*, ça ne savait plus où prendre, pareil à une plante arrachée de la terre. Non-lieu. Comme si ça n'avait pas eu lieu. Et je savais que Jonas pensait à cela, lui aussi, tandis que nous buvions de trop grandes gorgées au milieu du silence – cet ersatz de silence, sans cesse transpercé par les ambulances de l'hôpital Bichat.

URGENCES SANG. URGENCES GREFFE.

Mon père était donneur d'organes. Son corps, je crois, a sauvé trois personnes. Il en serait heureux, ça ne me console pas. Je n'en suis pas très fière mais non, ça ne m'a jamais consolée.

— En fait, murmurai-je finalement, j'ai l'impression d'habiter chez les zombies.

Le visage de Jonas revint vers moi, je redressai le mien en sentant son regard s'épingler à ma peau. Eux – nos regards – se fuyaient sans cesse car, dès qu'ils se croisaient, le sol semblait s'ouvrir. Alors pour oublier, il désigna nos verres :

— Une autre ?

J'acquiesçai. Il se leva, entra dans *L'Évasion*. Face à moi, il n'y eut plus rien que sa chope de bière vide et le crépuscule interminable. Je commençais à sombrer dans la mélancolie quand il réapparut, quelques secondes plus tard, un demi dans chaque main comme deux petits haltères. Il posa les boissons sur la table, se rassit, masquant dans son mouvement le lent déclin du jour. Il était beau, Jonas. Ce n'était pas l'enjeu du moment mais je n'avais pu m'empêcher de me faire la réflexion – *zut alors, ce mec est vraiment beau ; surtout pour un demi-mort*.

— Franchement, chuchotai-je, quand on y pense… Je ne crois pas qu'Andy Warhol envisageait un truc pareil.

— Quoi ?

— Tu sais, les quinze minutes de gloire ? Tout le monde dans la vie peut obtenir ses quinze minutes de gloire… Sauf que Vianelli, pour ça, il a choisi sa mort. Et rien à foutre du reste. Rien à foutre de ta sœur, rien à foutre de mon père. Rien à foutre de rien. Rien à foutre de nous.

Jonas contempla la mousse au dessus de sa bière, puis releva la tête. Son regard était si clair qu'on pouvait s'y noyer. Je pensai aux névés, à la fonte des glaces ; mais dans ses yeux à lui, il n'y avait pas de larmes. Juste des bouts de verre.

— Tu sais, Nola... Peut-être que le Mal, ça sert juste à rappeler que le Bien existe.

Sur ce, il saisit sa chope.

— Trinquons.

— Je vois pas très bien à quoi tu veux trinquer, là.

— À Eric Vianelli.

— T'as raison !

— Mais si. Le Mal est mort, vive le Bien.

— Tu fais vraiment dans la métaphysique de comptoir...

— Bon, tu trinques ou pas ?

J'avais soupiré, mais j'avais levé mon verre. Et au décès du Mal, les yeux dans les yeux, nous avions trinqué.

Jusqu'à la fin du service, mon tristement nouvel ami resta coudes au comptoir pour me tenir compagnie. La soirée fut calme et Tag ferma tôt, plus tôt que d'habitude, aux alentours de minuit. Jonas avait proposé de me raccompagner, aussi marchions-nous à pas lents en direction de l'immeuble. Au carrefour, une étrange lune jaune s'était coincée entre deux branches d'arbre, l'air d'un ballon en mousse perdu par un enfant. La nuit paraissait fraîche en comparaison de ce que nous avions connu ; c'était agréable, reposant. Les punks à chiens n'étaient pas à leur emplacement habituel et, hormis la circulation, un calme relatif régnait dans le quartier. Au carrefour, en attendant la venue du petit bonhomme vert, Jonas me prit la main. Nouveau choc électrique. La chaleur de sa paume me semblait inédite, je crois que j'aurais pu coucher avec lui, là, tout de suite, contre un graffiti, sur un bout de trottoir, dans les cris des bagnoles ; il aurait juste fallu qu'il me le demande. Il me plaisait. Il me plaisait plus que quiconque jusqu'ici. Jonas en cet instant, c'était une évidence. Quelque chose en lui me touchait, m'amusait. Il était plus âgé que moi mais parlait comme un gamin. Et, coincé dans ce grand corps d'athlète, je voyais encore le petit garçon qu'il avait été – qu'il était toujours, sans doute, jusqu'à ce 2 décembre. Après une centaine de mètres, il me lâcha la main, comme s'il s'agissait d'une couronne d'épines. L'attirance était réciproque, palpable, mais il y avait nos Morts dressés entre nous, barbelés de tristesse.

— Tu sais, déclara-t-il après un long silence, moi aussi sur le moment, ça m'a rendu furax qu'il se soit buté. Mais avec le recul, c'est peut-être mieux comme ça.

— Comment tu peux dire un truc pareil ?

— Réfléchis, Nola. Un procès, les avocats, les médias, des wagons de pognon dépensé, toutes ces années à attendre le verdict... Et encore, s'il y avait eu un verdict ! À tous les coups, son avocat aurait plaidé la démence et on se serait retrouvés avec un autre genre de non-lieu, un non-lieu psychiatrique.

— Déclaré fou, pas de procès...

— Tu parles. Ils l'auraient collé dans une institution, genre unité pour malades difficiles, et aujourd'hui, il serait bien tranquille à jouer à la belote en bouffant des gaufrettes.

— Comment tu sais ça ?

— Je suis en deuxième année de droit. J'ai fait le dossier pour la C.I.V.I, tu sais, la commission d'indemnisation. C'est comme ça que j'ai eu ta nouvelle adresse... D'ailleurs, ils prennent leur temps !

Je n'avais rien ajouté, je me fichais de l'argent ; j'imaginais Vianelli manger des Granola sur le banc fleuri d'un sanatorium. Peut-être Jonas avait-il raison. Peut-être sa mort avait-elle simplifié les choses. Difficile de trancher, même aujourd'hui. Et puis surtout, à quoi bon ? Le châtiment n'efface pas la souffrance.

— C'est affreux, dis-je en apercevant l'imposante masse sombre de l'immeuble mutant, ramassée sur elle-même comme un essaim d'abeilles tueuses.

— Ouah, je sais. J'aurais jamais dû te parler des gaufrettes.

Malgré moi, j'éclatai de rire.

— Non, je veux dire : chaque fois que j'arrive ici, je m'attends à une nouvelle catastrophe.

Il fixa notre ruche, et je savais bien ce qu'il pensait : « De nuit, c'est encore pire. » Derrière nous, un clochard passa en hurlant des borborygmes incompréhensibles. J'eus une montée d'adrénaline, peur qu'il ne s'arrête, ne vienne tout gâcher ; mais non. Il poursuivit sa route sans même sembler nous voir, gueulard et titubant.

— Tu veux que je monte avec toi ?

J'hésitai un instant, pas longtemps.

— OK. Mais si elle dort, surtout, tu cesses de respirer !

Je poussai la porte cochère. L'impact en étoile avait disparu, la vitre avait été remplacée. Ça m'avait fait plaisir ; certaines choses, au moins, pouvaient se réparer.

Au troisième, l'ampoule du plafonnier grésillait comme du lard dans une poêle : la mort du filament était imminente. Jonas a levé la tête.

— Vraiment sympa, cette construction...

— N'est-ce pas ? Je m'y suis tout de suite plu !

Au dernier étage, le souffle court, j'ai sorti mes clés, ouvert avec les précautions d'usage, les doigts augmentés d'un très long silencieux. À l'intérieur régnaient l'étuve et une obscurité d'encre. Pas de téléviseur allumé, pas de lampe, rien – un noir de blockhaus. J'ai tiré la ficelle de l'applique sise au mur de l'entrée, et la lumière fut. Nos reflets piquetés apparurent dans le vieux miroir et, par le biais de la glace, j'ai posé l'index sur mes lèvres à l'attention de Jonas. En fait de réponse, il exécuta une série de petits gestes abscons style commando militaire, un truc de paint-ball ou de jeu vidéo, et j'ai pouffé. Pouffer était extraordinaire : une fraction de seconde, j'ai eu dix-huit ans. Mais ensuite, j'ai avancé dans le corridor.

Au salon : personne.

À la cuisine : personne.

— Elle doit être dans sa chambre. Attends-moi, je vais voir.

J'ai planté Jonas à la saignée du coude et je suis allée entrouvrir la porte. Mais dans la cage du lit, pas de maman non plus. J'imagine que c'est à ce moment-là que j'ai commencé à m'inquiéter. J'ai quitté la chambre, traversé le couloir. À la salle de bains, j'ai pressé l'interrupteur.

Et j'ai crié.

Je ne crie pas souvent mais là, oui, j'ai crié. Jonas a débarqué et nous a trouvées, Mira les bras pleins de sang, moi au-dessus d'elle complètement affolée à lui prendre le pouls – pouls faible, mais présent. La vitre de protection autour de la baignoire était à demi brisée, les éclats translucides éparpillés autour d'elle sur le sable du carrelage, gros comme des grêlons, coupants comme des lames. Et, au milieu des débris, gisait une clé anglaise.

— Bordel, Nola… Qu'est-ce qui s'est passé ?!

— Appelle le Samu, les pompiers, s'il te plaît, fais quelque chose…

J'ai secoué le corps inerte, « maman, maman », je lui ai collé des gifles, de grandes gifles trop fortes, des gifles de panique. Elle est revenue à elle, lentement, ses yeux se sont rouverts, d'abord deux fentes hâves, puis le bleu, enfin le bleu, et le noir des pupilles, dilaté par les médicaments.

— Maman... Qu'est-ce que t'as fait...?

Elle a essayé de parler, mais elle avait la bouche sèche, les lèvres cartonnées. J'ai pris une serviette, la lui ai calée sous la tête en guise d'oreiller, puis j'ai rempli d'eau le verre à dents. Par petits à-coups, comme on ferait avec un nourrisson, un animal, je l'ai fait boire.

— Le robinet..., chuchota-t-elle en désignant près d'elle la clé à molette. Le robinet gouttait, c'était insupportable... Je n'arrivais pas à le refermer, j'ai forcé mais ça gouttait toujours. Ça gouttait *toujours*, Moineau, tu comprends ? Je me suis énervée, et puis... Je ne sais pas, j'ai dû glisser...

Jonas s'est encadré dans la porte :

— Les secours arrivent. Deux, trois minutes.

Il m'avait fixée, je me souviens, l'air de dire « Y'a des jours comme ça, vaudrait mieux pas se lever. »

— T'as raison, Jonas... T'as raison. « Le Mal est mort. »

LES EXPERTS

Alors madame Verdier, comment se sent-on, ce matin ? Je vois qu'on a mangé tout son petit déjeuner, c'est merveilleux, le docteur Lemsa va être fière de vous !

Madame Verdier a souri à l'infirmière, un sourire franc voilé d'absence, typique des malades sous antidépresseurs. Certes, elle paraissait un peu ailleurs, mais elle avait bonne mine au-dessus de la nuisette rose, assortie à ses nouvelles boules Quiès. L'infirmière, une jolie beurette au visage poupin, s'est saisie du plateau sur la desserte, puis s'est éclipsée en nous faisant un clin d'œil – disons, plutôt à Paul. Madame Verdier a tourné la tête, regardé dehors, l'étrange sourire toujours en flottaison sur la ligne de ses lèvres. Un grand corbeau noir a biffé le ciel tel un trait de khôl kajal, elle l'a suivi des yeux d'un air ébahi. Pour ma part, j'avais l'impression que mon intestin grêle s'était enroulé autour de mon plexus solaire comme une corde sur une poulie, et mon ventre me faisait l'effet d'un puits sans fond au-dessus duquel un seau d'angoisse se balançait en grinçant.

Jeudi 27 août 1998, clinique psychiatrique en banlieue parisienne, jardins à la française parcourus d'allées gravillonnées de blanc – un monde parfait, sous sédatifs. Ma mère était là depuis une semaine et Paul avait enfin tenu sa promesse. Après l'épisode de la baignoire, je l'avais appelé pour le prévenir qu'on allait l'interner. Ce matin-là, il rentrait juste de tournage et ensemble, nous visitions donc la veuve pas très joyeuse. Mon oncle, lui, semblait en pleine forme dans son costard en lin, canines éblouissantes, démarche nonchalante et le visage hâlé style « J'ai pris des vacances sur une plage des Bermudes ». De quoi retourner comme une crêpe le cœur de n'importe quelle infirmière, ce dont il ne se priva pas – on aurait cru voir James Bond arpenter les couloirs, lâchant çà et là des colombes ultra-brite.

Après avoir si gentiment englouti tout son petit déjeuner, l'internée s'apprêtait à faire sa toilette. En l'attendant, nous étions sortis dans le jardin fumer des cigarettes – celles de Paul bien entendu, des Lucky Strike en paquet souple, les mêmes depuis toujours. Comme si j'avais éternellement dix ans, il m'avait offert un tube d'eau savonneuse, un gadget pour faire des bulles. Assise sur l'un des bancs en pierre, clope au bec, je m'amusais à remplir les bulles de fumée. Je les regardais flotter dans l'espace, ainsi embrumées de l'intérieur, puis éclater au sol, libérant des volutes grisâtres dans le soleil d'été. Affligeant spectacle : j'avais la sensation de regarder mon crâne, un film translucide avec de la fumée dedans.

Comment en étions-nous arrivés là ?

Rembobinons un peu.

La nuit de l'incident, je m'étais endormie sur les genoux de Jonas dans un couloir de l'hôpital Bichat, lieu qui tendait à devenir un peu trop familier. Mira et ses multiples coupures avaient été prises en charge quelques heures plus tôt et nous attendions de savoir si nous pouvions la ramener à la maison – « maison » étant, donc, un bien grand mot.

Physiquement, elle n'avait rien de grave.

Une quinzaine de points de suture répartis çà et là sur les bras, les poignets et les mains. Quelques Stéri-strips pour resserrer les pans des plus petites blessures, des rubans papillons semblables à ceux que la Sauterelle portait sur la pommette aux lendemains de sa baston. Le problème n'était pas là, comme vint nous l'expliquer le médecin des urgences, un quadragénaire à la peau sèche et rosacée, fendillée comme une vieille peinture. Visiblement, il avait été victime d'un terrible coup de soleil, jusqu'aux oreilles, et j'avais pensé que les cordonniers étaient toujours les plus mal chaussés. J'imaginai Mira lui dire : « Ça alors docteur, il fallait mettre de la crème ! » Du moins, j'espérais qu'elle le lui avait dit, cela aurait signifié qu'elle redevenait normale ; mais je n'osai rien demander à ce sujet, hypnotisée par la pochette qu'il tenait à la main.

— J'ai avec moi le dossier de votre maman... Vous étiez venues pour une hémorragie de l'oreille et une douleur à la poitrine, c'est bien ça ?

— Oui, mais ce n'était pas grave. La fatigue, le stress...

— Justement, le problème n'est pas physique. Un psychiatre l'a reçue en consultation et, malheureusement, il est d'accord avec moi.

— Elle est seulement fatiguée, docteur... Depuis quelque temps, elle fait de l'hyperacousie, ça la rend dingue.

— Oui, j'ai lu ça dans le dossier. Mais il y a d'autres symptômes.

— C'est-à-dire ?

— Elle a tenu des propos sans queue ni tête. Bon, c'était peut-être les tranquillisants… Mais elle a eu quelques éclairs de lucidité, et c'est plutôt là que ça nous inquiète.

— Sans queue ni tête, vous pouvez préciser ?

— Son mari s'appelait Jacques, c'est bien ça ?

Il m'énervait avec ses questions rhétoriques ! J'avais envie de lui arracher la peau : elle avait l'air de vouloir se décoller par lambeaux tel un vieux papier peint.

— Oui, Jacques. Mon père. Il est mort l'année dernière.

— Eh bien cette nuit, elle lui parlait comme s'il était vivant. On l'a retrouvée à errer dans les couloirs, pardonnez-moi, les fesses à l'air. Elle parlait au plafond, une vraie conversation vous voyez… Elle disait des choses comme « Je veux mourir avec toi, tout est de ma faute », et puis le contraire, « Je ne veux pas mourir, Jacques, je ne veux pas », et puis « J'ai peur, j'ai tellement peur ». Ensuite, elle n'a cessé de répéter ça, « J'ai peur, j'ai peur, j'ai tellement peur »… Les infirmières ont dû lui faire une piqûre pour réussir à la remettre au lit.

J'observais la vieille peinture en songeant qu'il avait manqué une carrière : grand don d'imitateur, je voyais le tableau d'ici ! En réalité, je me concentrais surtout pour ne pas pleurer.

— Au-delà de ça, elle présente plusieurs phobies qu'il serait bon de traiter, et un extrême sentiment de culpabilité. Les deux sont probablement liés, d'ailleurs.

— Elle n'est coupable de rien. Juste d'être malheureuse.

— Écoutez, je ne sais pas ce qui s'est passé mais le décès de votre père doit avoir un rapport…

Jonas me jeta un coup d'œil :

— Tu devrais lui dire.

— Dire quoi ? demanda le médecin, l'air inquisiteur.

Je me rappelle ses yeux, petits et sombres, deux boutons de bottines rétrécis au faîte de son teint d'écrevisse. Tous ces docteurs, brochette de blouses blanches et de faces hideuses, je n'en pouvais plus. Je soupirai, haussai les épaules, mais mon tristement nouvel ami me poussa du regard comme si j'étais un caisson à roulettes.

— Vous vous souvenez, l'hiver dernier ? Une fusillade du côté de Montreuil ?

— Ça me dit quelque chose... Le tueur s'est suicidé, c'est ça ?

— Oui, c'est ça. Mon père faisait partie des victimes. Alors je ne vois pas trop comment ma mère pourrait avoir un lien avec sa mort.

— Elle était là, quand c'est arrivé ?

— Non, elle était à la maison.

— Après un traumatisme de cette envergure, il arrive que le survivant culpabilise d'être encore là...

— Je ne culpabilise pas, moi. Je voudrais juste que rien ne soit arrivé.

Mais le médecin entreprit d'expliquer que les gens en deuil présentent souvent deux pulsions contradictoires : la *pulsion de vie* fait craindre de mourir comme la personne décédée, et la *pulsion de mort* pousse le vivant à s'autodétruire pour rejoindre l'autre, si possible de la même manière que lui.

— J'y comprends rien.

— Vous êtes croyante ?

— Pas trop, non. Mais je suis allée au catéchisme. Culture générale, quoi...

— Vous avez entendu parler des stigmatisés ? Ces hommes et ces femmes, dont les mains et les pieds se mettent à saigner sans raison apparente ?

— Genre saint François d'Assise ?

Il esquissa un sourire ; la peinture se craquela davantage et j'eus mal pour lui.

— Genre, oui. Eh bien, il y a une explication scientifique. Du moins, il existe peut-être de réels miracles, je n'en sais rien, je ne suis pas très porté sur la chose. Mais la plupart du temps, ces saignements touchent des personnes qui ont une foi si intense que leur corps et leur âme souhaitent mourir comme le Christ. Les stigmates, ce sont des symptômes d'imitation. Une volonté de fidélité telle qu'on désire littéralement *mourir comme l'autre*...

— Franchement, docteur, je ne vois pas où vous voulez en venir. Ma mère a glissé dans la baignoire et mon père s'est pris deux balles, une dans la poitrine, une dans la figure. Je veux dire, où est le rapport ?

— Ah bon, il a été touché au visage ? Où ça, exactement ?

— C'est quoi, cette question ?

— Je comprends, mademoiselle. Je suis désolé, mais ça pourrait être important.

— Je... je ne sais pas. J'avais demandé, mais ma mère n'a jamais voulu me répondre. À l'enterrement, le cercueil était fermé. Ils n'ont pas réussi à rendre mon père présentable.

— Eh bien, il faudrait peut-être savoir si la balle n'a pas touché l'oreille gauche...

Un froid intense m'envahit. Mon sang se figea dans mes veines, on aurait pu briser mes artères, sûr, entre deux doigts, comme des brindilles. Jonas aussi était tout blanc, pareil aux murs du couloir.

Même ses taches de rousseur semblaient s'être estompées.

— Mademoiselle, je sais que c'est difficile… Mais quoi qu'il en soit, il faut l'orienter vers un service psychiatrique.

J'étais scandalisée.

— Chez les fous ? Vous voulez mettre ma mère chez les fous ?

— Elle ne sera pas « chez les fous »… Je vais vous indiquer une clinique, un endroit où elle pourra se reposer. Elle fait une grave dépression, vous comprenez ? On ne peut pas la laisser repartir comme ça. Juste une semaine ou deux, le temps qu'elle reprenne pied.

« Reprendre pied. »

L'expression était marrante. Si l'on veut.

Une semaine plus tard, Paul et moi attendions donc dans le parc de la fameuse clinique que Mira terminât sa toilette – ce parc tout fleuri, parfaitement « reposant », presque aussi impeccable que le jardin de Montreuil. Ils devaient avoir un horticulteur de génie pour que la végétation fût dans cet état d'excellence au lendemain d'une canicule pareille. Et puis, ce silence ! Un silence proprement... irréel. À l'époque, j'aurais sûrement dit : *flippant*.

Après que d'innombrables anges furent passés entre mes bulles remplies de fumée, Paul avait demandé :

— Tu connais, Murakami ?

— Qui ça ?

Mon oncle sortit un livre de la poche intérieure de sa veste. Cela s'appelait : *La Course au mouton sauvage.*

– Il y a là-dedans un détail qui devrait t'amuser.

— M'amuser, c'est-à-dire ?

— Le héros du bouquin a une nouvelle *girlfriend*, comme il dit. Et cette *girlfriend* est « mannequin oreille ».

Je toussotai, un peu perplexe.

— Nola, tu sais bien… Pour les pubs, il y a des mannequins-lèvres, des mannequins-fesses, des mannequins-nichons… Enfin, de la pub, quoi ! Bref, cette fille, le personnage, elle est mannequin-oreilles, parce que ses oreilles sont parfaites. Du coup, le héros est comme toi. Obsédé…

J'avais jeté un regard aux oreilles de mon oncle – ravissantes bien sûr, quoique trop grandes – et saisi le livre qu'il me tendait. Je l'avais retourné pour lire la quatrième de couverture.

— Ça a l'air bizarre.

— Justement, ça va te plaire !

J'avais gardé le livre sur les genoux, mais je me fichais du livre. Seule LA question me brûlait les lèvres – un piment de syllabes coincé entre les dents.

— Paul…

— Oui ?

— Tu sais où papa a été blessé ? Je veux dire, exactement ?

— Dans le cœur.

— Non, l'autre balle ?

— Pourquoi tu veux savoir ?

— Ne fais pas l'imbécile, dis-je en désignant du menton le bâtiment où Mira était enfermée.

Il m'avait fixée avec ses beaux yeux noirs, ces yeux qui me rendaient incestueuse du haut de mon enfance, puis avait juste soufflé :

— Oui.

J'avalai ma salive.

— La gauche ?

— Oui, la gauche. Une partie du crâne a été emportée avec.

Je dus faire une drôle de tête, quelque chose en rapport avec l'effroi, parce qu'il posa sa main sur ma cuisse nue, bronzée caramel sous le short en toile bleue.

— Tu voulais savoir, chérie. Je t'ai répondu.

C'était donc vrai : fausses crises cardiaques et problèmes acoustiques… Tout ceci était logique finalement, d'une manière étrange, certes, mais logique. Cela m'avait soulagée qu'il y ait une *raison*, aussi tordue fût-elle.

— Les médecins auront beau lui expliquer le pourquoi du comment, murmura Paul, je ne suis pas certain que ce soit suffisant… Tu l'as vue ? Elle nage en pleine stratosphère ! Et puis, j'imagine qu'il y a autre chose.

Cet « autre chose » me mit mal à l'aise, évoquant la remarque du docteur Pasquier au sujet de potentielles prémisses. La visite du vieux hibou datait d'à peine trois semaines ; et trois semaines plus tôt, je n'étais pas contre le fait d'interner ma mère. Mais je doutais maintenant que ce fût une si bonne idée que ça. Elle paraissait plus sereine, d'accord, mais je la reconnaissais encore moins. Je la préférais dans l'alvéole, à faire la momie au fond de son litcage : là-bas, j'avais l'illusion d'une prise sur la tragédie, un contrôle de l'incontrôlable. Maman ici, tout m'échappait.

Au fond de mon sac, le portable sonna ; c'était Johanna. Son prénom sur l'écran semblait venu d'un autre monde. Une fraction de seconde, je m'étais même demandé : Johanna *qui* ? Je n'avais pas répondu. Pas possible de répondre. Pas ici, pas maintenant. Mon regard heurta une grosse pivoine au sein d'un parterre aussi luxuriant qu'une couronne mortuaire. La sonnerie se tut enfin, Paul alluma une énième cigarette. Il jeta un coup d'œil vers l'entrée de la clinique, puis me tendit le paquet. Je me servis.

— Tu ne devrais pas fumer, dit-il en frottant malgré tout la pierre de son Zippo. Il n'y a rien à faire, on ne peut pas s'arrêter. Enfin moi, je ne peux pas.

— Je ne fume pas. Pas vraiment. Juste de temps en temps.

— Bien sûr. C'est comme ça qu'on commence, Nola. Une fois le vice installé, tu auras beau te patcher toute la gueule, ça n'y changera rien. Tel que tu me vois, chérie, j'en mourrai.

Je haussai les épaules, l'air de dire « lâche-moi ». Il avait raison mais j'étais une enfant, encore presque une enfant, et malgré les circonstances, mourir ne faisait pas partie de mes projets immédiats. Nous avions fumé en silence, le gazouillis des moineaux pour seul parasite. De ma tête, papa, j'essayai à toute force d'arracher l'image de ton oreille cassée, et Paul dut s'en rendre compte car il opta soudain pour le sujet le plus terre à terre au monde.

— Qu'est-ce que tu vas faire, maintenant ? Tu t'es inscrite à la fac ?

— Non. C'est trop tard, de toute façon.

— Tu comptes prendre une année sabbatique ? Ça n'aurait pas fait plaisir à ton père.

— Ça ne m'a pas tellement fait plaisir qu'il crève. Alors comme ça, on est quitte.

Son visage se fit dur, l'enlaidit du même coup.

— Très fin, Nola. Vraiment très fin.

Je soupirai.

— Je ne sais pas ce que je veux, c'est tout. Je vais attendre que le cauchemar se tasse, que la vie reprenne le dessus… Là, j'ai un peu de mal avec le concept d'avenir, si tu vois ce que je veux dire.

Paul me fixa, intense comme un laser, et je baissai les yeux. Il s'adoucit, récupéra son charme, son incroyable charme.

— Qu'est-ce que tu aimes ? Juste la peinture ?

— Yep. Et puis faire des trucs avec mes mains… Je ne sais pas, en général. Fabriquer des choses.

— Tu devrais tenter les Beaux-Arts. Ou les Arts Appliqués… Les concours sont difficiles mais bon, tu as le temps. Sinon, l'école Boulle est très bien.

— Dis donc, tu m'as l'air d'un expert !

— J'ai eu une *girlfriend* qui faisait ce genre d'études. Elle voulait être designer.

— Euh… Récemment ?!

— L'année dernière.

— Sale pédophile.

— Elle avait vingt-trois ans, Nola.

— C'est bien ce que je dis ! T'es qu'un vieux pervers. Ahhh, tonton, tu m'dégoûtes. Pour un peu, si j'étais pas ta nièce, tu sortirais avec moi. C'est dégueulasse.

Il avait rigolé, puis écrasé son mégot sous les semelles crêpe de ses Clark's en daim taupe. Jonas portait exactement les mêmes. *Quel gamin !* avais-je pensé, et c'était précisément pour cette raison que j'aimais tant mon oncle. Son retour dans nos vies semblait l'unique consolation de la grande catastrophe.

— Au pire, déclara-t-il, tu peux toujours faire mannequin-oreilles. Les tiennes aussi sont parfaites !

J'étais sur le point de faire un commentaire, mais Mira émergea au loin dans l'allée, vêtue de denim neige et de vichy bleu pâle. J'écrasai précipitamment mon mégot dans le blanc des graviers, Paul se leva d'un bond. « Madame Verdier » vint s'asseoir à mes côtés sur le banc. Mon oncle, debout auprès de nous, tirait de longues bouffées nerveuses toutes les sept secondes, puis il entreprit de faire des ronds de fumée comme la mère Mc Bean.

— Quel temps délicieux, non ? Moineau, tu sens la brise ? On dirait une caresse !

— Oui, m'man. Ça fait du bien.

J'étais un peu troublée par cette soudaine joie de vivre, qui sonnait faux et semblait pourtant parfaitement sincère. Paul et moi échangeâmes un rictus mi-figue mi-raisin au-dessus de sa tête. Au fond, je me demandais bien ce qu'il pensait de tout cela. Cherchait-il, lui aussi, une signification aux symptômes de maman ? Cherchait-il à *comprendre* ? Il avait toujours tellement l'air de se foutre de tout.

— Et puis ici, poursuivit-elle, l'œil chevillé au ciel, on entend les oiseaux. Vous entendez les oiseaux ?

— Mira chérie, avança prudemment mon oncle, comment peux-tu entendre les oiseaux avec ces machins dans les oreilles ? Tu ne crois pas que tu en profiterais mieux si tu les enlevais ?

Elle se composa un petit air effaré.

— Oh ! Non… Non, pas encore. Avec, leur chant est doux, apaisant… Sans eux, ça deviendrait des cris. Je ne veux plus vivre dans les cris, comme ça, tout le temps, vous comprenez ?

Elle nous demandait si nous la comprenions mais elle ne nous regardait pas, on avait plutôt l'impression qu'elle parlait toute seule. Calée bien droite contre l'assise du banc, les épaules ouvertes, le corps tout à fait fixe, les mains encore scotchées de papillons blancs posées à plat sur les genoux, elle semblait une gisante assise, mi-rêvant, mi-éveillée, état qui serait désormais le sien la plupart du temps. La brise, donc, ébouriffa la pelouse, comme une main affectueuse décoifferait un enfant. Puis, sans me jeter un regard, elle demanda :

— Et le travail ? Tu n'es pas trop fatiguée ?

— Non, ça va.

— Tu comptes rester là-bas combien de temps ? Il faudrait reprendre les cours...

— Justement, intervint Paul, j'encourageais Nola à préparer une école d'art.

— C'est vrai, s'exclama-t-elle dans un brusque accès d'enthousiasme, tu as toujours été si douée pour les travaux pratiques ! Je me souviens, à l'école primaire... Les parents avaient droit à des barbouillages, des colliers de nouilles et des cendriers en glaise avec une main dedans. Mais toi, tes cadeaux étaient si jolis qu'on avait envie de les exposer en haut de la cheminée !

— Tous les parents exposent ces cochonneries, m'man.

— Surtout, ce cadeau de fête des mères, continua-t-elle comme si je n'avais rien dit. Tu étais en quoi...? CM1 je crois, oui, c'est ça, CM1, Mlle Schrike. C'était une broche en forme de note de musique, une grosse broche que tu avais fabriquée en pâte à sel, puis peinte en noir, et vernie... C'était ravissant ! Ce que j'ai pu la mettre, tu te souviens ?

— Je me souviens... C'est moi qui l'ai cassée en fouillant tes affaires.

— Parce que tu étais amoureuse de Karim Bekali, coquine, et tu voulais porter un de mes bracelets à la kermesse de l'école... Celui en turquoise, c'est bien ça, non ?

J'esquissai un sourire : nous n'avions pas évoqué de jolis souvenirs depuis une éternité. Karim Bekali – je l'avais oublié. Des cils comme ceux d'un faon... Je me les rappelle très bien, aujourd'hui ; mon amoureux a presque les mêmes.

Le portable de Paul sonna, il fit volte-face et s'éloigna dans l'allée. Les gravillons crissèrent sous ses semelles comme des insectes morts. Maman fronça les sourcils, gênée par le son du crêpe sur les cailloux ; mais Paul disparut bientôt derrière un bosquet, emportant le crissement avec lui.

Mira et moi avions fait silence, juste regardé devant nous, le jardin verdoyant, les parterres fleuris, le grand saule pleureur pareil à une cascade. Un infirmier passa au loin, poussant un fauteuil roulant dans lequel était assise une très vieille dame avec des boucles mauves, un châle en patchwork posé sur les épaules. Il y avait là, en cet endroit, quelque chose d'affreux : la clinique m'évoquait un genre de Disneyland pour agités du ciboulot. Mais il y régnait un calme inestimable, à croire que le monde s'était éloigné, repoussé au fond de l'horizon comme un bouchon de liège dans le goulot d'une bouteille.

— Nola...

Je me tournai vers elle : de même qu'à Saint-Malo, son visage s'était métamorphosé. Sa bouche aux lèvres gercées s'était distordue, brisée d'une indicible douleur, impénétrable pour moi. Pourtant, il n'y avait pas de bruit. Juste les oiseaux.

— Quoi, maman ?

Sa figure se recomposa à la manière d'un puzzle, si vite que j'eus l'impression d'avoir rêvé.

— Ça va être l'heure du déjeuner, expliqua-t-elle en se levant, sur le ton monocorde d'une récitation scolaire. Ici, on ne s'amuse pas avec les horaires. *L'heure, c'est l'heure*, comme ils disent. J'ai rendez-vous avec M. Gauthier, c'est mon voisin, enfin, la chambre à côté, il est très à cheval sur la ponctualité et puis tu sais, c'est un original.

— Maman, qu'est-ce que tu voulais dire ?

Elle soupira. Ce soupir me fit du bien : c'était la première réaction qui trahissait chez elle un reste d'humanité.

— Ton père te comprenait. Moi… Je ne sais pas, Moineau. Je ne t'ai jamais comprise.

— Qu'est-ce que tu racontes ? On s'est toujours bien entendues ! Enfin, on a eu des différends, des trucs d'ado, de mère et de fille… Mais… toi et moi, on est proches, non ?

Elle se mit en route, démarche automatique, à la façon d'un jouet ancien dont on aurait brusquement remonté le mécanisme. Je jetai un coup d'œil derrière moi : Paul téléphonait adossé au tronc du grand saule pleureur et tout à coup, la tranquillité du jardin m'apparut épouvantable. Je pressai le pas pour rejoindre ma mère, me postai à sa hauteur, en travers d'elle comme une barrière.

— Maman, qu'est-ce qui t'arrive ? Je veux dire, qu'est-ce qui t'arrive vraiment ? Papa est mort, d'accord. C'est l'enfer, d'accord. Mais je suis là, moi… Et j'ai besoin de toi…

Rien à faire : elle était repartie dans son inaccessible cosmos. Elle chuchotait pour elle-même des choses au sujet du déjeuner, du réfectoire, qu'elle espérait qu'il y aurait de la mousse au chocolat, la mousse au chocolat était le seul dessert correct, pas de la grande gastronomie, non, mais quand même, réussi, avec le café, c'était bon, oui, vraiment bon, et je m'écartai pour la laisser passer. J'étais soulagée de lui connaître un certain appétit. D'ailleurs, en une semaine, elle avait dû prendre près de deux kilos ; ses joues étaient plus rondes, ce qui jouait aussi sur sa meilleure mine.

— Maman, je suis en train de repeindre tout l'appartement.

Elle me regarda enfin, les yeux pleins d'inquiétude.

— Oh, Nola… Tu as le droit de faire ça ?

— Je vais me gêner !

— Je ne sais pas, le propriétaire… ? On va se faire disputer, non ?

— Travaux de propreté, m'man ! De ce point de vue-là, les locataires ont tous les droits. Tu ne vas pas me dire qu'il va regretter ses immondes tapisseries, quand même ?

Elle ne dit rien, continua d'avancer par saccades, automate cassé quadrillé bleu sixties.

— Comme ça, poursuivis-je d'une voix douce, quand tu rentreras, ça aura l'air d'une nouvelle maison… pour une nouvelle vie, tu vois ?

Celle qui était redevenue « Madame Verdier » posa un premier pas sur les marches de l'entrée.

— Tu diras au revoir à Paul pour moi, veux-tu ? Il faut que j'y aille.

— Maman, tu pourrais l'attendre, il passait juste un coup de fil. Tiens, regarde, le voilà…

Mais elle m'embrassa le front et disparut à l'intérieur du bâtiment.

— Je reviendrai ce week-end ! criai-je à son intention, tandis que la lourde porte en bois se refermait sur elle.

Paul arriva dans mon dos.

— Qu'est-ce qui se passe ?

— Rien. C'est l'heure de la cantine.

Et soudain, mes oreilles se mirent à bourdonner. Ou plutôt à striduler, comme des cris perçants éructés en rafales ; on aurait dit que ma tête venait d'engendrer un milliard de grillons. Bêtement, j'avais pensé que quelqu'un disait du mal de moi – les fameuses médisances que perçoit la victime à distance dans les croyances populaires. Mon oncle secoua les clés de sa R5, le cliquetis me fit l'effet d'un concert de tambourins.

— Tu veux que je te dépose ? J'ai rendez-vous aux Halles.

— Avec une fille ? m'enquis-je ironique, malgré le sifflement industriel qui me décollait le scalp.

— Non, Nola, pas avec une fille. Avec le boulot.

INTIMES CONVICTIONS

Face à moi, sur le mur de la bijouterie, une grande lithographie reproduisait *L'Œil cacodylate* de Francis Picabia. En haut à droite, on pouvait lire, en capitales noires, le mot DEUIL.

Je fixai mon attention sur l'affiche pour ne pas penser à ce que le joaillier allait me faire, armé de son pistolet. Je sentis sa main aux longs doigts précieux approcher mon visage, bientôt saisir mon lobe entre le pouce et l'index, tirer sur la chair, le froid métallique de l'engin juste avant la douleur – aussi aiguë que brève – et ma pulpe transpercée comme par une balle d'argent. Je poussai un cri de surprise ; le bijoutier, un vieil homme très *smart* en complet bleu marine, ricana dans mon dos.

— Je fais la deuxième, ou vous désirez de suite vous enfuir en courant ?

— Non, ça va m'sieur, je gère.

Je faisais la maligne des larmes plein les yeux, DEUIL / d'œil dadaïste en travers du regard. Je sentis l'homme se décaler derrière moi. Il repoussa une mèche de cheveux qui devait le gêner dans son opération, puis ses doigts saisirent l'autre lobe. Je concentrai mon œil sur l'œil de Picabia, perçant et magnétique dans son cadre doré. Je ne voulais pas clore les paupières, je voulais vivre le symbole les yeux grands ouverts, la mutilation de mon oreille gauche en hommage à mon père, et le second pincement – *ping !* – brutal comme ces morts auxquelles on ne s'attend pas.

— Voilà jeune fille, la torture est terminée.

Il passa derrière le comptoir de caisse pour prendre un miroir rond et me renversa mon image à la face. Je tournai la tête à droite, à gauche, attrapai l'élastique que j'avais au poignet pour me relever les cheveux. Le visage ainsi dégagé, j'étudiai mes profils. Dans mes lobes désormais, il y avait deux clous, deux petits clous sphériques en argent martelé.

— Pendant un mois, ne les enlevez sous aucun prétexte, sinon le trou risque de se refermer. Et nettoyez bien le pourtour chaque soir avec quelques gouttes d'un produit *ad hoc*, de l'Hexomédine par exemple.

— Entendu, docteur.

Le joaillier avait souri à ma modeste blague, demandé deux cents francs et rendu la liberté.

Dehors, mes oreilles avaient chaud comme si elles étaient en feu. Bras repliés contre la poitrine, je tripotais les tiges de métal avec la pulpe des pouces. Quelques passants me dévisagèrent, trouvant sans doute curieux cette jeune fille qui se tenait les lobes d'un air pénétré.

J'étais, donc, dans le quartier des Halles où Paul m'avait déposée. Mais pour une fois, je n'errais pas : je savais précisément où aller. En quittant la clinique, j'avais eu cette pulsion. Cela ne m'avait jamais fait envie et voilà que, tout à coup, avoir les oreilles percées me semblait une question de vie ou de mort. J'imaginais, je crois, faire quelque découverte, percer le Mystère-Mira en me perçant les lobes. Bien entendu, cela ne donna pas les résultats escomptés ; pour autant, cette mutilation eut un étonnant effet boule de neige. Nos existences prennent parfois l'allure de cavernes, nos actes d'échos : on décide les choses dans un but manifeste, on hurle depuis un lieu précis à l'intérieur de soi, mais le résultat s'entend ailleurs, ricoche sur les parois, revient en boomerang d'un endroit imprécis, avec un nouveau timbre, une nouvelle couleur. Inopinément mixée à *L'Œil cacodylate*, la récente mutilation faisait soudain sens – à mes yeux, tout au moins. Mais l'indice prévu s'était déplacé, la piste avait glissé, et ma tête mijotait une idée farfelue. En conséquence, je n'errais plus : j'allais à Beaubourg.

Arrivée au Centre Pompidou, je montai par les tunnels de verre jusqu'à la bibliothèque. J'y feuilletai des bouquins sur le mouvement Dada, apprenant du même coup que cette œuvre atypique, à la fois intime et collective, avait surgi dans l'esprit de Picabia parce qu'il était victime d'un zona ophtalmique, pour lequel un traitement au « cacodylate » (un sel, dérivé d'une combinaison d'arsenic et de méthyle) s'avéra nécessaire.

J'étais restée près d'une heure plantée devant la toile, fascinée par l'ensemble de signatures qui la composait : le SOLEIL RUSSE de Serge Charchoune, mots et patronyme enroulés autour de l'œil comme un cerne littéraire, le drôle de *Cri/minel* – c'est une façon de parler – et puis le DEUIL de verre. Tandis que je me penchais sur le côté pour lire IL FAUT MAIS JE NE PEUX PAS, mes acouphènes disparurent, avalés par le tableau.

La Russie. Une pièce de 1921, post-révolution bolchevik. Un peintre qui portait le prénom de mon grand-père et reposait au cimetière de Montmartre, à côté de Katia. Une *Couronne de mélancolie,* celle de Cocteau, dans une sorte de demi-cœur cassé. Un réveillon hors norme, baptisé « réveillon cacodylate », au cours duquel les artistes présents enrichirent la toile de leurs petites sentences, sublimes et dérisoires, « *Écrire quelque chose c'est bien ! Se taire : c'est mieux* », « *Les croissants sont bons* », « *J'aime la salade* », « *Je n'ai rien fait et je signe* », clin d'œil littéral à la bourgeoisie qui pensait – pense – que l'autographe fait la valeur d'une œuvre. Et surtout, le zona ophtalmique. Cette maladie des sens semblait un pied de nez aux oreilles de ma mère et l'ironie de l'ensemble était assez troublante.

Comme n'importe qui devant ce même tableau, je me l'appropriai de façon anarchique, lecture aléatoire dans laquelle l'œil se perd – mon œil à moi, égaré, semblable à l'ouïe de ma mère, perdue en une lecture aléatoire de l'espace sonore. Je fixais cet œil beige dans un état second, concentrée au point d'oublier que dehors, le monde imperturbable poursuivait sa course. Mais Tag aussi était à cheval sur l'horaire. Je quittai Beaubourg des réacteurs aux pieds et le monde aussitôt redevint agression.

Dans le métro, accrochée à la barre du wagon comme au mât d'un voilier en pleine tempête, je me sentais à la fois incroyablement vieille et incroyablement jeune, pendue au sein d'une farce qui me dépassait encore mais dont les courbes floues, jour après jour, se décompressaient sous mes yeux. Et c'était si étrange ! Tout était si étrange, même les voyageurs, cet homme qui se léchait la main pareil à un chat qui ferait sa toilette, vrai, je me souviens de cela, et cet autre, assis sur un strapontin à se couper les ongles, *clac-clac-clac*, le bruit était énervant, répétitif et énervant, le claquement prenait toute la place, oui, subitement toute la place, aussi puissant et insupportable qu'une fusillade. Et, à l'inverse, ces trois jeunes sourds-muets, en grande conversation de silence.

Essoufflée, en nage, la tête en vrac, j'étais entrée dans *L'Évasion*. Tag m'avait regardée comme si (enfin !) un petit Gris venait de pénétrer le sas de son commerce.

— Patron, je suis en retard, je suis désolée.

— Mais d'où tu reviens, comme ça ? Tu as l'air... tellement...

Il ne trouva pas le mot. Je balançai mon sac à l'arrière du zinc en saluant Momo et le Caribéen accoudés au comptoir.

— Oh là là, s'exclama l'Africain blanc de sa voix traînante, tu t'es fait percer les oreilles ! Claaaasse !

Ce disant, il souleva son t-shirt pour exhiber la boucle qu'il portait au nombril, une tige en acier fermée d'une bille de jade. J'avais dressé le pouce :

— Super.

— Moi aussi, j'en ai un ! enchaîna Maurice d'un air content de lui. Mais vu où il est placé, si j'te l'montre, tu vas appeler les keufs !

— Ça va aller, Momo, je te remercie.

Le Caribéen se fendit la poire de toutes ses dents cariées, Maurice fit l'offensé et je détournai les yeux. Au fond de la salle étaient assises une mère et sa fille. La gamine, d'une douzaine d'années, était grasse, les traits ingrats, des cheveux bruns épais, frisés, mal peignés. Elle portait un t-shirt étriqué bleu turquoise, sur lequel figurait l'inscription *Stop Dreaming of me*. Je commençai à passer les chopes à la rinceuse. Une trace de rouge à lèvres, sanglante sur l'un des bords, peinait à disparaître. Le glouglou de la machine me bullait aux tympans tel un bain à remous, la radio en sourdine ahanait en sifflant, les palabres des poivrots claquaient marche militaire. Je demandai une aspirine à Tag, la jetai dans un verre : le cachet crépita comme un brasier chthonien.

— Nola, souffla le patron en me fixant de biais, t'as vraiment pas l'air dans ton assiette.

À ce moment-là, la Sauterelle est entrée, vêtue d'une salopette de peintre sur son maillot des Bleus, un bonnet rouge sur la tête, pareil à celui du commandant Cousteau. Sur sa pommette, plus de pansement ; restait juste en souvenir une trace violacée, plutôt vilaine. Il a posé son barda par terre, *cling-clang*, hoché la tête à mon intention, serré la main des hommes, réclamé un demi d'une voix de stentor. J'ai pris une chope, actionné le robinet, pensé *pisse* comme à chaque fois et, sur un sous-bock Amstel, posé la bière devant lui dans un geste agacé. Tag, poings calés sur les hanches, attendait visiblement une explication à ma mauvaise humeur.

— Patron, j'étais à la clinique... Là où est ma mère, vous savez ? Je crois que ça m'a un peu perturbée. Ou alors, je couve un truc.

— Écoute, rentre chez toi, d'accord ? Va dormir. Je ne veux pas d'une ombre en guise de barmaid.

— Ouais, intervint la Sauterelle avec son air chafouin, on avait déjà le robot, on va pas se taper le spectre. Merde quoi, c'est l'apéro !

Il s'est penché au-dessus du bar, j'ai senti son souffle cogner contre ma joue. Ses yeux gris roulaient dans leurs orbites comme des boules de Loto et son haleine empestait l'ail si fort que je crus que les murs allaient s'en liquéfier.

— Mais quesse t'as foutu avec tes oreilles ? Elles sont écarlates !

— Les boucles, répondis-je un peu vite en reculant malgré moi. Je me les suis fait percer.

Son regard disséqua mes lobes et, comme toujours, il s'adoucit.

— Ah ouais, tiens, j'avais pas fait gaffe. Sûrement que ça sera joli quand t'auras dégonflé...

Là-dessus, Maurice n'a pas trouvé mieux que de remettre son grain de sel :

— Eh ! Mais du métal dans du métal, ça fait pas des étincelles ?

La Sauterelle n'a pas compris, alors j'ai expliqué :

— Le robot, tu vois ? Momo a peur que j'implose.

— Ahhhh, désopilant !

Ma tête me faisait l'effet d'une excavatrice fonctionnant de concert avec une moissonneuse-batteuse. Sur ce, la mère et la fille aux cheveux en pagaille ont lancé une fracassante dispute, une tasse a valdingué, s'est écrasée sur le carrelage, et j'ai pensé le monde tombé aux mains d'un *sound designer* fou. Alors, désespérée, je me suis tournée vers Tag :

— Patron, vous savez quoi ? Vous avez raison. Je jette l'éponge.

J'ai marché, agressée par la ville, la foule, les gens qui rentraient de vacances, bronzés, brûlés, se multipliaient au fil des jours, des nuits, cellules cancéreuses, le bruit caniculaire et toujours ce soleil, ce soleil « dans toute sa gloire » comme disait Van Gogh, ce soleil à rendre barge au point de se trancher l'oreille pour l'expédier par la poste à une fille de joie. Je me demandais ce que tout cela signifiait. L'hyperacousie n'était pourtant pas une maladie transmissible... Ma mère imitait la mort de mon père ; commençais-je, moi, à imiter la folie de ma mère ? C'était une idée totalement terrifiante.

Quelques rues plus loin, assez loin pour ne pas être retrouvée, je me suis assise en terrasse. J'ai commandé un café à une drôle de serveuse avec des yeux vairons, le regard si bizarre qu'elle semblait importée de Transylvanie. Pour compenser la tare, la fille faisait preuve d'une politesse qui confinait à l'obséquiosité. Elle dégoulinait d'une gentillesse gluante qui donnait envie de se laver les mains et répétait tout deux fois, « très bien, très bien », « j'arrive, j'arrive », « voilà, voilà », « merci, merci », « de rien, de rien », tic franchement curieux et plutôt agaçant. Grelot sur la grosse caisse, le métro passait juste à mes pieds, sous l'asphalte, faisait vibrer la table toutes les quatre minutes comme un guéridon aux prises d'un Esprit. Pourtant, l'espresso me fit du bien – à moins que ce ne fût l'aspirine – et je me décidai à écouter le message de Johanna.

Elles étaient rentrées. Hystériques. Étaient « noires ». Devaient tout me raconter. *Absolument. Un truc de dingue.* Et où était donc ce-bar-dans-lequel-je-bossais, qu'elles puissent venir me voir ?

Joh'. Sa voix sonnait si claire, si gaie ! J'avais oublié ce que c'était, la spontanéité, l'insouciance, et avec sa voix, tous les souvenirs d'enfance m'explosèrent au visage. En un sens, Momo avait raison : je faisais des étincelles. Mais Johanna, non, je ne la rappelai pas. Pas tout de suite. Pas la force. Je rangeai le téléphone, relevai les yeux. En face du bistrot, il y avait une grande boutique qui vendait des fournitures pour ce que l'on nomme mal à propos les « loisirs créatifs » ; une boutique qu'il m'arrivait de fréquenter, avant. Je laissai sur la table en faux marbre une pièce de dix francs et, comme à chaque fois, le geste m'évoqua la petite souris – la pièce trouvée sous l'oreiller au temps des boîtes à Biiiip et des bouches édentées. Il y avait ainsi de minuscules transferts d'argent entre mon lit, ma tirelire et le transistor. À sept ans, je m'étais prise de passion pour le mot « putain » – passion très onéreuse.

Le cœur aussi percé que les lobes, je traversai le boulevard. Manquai me faire renverser, deux fois. Mais à moi aussi, il fallait un *bruit blanc*, d'urgence, quelque chose pour conjurer la folie, limiter le transfert, enrayer les stigmates. Le magasin était sur le point de fermer. Je passai de justesse les portes coulissantes, errai quelques minutes dans les rayons blafards. Sous le regard patibulaire d'une caissière crevée, j'achetai une toile vierge, moins grande que celle de Picabia certes, une simple 30 × 70, mais ça ferait l'affaire – j'avais bien moins d'amis. Parce que voilà, l'idée farfelue était sortie du four : moi aussi, je voulais un œil cacodylate.

Sauf qu'en guise d'œil, ce serait une oreille.

J'ai grimpé les marches biscornues de l'immeuble mutant et, au deuxième, j'ai croisé mon voisin le Che. Il sortait de chez lui, sa cadette à la main. Nous nous sommes salués. La fillette s'est cachée derrière les petits ressorts cuivrés qui lui servaient de chevelure, il a glissé un œil vers la toile que je tenais sous le bras.

— Dites, lui demandai-je soudain sur un parfait coup de tête, si j'avais un projet... Un projet artistique... Vous accepteriez de m'aider ?

Le jeune homme sembla surpris.

— De l'art...? Je suis routier, moi. Alors à part le jazz, et là je suis incollable, j'y connais pas grand-chose.

— Non mais vous verrez, ça sera pas compliqué. Je pourrai passer vous voir, un jour ?

— Oui, viens quand tu veux... Et si je peux t'aider, eh ben, je t'aiderai.

— OK. Merci.

— Bah... De rien.

Il parut hésiter, puis se lança finalement sur un ton embêté :

— L'autre jour... Y'a un garçon qu'a demandé

après toi. Je lui ai indiqué la brasserie... J'ai pas fait de gaffe, au moins ?

— Ne vous inquiétez pas, c'est un ami. Une sorte d'ami.

— Alors ça va. Je me suis turlupiné, après coup... Des fois dans la vie, on n'a pas envie d'être retrouvé.

Nous avions échangé un sourire, improbable connivence entre animaux blessés. Je ne savais encore rien de lui mais comme avec Jonas, il y avait entre nous cette fraternité de ceux qui ont souffert.

Il descendit, je poursuivis l'ascension. Un étage plus bas, j'entendis la gamine demander qui j'étais. Le Che répondit : « Je crois qu'elle s'appelle Nola, elle habite au dernier. » Au dernier, donc, je sortis mes clés pour ouvrir l'alvéole. En l'absence de ma mère, elle semblait plus vivable. J'étais triste de la savoir à la clinique, mais son départ avait eu le mérite de restaurer le jour. Pour l'heure, la lumière était dorée, rendue acidulée par le coucher de soleil. J'allumai la radio – la musique, aussi, était une nouveauté – et j'ouvris grand les fenêtres sur le crépuscule rose pour éloigner le White Spirit. En contemplant mon œuvre magnifiée par le soir, je bus un Coca avec des tas de glaçons, petit moment à moi, sucré, piquant, délicieux. J'étais fière d'avoir peint, même si ce n'était que des murs. En moins d'une semaine, j'avais passé au blanc la paroi acnéique, le coude du couloir et l'ensemble du salon. Restaient à faire les chambres, gommer les tapisseries à micro fleurs fanées, mais ce serait pour plus tard. Non que je n'eusse point de suite dans les idées mais disons, cette suite comportait des variables.

À ce moment-là, le bakélite rouge se mit à sonner. Cela me fit sursauter, car il sonnait rarement.

C'était Jonas. Je ne l'avais pas revu depuis l'incident de la baignoire, n'ayant pas osé lui donner signe de vie après la nuit peu glorieuse que Mira et moi lui avions fait subir. Mais il me demanda s'il pouvait passer et je sautai sur l'occasion, *viens*, une bouffée d'allégresse vissée dans les poumons.

Au milieu de ma chambre/part-de-tarte-entamée trônait la toile, encore vierge, posée sur le chevalet. J'allumai le ventilateur. Il ne faisait plus si chaud, mais j'aimais voir les pales tourner derrière la grille, comme l'hélice d'un bateau détenu en terre ferme.

En attendant Jonas, je décidai d'enclencher la machine, cette machine grippée depuis presque neuf mois. En sous-vêtements, chevelure en chignon, l'œil au miroir et bloc-notes à la main, j'entrepris de me croquer l'oreille – la gauche, grandeur nature. Le lobe était moins enflé et je m'habituais peu à peu au clou qui le traversait. L'opération fut facile : j'avais griffonné tant d'oreilles les semaines précédentes que la forme bizarroïde de l'appendice me paraissait tout à fait familière. L'ébauche achevée, je comparai à la règle les proportions de mon oreille réelle avec celles du dessin. Elle mesurait exactement 5,5 centimètres de hauteur. Le pavillon, 3,4 centimètres de largeur au point le plus fort. Je notai ces dimensions sous le croquis et les chiffres, immédiatement, me firent un drôle d'effet. Je gardai la règle en suspension dans l'air, à me demander si tant de magie était vraiment possible. Je réitérai l'opération pour m'assurer de ne pas m'être trompée – plutôt coton, de se mesurer l'oreille ! – mais la taille était juste. Je m'efforçai de me rappeler cette formule apprise en cours de peinture, puis j'attrapai la calculette sur l'agglo du bureau.

$$\frac{\text{Largeur}}{\text{Longueur} - \text{Largeur}} = \varphi \text{ (= le nombre d'or, soit environ 1,618)}$$

$$\frac{3{,}4}{5{,}5 - 3{,}4} = 1{,}619$$

Je n'en revenais pas : mon oreille s'inscrivait dans le rectangle d'or. Mon oreille, c'était le Parthénon. *La Naissance de Vénus* de Botticelli. La cathédrale de Strasbourg, et la *Leda* de Léonard de Vinci. J'étais sidérée. Je repris la règle pour me mesurer l'oreille droite ; elle était identique. Contre toute attente, mon oncle avait raison : mes oreilles étaient parfaites, elles répondaient, littéralement, aux proportions divines. Cela ne signifiait pas grand-chose, en dehors du fait que j'étais bien proportionnée. Mais le mysticisme de Mira avait bien fini par me contaminer et l'*Oreille cacodylate* me sembla débuter sous les meilleurs auspices, comme si le projet recelait d'ores et déjà une dimension miraculeuse.

On sonna à la porte. Je sursautai de toute ma hauteur et mon premier geste fut de me détacher les cheveux, à croire que mon anatomie renfermait un secret qu'il me fallait cacher ; mais sans doute était-ce seulement à cause du roman de Murakami que j'étais en train de lire – la fameuse *girlfriend* n'y dévoilait ses oreilles qu'en de rares et fondamentales occasions. À la va-vite, j'enfilai la robe que j'avais prévu de mettre et allai ouvrir.

Mon tristement nouvel ami était encore plus beau que dans mes souvenirs, peut-être parce que mes souvenirs avaient été abîmés par les circonstances.

— Salut.

— Salut.

Depuis le palier éteint, Jonas a jeté un coup d'œil dans l'appartement.

— T'as tout repeint ?

— Comme tu vois.

— C'est pas dommage !

Je lui ai fait signe d'entrer. Il s'est exécuté, me tendant du même coup un sac en plastique rempli de canettes de bière.

— Elles sont fraîches. J'ai hésité avec des fleurs, mais je me suis dit que les fleurs, pour toi et moi, ça avait une sale connotation.

— Merci.

J'ai tourné les talons pour ranger les bières dans le frigo. J'étais pieds nus, les ongles laqués bleu Klein – *Tokyo*. Sous la plante, le parquet était rugueux, truffé d'échardes. En sûreté dans ses Clark's, Jonas m'a emboîté le pas en regardant autour de lui, découvrant les modifications au fur et à mesure.

— De toute façon, ai-je poursuivi en décapsulant l'une des boîtes sur le bar américain, je n'ai jamais aimé les fleurs. Je veux dire, les fleurs coupées. C'est joli quelques heures, quelques jours, et puis ça noircit, ça flétrit et ça meurt. Les bouquets, y'a pas plus déprimant. Ça me fait l'effet d'un cadavre en putréfaction.

— OK… Je vois que t'es d'humeur festive…

— Ben quoi, c'est vrai ! Pourquoi tu crois qu'il y a tout le temps des fleurs dans les natures mortes ? Dans les vanités aussi, d'ailleurs.

— J'imagine que ça colle bien au *memento mori*…

J'ai rempli deux verres, deux vrais verres Heineken que Tag m'avait offerts. Je lui ai tendu le sien :

— Alors, trinquons à ça… Au *memento mori*.

Nos verres ont tinté dans un bruit cristallin, puis il a déclaré avec un sourire sombre :

— Faudrait pas que ça devienne une habitude, de trinquer aux trucs glauques !

Bière à la main, Jonas s'est mis à arpenter le salon avec une mine d'inspecteur des travaux finis, étudiant les plinthes, touchant du bout des doigts les murs passés au blanc.

— C'est bizarre, la pièce a l'air plus grande.

— Certes... Mais les meubles ont l'air plus moches !

Ce disant, je suis allée m'asseoir dans le canapé. La robe que je portais faisait allumeuse, une robe de fripe customisée, années 60, très courte, fabriquée dans un épais brocart à dominante bleu roi, parcouru de filaments couleur cuivre. Jonas est resté debout au milieu du salon, sa bière à la main : une fois assise, la robe était encore plus courte et je vis quelque chose passer dans ses yeux. Les barbelés, je le savais, venaient de disparaître.

— Habillée comme ça, tu ressembles à un tétranéon.

— C'est un compliment ?

— Tu sais, ces petits poissons exotiques qu'on croirait traversés par une résistance électrique...

— Et donc, c'est un compliment ?

Il s'est installé près de moi dans le sofa vert anis.

— Ce sont mes poissons préférés. Katia et moi, on avait un aquarium.

— Tu ne l'as plus ? L'aquarium... ?

— Il est chez mes parents. J'ai déménagé vers la fac, une chambre de bonne... Je ne supporte plus notre appart'. Je ne comprends pas que mes vieux puissent encore vivre là-bas.

Jonas a marqué un temps d'arrêt. Comme un papillon de nuit, son regard a cherché un endroit où se poser. Il a finalement choisi une fissure au plafond, la plus grande de toutes, celle que j'appelais *in petto* « la faille de San Andreas ».

— Chaque fois que je vais dîner chez eux, je ne peux pas m'empêcher de regarder par terre. Comme si... tu sais... Cette rue... Comme si le sang de Katia était encore là, quelque part, incrusté dans le bitume.

Sa voix, d'ordinaire chaude, profonde, masculine, était devenue fluette, fracassée contre un récif de nerfs. Ses yeux clairs prenaient peu à peu une teinte indigo, crépusculaire, ses lèvres épaisses et lisses s'étaient mises à trembler.

Alors, je l'ai embrassé.

Comme ça, brutalement.

Il n'a pas protesté.

LES VICTIMES

Nous fumions, allongés nus en travers de mon lit. La nuit était hachurée par les rais des stores, où lune et lampadaires s'infiltraient enlacés – à l'inverse de nous. Avec un ronronnement sifflant de chat poitrinaire, le ventilateur dispersait nos fumées conjointes. Nous étions moites, ensemble un peu tremblants, mais l'espace entre nous semblait plus vaste que celui qui sépare le nez et la queue d'un 747.

Mes yeux humides se mirent à courir le long du papier peint. Je comptais dans ma tête les roses minuscules en suivant les zigzags du feuillage, comme si ces méandres étaient topographiques, un plan vers quelque part, un quelque part qui sans cesse revenait au même point, labyrinthe sans issue. L'assassinat de mon père m'avait propulsée en une zone inhumaine et j'imaginai sans peine la noirceur du quartier dans lequel errait Jonas – sa jumelle, sa sœur jumelle, son double inversé. Et je pensai tout haut, dans un souffle lourd :

— L'avantage du noir, c'est que ce n'est pas une couleur.

Dans un nuage de fumée, il se tourna vers moi.

— Je veux dire, il n'y a pas de nuances de noir. Le noir, c'est noir, c'est tout. Personne ne peut affirmer que ta souffrance est plus noire que la mienne.

Il écrasa sa cigarette dans le cendrier au pied du lit et se mit sur le ventre. Étrangement, je ne me rappelle plus, lui, quelle marque il fumait. Lentement, il posa son bras sur ma poitrine, fourra son nez au creux de mon épaule. J'avais senti sa chaleur, ses lèvres contre ma peau, près de la jugulaire, battante comme un tam-tam. Car nous le savions tous les deux : nous venions de faire la mort. Pas *l'amour*, la mort, par une transmission de nos deuils respectifs, additionnant nos peines avec le fol espoir de les voir s'annuler. Malheureusement, ça ne marche pas ainsi.

— Hier, chuchota-t-il sans changer de position, il y a eu un accident. En bas de chez moi, un piéton, un gars renversé par un 4 × 4. Je ne suis pas allé voir, je ne sais pas s'il s'en est sorti. Ça a été la panique, la foule et tout… Sûrement comme pour eux. Et tu sais ce que j'ai pensé ?

Oui, je le savais. Mais je ne voulais pas le dire.

— J'ai pensé que si j'avais pu être à la place de cet homme, je l'aurais fait. Cette douleur aurait peut-être amoindri celle qui me crève dedans.

Bon Dieu, c'était la partie de jambes en l'air la plus triste de l'Histoire ! Je me redressai sur les coudes, obligeant Jonas à se dégager. Un sac dévala à grand bruit le conduit du vide-ordures, *bam-bam-bam*, comme mon cœur en plus lent, et au bout d'un moment, j'avais chuchoté :

— Mais on est deux maintenant, hein ? C'était ton idée, n'est-ce pas ? Ne plus être seuls avec tout ça ?

— Pourquoi tu t'es fait percer les oreilles ?

— Ah, t'as remarqué ?

— Je te regarde, figure-toi.

Je haussai les épaules.

— J'en ai eu envie, je ne sais pas. C'était un genre de besoin… Un truc comme ça.

Il s'assit dans le lit, repoussa les draps. Il ralluma une cigarette, tira dessus très fort. Tout à coup, il avait l'air méchant. J'eus un mouvement de recul, imperceptible pour lui. Les barbelés entre nous s'étaient relevés, griffus et froids.

— Quoi ? T'essaies de te faire du mal ? Comme ta mère ? Comme Vianelli ?

— Non, c'est pas ça. Je crois que je cherche des réponses. Et puis excuse-moi, mais si ce taré s'était fait mal tout seul, on n'en serait pas là.

Il me dévisagea, immobile, terriblement immobile, et je sus alors qu'il revivait la scène – l'imaginait. Son regard était trouble, plein d'hésitation, plein de frayeur aussi. Nous étions au point culminant de notre relation, au point de non-retour. Nous étions ensemble sur les lieux du drame, neuf mois plus tard. Nous étions ensemble face au tueur, face à celui qui nous avait spoliés, carbonisé l'enfance. Nous étions ensemble, et déjà séparés.

— Il n'était pas taré, Nola. Il était en colère. Une colère tellement grande qu'elle n'a même plus de nom.

— La colère, ça mène à la folie. La preuve.

Sa main avait bougé. Dans ce geste que j'avais eu moi aussi quelque temps plus tôt, à Saint-Malo, il m'avait caressé l'oreille, mon oreille percée. Ça m'avait fait tout drôle. Il laissa sa main là, redevenu gentil, sa grande main douce sur mon pavillon parfait, comme un écouteur de casque. Puis il baissa les yeux.

— C'est pour ça, murmura-t-il. C'est dur, mais il faut l'éradiquer, la colère. Au moins essayer… Si tu savais… Au début, j'ai cogné dans les murs, je me suis pété les poings, j'ai pris des cuites monumentales à manquer claquer au fond du caniveau. Mais on ne peut pas vivre comme ça, Nola. C'est pas possible.

J'avais tenté de sourire, de *lui* sourire.

— Non, je sais. On ne peut pas vivre comme ça.

Jonas me prit dans ses bras mais j'étais toute crispée, chaque muscle du corps rigidifié par la mort de mon père, par la mort de sa sœur, par toutes ces putains de morts – par celle de Vianelli, même, sans doute. Le chaos avait changé de forme, la chambre subi une légère modification, aussi puissante que nébuleuse. Le ventilateur respirait comme un vieillard malade et l'alvéole semblait bondée, pleine d'une foule invisible mais qui parlait trop fort.

— Jonas… La dernière fois que tu l'as vue, ta sœur, c'était quand ?

— Le matin. Ce matin-là. Avant de partir à la fac.

J'avais brusquement songé à mon avenir. Qu'allais-je faire de mon existence, moi ? À l'inverse de toi, papa, j'étais en vie. Tu étais mort, j'étais vivante, et aussi pénible que fût l'équation, il allait bien falloir tenter de la résoudre.

— Qu'est-ce qu'elle faisait ?

— Deug d'histoire. Un truc inutile, quoi… Mais elle adorait ça, surtout le Moyen Âge. Elle pouvait en parler des heures. Ouah, les chevaliers, les croisades et tout, romains, carolingiens, mérovingiens, patin-couffin… Quel boulet, celle-là, quand elle s'y mettait !

J'avais souri. En taquinant sa sœur, il la faisait revivre ; c'était bien trop joli pour ne pas être émue. Sous ses caresses maladroites, comme empêchées, la chaleur revenait dans mes membres, malgré moi, la vie plus forte que tout, presque aberrante. Je me sentais mollir, ramollir, le névé du cœur en fonte translucide et, dans ses bras, je ne fus plus bientôt qu'une poupée de chiffon, fragile, douce, humide, patchwork de sentiments mêlés, trame diagonale, évanescente, coincée dans un cauchemar aux allures de réel – ou l'inverse, plutôt. J'aurais voulu parler moi aussi, te faire revivre, papa, exprimer, dire. Mais de mots pour tout ça, je n'en avais pas ; et te taquiner, c'était au-dessus de mes forces. Je crois que, déjà, je t'idéalisais. Alors, j'avais continué à poser des questions.

— Tu te souviens de ce que tu lui as dit, à Katia ? Ce que tu lui as dit en dernier ?

— « Pauvre tache ».

— ... ?!

Ma position était telle que je ne pouvais pas voir son visage, mais j'avais senti un sourire poindre dans sa voix.

— C'était amical. Un truc entre nous. Ses derniers mots pour moi, c'était « gros nul ».

Je soupirai au creux de son épaule.

— J'aurais bien aimé avoir un frère.

Jonas avait fini par s'endormir mais j'en étais, moi, tout à fait incapable. Je me levai sans faire de bruit – question d'habitude. Je pris le chevalet, la toile, le croquis de mon oreille, et je transportai tout ce barda au salon.

J'étais restée nue.

Je devais rester nue.

J'allumai le lustre, installai le chevalet sur la pustule bétonnée de l'ancienne cheminée – le seul endroit stable du sol biscornu – et je commençai à peindre. À l'éponge, je créai un fond beige, une toile de peau aux couleurs de ma peau, viscérale, matricielle. Je ne le comprenais pas encore, au mieux en avais-je l'intuition, mais ici naissait notre résurrection, dans cet amas de pigments couleur chair, ce ventre rectangulaire, plat comme celui des femmes en déni de grossesse. Il fallut du temps. Une heure, peut-être plus. J'étais en état second, séparée de moi-même, dissociée ; je me regardais peindre d'en haut, comme lorsque j'avais donné le bain à ma mère. Seule ma main fonctionnait, ma main et mon bras, articulés à la manière d'une grue, mouvements de va-et-vient mécaniques, lancinants, sexuels.

Une fois le fond terminé, je redescendis sur terre et je laissai sécher.

Je me demandais quelle allure cela aurait à la lumière du jour. Peindre en nocturne avait quelque chose d'absurde ; les teintes étaient distordues par la lumière électrique, brouillées par les trouées de lune derrière les fenêtres ouvertes, et cette muqueuse tendue au milieu de la pièce serait différente quand le soleil taperait dessus.

C'était précisément ce que je voulais. Tout est différent, entre le jour et la nuit. Les pensées, les angoisses, les peaux et les visages. Je voulais que le fond reflète cette dichotomie, je voulais une nuance vivante, placentaire, qui mute avec les heures, la course du globe, le fil du soleil, je voulais que mon oreille émerge de cette couleur comme l'on vient au monde.

Le tueur était né un jour, lui aussi.

Sa mise au monde, papa, ce fut ta mise à mort.

Ce 2 décembre, c'était son anniversaire – l'anniversaire de Vianelli : trente ans. L'âge que j'ai aujourd'hui.

30 ans de malheur × 30 ans de colère = 5 cadavres. Certaines équations ne devraient jamais se résoudre.

J'éteignis le lustre et j'allai m'allonger dans le sofa vert anis. Mon œil se perdit dans la faille de San Andreas, comme celui de Jonas quelques heures plus tôt. Mains croisées sous la nuque, j'essayai de me rappeler le visage de l'assassin, cette photo dans le journal que j'avais refusé de garder, déchirée en mille morceaux – réellement, *mille morceaux* – confettis de rage virant papier mâché sous le rideau des larmes. Et ce visage, je ne parvenais pas à le reconstruire, car il était d'une telle banalité que Vianelli aurait pu commettre un hold-up sans même s'enfiler de bas sur la tête ; pour la première fois, je me demandai si ce n'était pas l'unique raison de la *Bautta*, si cet homme trop parfaitement banal n'avait pas voulu s'inventer une figure que l'on puisse reconnaître, un visage dont on puisse se souvenir. Et sur cette pensée, un peu de la haine muette que je nourrissais à son égard s'estompa malgré moi.

On ne peut pas vivre comme ça, Nola. C'est pas possible.

Je fus réveillée par la rumeur du boulevard, circulation en pétarade par les fenêtres ouvertes. Au loin, on entendait décoller le lave-linge des voisins, *zzzzzzzz* – l'alvéole en tremblait.

J'ai ouvert les yeux. Tourné la tête. Le soleil tapait contre la toile au milieu de la pièce, créant une réverbération bizarre. Repeints en blanc, les murs portaient des éclats mouvants de rose pâle, donnant l'illusion que des morceaux de corps cherchaient à apparaître sous la surface, comme pris au piège d'un tégument. Je me suis redressée ; ma peau nue, bronzée, s'assortissait à la toile. J'aurais pu me fondre dans le tableau, y disparaître.

J'ai pensé à Jonas, à sa présence là-bas, dans mon lit. Je l'avais oubliée.

Je me suis levée pour rejoindre ma chambre, mais il n'était plus là. J'ai cherché un mot quelque part, sur le bureau, le meuble du hall, le bar américain mais à ma grande surprise, il n'avait rien laissé. Jonas avait simplement *disparu* et, sans la légère blessure entre mes jambes, j'aurais pu croire que sa visite n'avait été qu'un songe. J'avais dû lui faire peur. Je l'ai imaginé me trouver là toute nue, l'étendue viscérale de la toile au milieu du salon, cette toile plus vide que le vide, si intensément vierge, les instruments de peinture éparpillés au sol – oui, vu de l'extérieur, tout ça devait sembler frappadingue. Et soudain, je me le rappelle, j'eus envie de me laver. Pas envie : besoin. Vite. Tout de suite. Je me sentais sale, souillée, comme si j'avais commis un crime abominable dont je ne me souvenais pas mais dont je gardais la trace, sentiment de culpabilité irréversible, collé poisseux au revers des cuisses comme du miel avarié.

Ce sentiment, je le comprends aujourd'hui : avoir baisé, papa, insultait ta mémoire.

Longtemps, je suis restée recroquevillée dans la baignoire, cachée sous le jet, pluie battante au dessus de la tête – ruisselle de travers sur la vitre cassée.

Je ne voulais plus penser à rien mais toujours les souvenirs revenaient se cogner à mes tempes, pareils à des insectes stupides scratchés contre un pare-brise sur une ligne d'autoroute – *ping, ping, ping*, inlassablement – mon père, ma mère, le pavillon de Montreuil, la cabane hissée haut dans l'arbre du jardin, Jonas au-dessus de moi, *bang, bang, bang*, ses coups de reins comme pour me traverser, empaler notre douleur contre le mur à fleurs, les poivrots de *L'Évasion*, le Vieux – *encore occupée à rater ta vie, la gosse ?* – passé et présent mélangés en une pâte molle, imprécise, mon enfance remontant en paquets de mer sur le pont du cargo de mon crâne malade ; et tout cela me faisait l'effet d'un album photo feuilleté à la va-vite, papa dans son éternel pantalon de velours côtelé, maman avec ses bottes en caoutchouc jaune trop larges dans lesquelles ses jambes maigres semblaient piquées, le visage flapi de Mamie Jeanne au-dessus des fleurs violacées de sa robe, Paul au temps de *Michel Coiffure*, son rire jaillissant cristallin comme l'eau d'une fontaine, éclaboussant les clientes qui en redemandaient – *oh, french lover !* –, le tourniquet des sièges, ma tasse en plastique vert et puis *vlan,* Jonas de nouveau, par bribes, sa peau tachée de roux, grains de beauté partout, jusqu'au sexe, sa peau qui ressemblait au miroir de l'entrée, piquetée, l'accident qu'il m'avait raconté, l'homme mort peut-être, le sang de sa sœur dans les veines du bitume, l'oreille du Caribéen brillante dans le soleil, l'elfe des urgences aux doigts ensanglantés, le pistolet du joaillier et *L'Œil cacodylate* – j'aurais voulu me stopper la cervelle comme on fermerait le robinet, je fermai le robinet mais ça ne stoppait pas, ça ne se vidait pas, ma tête ne se vidait pas, j'étais propre mais toujours sale, je ne comprenais pas cette impression, je n'avais rien fait de mal ni causé de tort à personne, j'aimais Jonas, d'une certaine façon, oui, je l'aimais, mais un peu de sa mort était entrée en moi et j'en étais si pleine que cela me fit déborder.

Je me séchai, fort, trop fort dans la serviette rêche – oublié l'adoucissant, maman n'était plus là – et je me demandai si je n'étais pas à mon tour en train de devenir folle, à vivre dans l'immeuble-créature, l'alvéole sans queue ni tête, à errer dans cette ville moite, vidée par un mois d'août qui n'en finissait pas de finir, le reste du temps passé dans une bulle enfumée, infâme pochette-surprise garnie d'ivrognes à nez betteravéïformes, et puis ces sirènes, toutes ces foutues sirènes à crever les tympans – ça oui, c'était inhumain !

Ce matin-là, j'aurais donné le reste de ma vie pour être téléportée sur une plage, un désert de sable blanc avec lequel je me serais confondue, corps et âme annulés, blondeur sur blondeur, une plage-refuge de laquelle, jamais plus, je ne serais repartie.

Seulement voilà : il avait bien fallu que je me ressuscite.

Le monde se déploya tel un grand élastique et le cœur redémarra comme il le fait toujours – qu'on soit d'accord ou non.

PERQUISITIONS

Bah, qu'est-ce que tu veux que j'écrive...?

— Ce que vous voulez, c'est le principe. Ce qui vous passe par la tête.

— J'sais pas, Nola... J'ai rien à dire...

— Tout le monde a quelque chose à dire.

Mon voisin au Che, qui s'appelait Virgile, se frotta la tempe d'un air dubitatif. Près de nous, ses enfants jetaient des regards curieux vers la toile posée par terre, adossée au frigo.

— C'est pour quoi faire ? demanda finalement le gamin, n'y tenant plus, tandis que son père se levait pour réchauffer le café.

— Un tableau.

— Ouais, mais pour quoi faire, un tableau ? C'est bizarre, un tableau avec juste une oreille dessus... C'est ton oreille ?

— Yep, c'est mon oreille.

— Nan...

— Si, je te jure, c'est mon oreille.

— Nan...!

— Si !

— Fais voir !

J'avais soulevé mes cheveux, la lui avais montrée. Il avait effectué une longue vérification ; on aurait dit un orfèvre en train de contrôler la pureté d'un diamant.

— Ouais. Mais dans ton tableau, y'a pas la boucle.

— C'est vrai, y'a pas la boucle. T'es observateur, dis donc !

— Et pourquoi y'a pas la boucle ?

Virgile nous resservit une tasse de café et se rassit à table, une antiquité de récup' rongée par les vers, des milliers de petits tunnels dans lesquels mon regard se perdait comme dans une nécropole.

— Fiche-lui la paix, Noé, c'que t'es pénible avec toutes tes questions...

Le gosse se renfrogna, prêt à bouder, puis il changea d'avis :

— Moi aussi, j'va m'dessiner l'oreille !

— Moi aussi ! enchaîna sa sœur en lui courant après.

Ils disparurent dans le couloir – un étroit couloir en coude qui ressemblait au nôtre, mais laqué d'outremer.

— Bon, on va avoir la paix cinq minutes...

Virgile but une gorgée de café, s'alluma une Camel, me tendit le paquet. Je me servis. Il me donna du feu puis s'abîma de nouveau dans la contemplation de l'oreille, en bas à droite du cadre, sourcil percé froncé. Je l'avais réussie, cette oreille, bien mieux que je ne l'espérais : on aurait dit un trompe-l'œil. L'effet était saisissant, presque inconfortable.

Pour ma part, je regardais autour de moi, intriguée de pénétrer enfin une autre alvéole. La leur était aussi insensée que la nôtre, dans une version plus petite. La pièce principale avait été montée autour de l'escalier et un grand pan de mur, arrondi par le colimaçon, gonflait l'espace à la manière d'une bulle sur le dos d'un crapaud. Sinon, tout était blanc, dépouillé, sans charme. Et du deuxième étage, les travaux dans les caves frisaient l'insoutenable.

— Leur maman…? demandai-je en désignant les sous-verres apposés partout sur le bombé du mur, comme dans l'espoir d'en masquer la difformité. C'est elle ?

Sur plusieurs clichés se tenait une jeune femme noire, visiblement très grande, l'allure gracile et élancée propre aux Éthiopiennes, d'une grâce éblouissante.

— Oui. C'est elle.

— Elle est très belle. Vos enfants lui ressemblent.

— Ouais, elle leur aura au moins laissé ça… La beauté, ça aide dans la vie, hein ? Bah, tu dois en savoir quelque chose.

Je ne relevai pas le compliment car le brun pétillant de son œil venait de s'éteindre comme une diode cassée, et je regrettai d'avoir été indiscrète. Je tirai sur la clope, sans savoir que faire pour chasser le démon qui semblait s'être vissé au-dessus de nos têtes. Mais les gamins me sauvèrent la mise en réapparaissant des feuilles à la main, brandies à bout de bras comme des trophées sportifs.

— R'garde !

Noé posa son oreille sous mon nez, du moins quelque chose censé y ressembler, plus proche de l'escargot irradié que du traité d'anatomie. Sans un mot, timidement, sa sœur glissa le sien à côté, et je baissais les yeux sur un embrouillamini vert et rose, de gros traits de crayon imbriqués les uns dans les autres en courbes malhabiles.

— Whaouh ! m'exclamai-je, en feignant une extase qui fit sourire leur père, rallumant son regard du même coup. Vous êtes super forts. Je peux les garder ?

Mais le petit garçon récupéra son dessin avec empressement.

— Non, c'est pour ma maman. Pour quand elle reviendra.

Je vis Virgile tiquer à l'autre bout de la table. Il écrasa d'un geste nerveux son mégot au fond d'un de ces fameux cendriers en glaise avec une main dedans, peint en violet et parsemé de pois bleus.

— OK, je comprends... Moi aussi, mon dessin, il est pour ma maman.

— Ah ouais ? Elle est partie ?

— En quelque sorte...

— Ça veut dire quoi, enquelquesorte ?

Bonne question. Moi-même, j'étais bien embêtée pour lui fournir une explication logique.

— Elle est partie dans un endroit de sa tête où ça ne marche pas très bien. Elle est un peu zinzin, si tu préfères. Du coup, elle est à l'hôpital ; et moi, je lui fais des dessins pour lui remonter le moral... tu vois ?

— C'est sympa.

— Oui, je suis très sympa, comme fille.

Noé avait souri, il lui manquait deux dents. Il posa son oreille sur mes genoux.

— Bon. J'veux bien que tu le gardes, c'est d'accord. J'va lui en faire un autre.

— Sûr ?

— Ouais, c'est d'accord j'te dis.

Sur ce, il repartit, suivi comme une ombre par sa cadette qui avait, elle, récupéré son œuvre d'une petite main anxieuse, à croire que toute sa vie en dépendait.

Jusque-là, je n'avais pas bien saisi le besoin qui me poussait à faire cela – j'entends, *L'Oreille cacody-*

late ; mais dans cette cuisine où planait le fantôme d'un parent déserteur, je commençais à comprendre que ces rencontres provoquées auraient pour but de recréer cette fameuse « communauté humaine » dont ta mort, papa, m'avait éjectée avec la violence d'un ressort hélicoïdal. En réalité, ma démarche était assez proche de celle qui avait poussé Jonas à me retrouver – ce désir de recommunion entre les êtres, quand le trop d'infortune vous a presque vidé de toute humanité. Je regardais Virgile, sa peau hâlée, son crâne rasé, lisse et miroitant telle une glace sans tain. Son drame et le mien nous faisaient converger, c'était une conversation silencieuse saturée d'absence, une absence en fracas, l'angoisse sonorisée à l'intérieur de soi et multirediffusée. Derrière chaque porte du monde se joue une tragédie et, d'une manière ou d'une autre, tous les gens en souffrance sont hyperacousiques. C'était justement l'objet de ma quête – compiler les malheurs d'autrui pour, enfin, faire émerger le mien – mais je ne le savais pas encore. Comme tous les enfants, je marchais à l'instinct. Cela ne signifiait pas que j'ignorais où j'allais. Un théâtre des opérations se dessinait, malgré moi se dessinait, aussi précisément que cette oreille émergée du néant.

— Tu penses à Barthez ?

— … quoi ?

— J'sais pas, tu fixes mon crâne.

— Ah… Oh… Pardon.

Je détournai la tête. Les coups de masse, *bang, bang, bang,* parasitaient l'espace. Machinalement, j'avais regardé la pendule en métal accrochée à la porte : bientôt midi. *À midi, ils arrêtent.*

— Depuis qu'on a gagné, des gens m'interpellent dans la rue pour le toucher. Une fois, juste après la victoire, j'ai pris un auto-stoppeur… Le type, il a carrément voulu l'embrasser, t'imagines ?

— Moi, c'est pas votre crâne que j'aime. Ce sont vos oreilles. Vous avez les plus jolies oreilles que j'aie jamais vues.

Virgile bougea les yeux, vers la droite puis vers la gauche, l'air de vouloir regarder ses propres oreilles. Impossible, bien sûr : il faudrait être conçu comme les escargots, avec des calots flexibles montés sur des antennes. Les escargots n'ayant pas d'oreilles, ça ne leur sert à rien. La vie est mal fichue.

— Eh bien, murmura Virgile, c'est sûrement le compliment le plus bizarre qu'on m'ait fait !

Sur la table, il attrapa le feutre noir que j'avais apporté. Il joua avec un moment, le fit tourner autour de son pouce comme on faisait à l'école.

— Tu veux un truc qui me ressemble, c'est ça ? Un truc que je pense ?

— C'est ça.

Il regarda de nouveau le feutre, semblant croire que cette tige en plastique possédait un pouvoir magique, possiblement dangereux. Il hésita, mais le reposa finalement sur la table.

— Qu'est-ce qui se passe ? Vous aviez une idée, non ?

— Bah, j'sais pas. Ça me gêne d'être le premier à écrire quelque chose… J'ai peur de le saloper, ton tableau.

— J'ai envie que vous soyez le premier. Y'a rien que vous puissiez écrire qui pourrait saloper quoi que ce soit. Ce n'est pas vraiment une œuvre d'art… Plutôt un genre de… concept.

Il haussa les épaules, alluma une autre cigarette. Jamais il ne m'avait paru si fragile, écorché vif, à demi brisé – un poids invisible sur la nuque qu'Atlas même n'aurait pu supporter.

— Vous vous souvenez, il y a quelques semaines, dans la cour ?

Il hocha la tête, sans saisir où je voulais en venir. De l'ongle, il se gratta le flanc, comme si le visage du Che s'était mis à le démanger.

— Ce jour-là, les petits jouaient dehors. Avec le tuyau d'arrosage… Et à les regarder, pour la première fois depuis des mois, j'ai ressenti quelque chose. Je veux dire, quelque chose de bien. Je les regardais et, pendant une seconde, j'ai été heureuse. Je pensais que ça n'arriverait plus jamais… Vous comprenez ?

Il se produisit un brusque événement au sein de son visage, une sorte de brouillage ; ses pores semblèrent s'agiter comme des molécules, une réaction chimique dans un tube à essai. Il me fixa un instant puis, d'un geste étrange, solennel, il reprit le feutre. Il se leva, empoigna la toile, la posa sur la table. En appui sur les avant-bras, il se pencha. Lentement, il commença à écrire au-dessus de l'oreille en suivant la courbe du pavillon, avec les précautions d'un premier de la classe. Il ressemblait à son fils, lui aussi, par moments.

J'avais quitté ma chaise, lui avais donné le dos.

Au loin, on entendait chuchoter les enfants, les bribes d'une dispute qui avait pour objet une sombre affaire de Playmobil cassés et de camps ennemis. Tandis que leur père opérait, j'avais marché dans la cuisine pour lui laisser un peu d'intimité. Mais malgré moi, mes yeux revenaient toujours sur les clichés suspendus à la difformité du mur, dévisageant cette mère sublime et terrifiante, disparue on ne sait où, pour quoi faire ou avec qui, abandonnant les siens à des guerres de plastoc ; et je me demandai soudain si j'aurais, moi, un jour des enfants, s'il n'y avait pas dans la reproduction de soi une responsabilité incompatible avec ma propre histoire.

Mais bientôt, la voix de Virgile brisa le cours d'un dilemme prématuré :

— J'ai fini.

Je me retournai et regardai la toile.

Il avait écrit : *Les routes trop belles sont impraticables.*

Dimanche 30 août, rebelote, à me demander pourquoi j'étais ici, dans cette clinique et, par extension, dans cette ville, sur cette planète, dans ce corps – *ici*, cet espace-temps aux bords irréguliers comme les cartes au trésor que je faisais en cachette quand j'étais petite fille, brûlées aux encoignures au-dessus de l'évier, tracées au jus de citron pour découvrir des trésors qui n'existaient pas, n'avaient jamais existé et n'existeraient jamais.

Madame Verdier, Mira, ma mère, était assise devant la fenêtre close de sa chambre, occupée à aligner sur le bureau tous les objets qu'il y avait dans la pièce.

Je réalisai qu'il n'y avait pas beaucoup d'objets dans la pièce.

Deux stylos, un vert et un bleu. Une crème de jour à la gelée royale, dans un tube en alu pressé, tordu. Trois épingles à nourrice. Un Rubik's Cube que je n'avais jamais vu, neuf ou résolu, toutes les faces entières, unies, ce qui faisait un drôle d'effet. Une pomme jaune, type golden. Un élastique à cheveux. Un stick pour les lèvres. Son pilulier, vide, puisque seules les infirmières étaient aptes ici à dispenser les drogues. Une pâquerette fanée, la tige nouée comme pour un talisman. Une bouteille d'eau. Un verre Duralex, que j'eus envie de retourner pour connaître le nombre de mes futurs enfants – quinze ou zéro ? Un bloc-notes orange. Son alliance qui, pour la première fois en presque vingt ans, avait quitté son doigt.

— Maman, on peut savoir ce que tu fabriques ?

Mais voilà qu'elle intervertissait la pomme et l'alliance, et l'opération semblait plus délicate qu'une intervention à cœur ouvert.

— Eh oh, m'man, tu m'entends ?

Elle soupira bien ostensiblement pour signifier que je la dérangeais. Elle se tourna tout de même vers moi, pas complètement, juste une partie du corps, son torse disons, aux trois quarts.

— Rien, chérie. Un inventaire.

— OK... Mais pour quoi faire, un inventaire ?

Ce disant, je me fis penser à Noé. Mira était devenue si cinglée qu'elle m'obligeait à me comporter comme un môme de six ans.

— Je ne sais pas, dit-elle en haussant les épaules, que veux-tu, ça me détend.

Puis elle entreprit d'accrocher son alliance à la queue de la golden. Elle paraissait agacée de n'avoir plus rien à aligner et regarda autour d'elle, à la recherche de quelque chose d'autre ; mais c'était une chambre vide, blanche, au mobilier autoritaire. Finalement, elle ôta les petits chaussons en velours qu'elle portait aux pieds et les aligna eux aussi sur le bureau, plaçant le pied droit entre le Rubik's Cube et la pomme, le gauche entre la pâquerette et le verre.

Ses yeux avaient l'air d'une piscine vide, aux prises d'un éternel hiver.

Elle contempla son œuvre, mais un détail la chiffonnait encore. Elle porta les mains à sa tête, retira les boules Quiès, puis disposa chacun des tampons à l'intérieur des pantoufles. Pour le coup, elle parut satisfaite.

Je restai assez perplexe quant à savoir si c'était bon signe.

— Docteur, ça empire, non ?

— Au contraire. Les médicaments font effet, et puis elle semble se plaire, chez nous.

Dans un sens, ça ne m'étonnait guère : ici, tout était bien propre, bien rangé, bien tondu, bien rigide – réglementé, structuré, emploidutempsifié. D'une certaine manière, la clinique ressemblait à notre pavillon au temps de sa splendeur.

— Elle est nettement plus calme, continua la doctoresse, et ses bouffées délirantes sont en voie d'extinction.

— Plus calme ? Plus givrée, surtout ! Là, elle est en train d'aligner à l'infini des trucs sur sa table, on croirait un gosse autiste avec une boîte de Lego !

— Nola, votre mère possède en elle toutes les clés pour guérir. Pour l'instant, elle ne sait pas dans quelle serrure enfoncer quelle clé, voilà tout.

— Super.

Le docteur Lemsa avait un visage rond, une silhouette ovoïde et de courts cheveux filasse couleur d'albumine. Méchamment, j'avais pensé : *crâne d'œuf*.

— Et l'hyperacousie ?

— Oh, ça...! Ça va, ça vient. Depuis quelques jours, ça va.

— Docteur... Vous croyez que vous allez réussir à... à... la réparer ?

Je fus moi-même surprise d'utiliser ce verbe mais c'était celui qui convenait le mieux : Mira me faisait l'effet d'un jouet en panne, oublié sous le lit à barreaux d'un orphelinat désaffecté. Le médecin sourit à la bizarrerie du terme ; ses dents étaient petites et jaunes comme des grains de maïs. Cette femme avait tout à fait l'allure d'un plat de cantoche – rien qu'à la regarder, et c'était la déprime.

— Nous autres, psychiatres, sommes de grandes oreilles. Nous écoutons avec empathie, sans juger, avec toute l'énergie dont nous disposons. En séance, la souffrance du patient se déverse dans nos conduits auditifs et, ensemble, nous transformons le cérumen du malheur en huile de vidange : la personne en deuil évacue les mauvaises pensées, graisse les battants rouillés de cette grande porte noire… Cette porte… L'absence… Mais vous verrez : elle parviendra tôt ou tard à pousser cette grande porte. On finit toujours par y arriver, c'est l'instinct de survie.

J'avais songé que les médecins étaient encore plus givrés que les patients et Lemsa dut le lire sur mon visage, car elle sourit de plus belle, un brin narquoise :

— Je fais une métaphore de circonstance. Excusez-moi : si je n'avais pas été psy, j'aurais été poète…

— Oui, ben sauf votre respect, vous avez dû vous planter de carrière.

Son visage se transfigura, à la manière de ces cartes postales holographiques dont l'image se modifie suivant l'angle sous lequel on la regarde ; elle cherchait seulement à détendre l'atmosphère et ma remarque l'avait vexée. Sa bonhomie se fit masque chirurgical, elle croisa les mains avec un professionnalisme outré et même sa voix, soudain glaciale, sembla changer d'octave. Je me sentis poussière, pareille aux chatons que je voyais là-bas, sous l'inutile radiateur.

— Écoutez, Nola : votre mère a besoin de temps. Elle garde quelque chose en elle, quelque chose qu'elle ne peut exprimer. La mort de votre père l'a amputée d'une partie d'elle-même et son chagrin, c'est une hémorragie. Comme toutes les hémorragies, cela se cautérise. Mais dans son cas, il ne faut pas être trop pressé. C'est plus clair, dit comme ça ?

Très clair. Les larmes m'étaient montées aux yeux, prêtes à me dégringoler dessus telles des jardinières par menace d'ouragan. Je baissai la tête. Je regardai mes genoux enfermés dans le denim brut du jean, cherchai à pénétrer la trame du tissu, à croire qu'il y avait dans ce maillage une solution aux catastrophes du monde ; mais ce n'était qu'un jean, et les jeans n'ont de réponse à rien.

— Les enfants, vous savez... ? poursuivit-elle d'un ton plus doux, sans doute mue par cette fameuse empathie dont elle se glorifiait. Quand les enfants perdent un parent, quelle que soit la manière, accident, maladie, ils croient souvent que c'est leur faute. Parce qu'ils n'ont pas été assez gentils avec lui, par exemple... Ils envisagent sa mort comme une punition pour quelque chose qu'*ils* ont fait. C'est un peu le principe de la « pensée magique », son versant négatif. *Si je compte tant de voitures bleues, j'aurais la moyenne à mon contrôle de maths...* Dans l'enfance, nous avons tous eu des pensées de cet ordre – des pensées irrationnelles. Votre mère, c'est pareil. Elle voit le décès de votre papa comme un châtiment pour une chose dont elle culpabilise et, du coup, elle s'en imagine irrationnellement responsable.

Je reniflai. Au moins, Bichat pas Bichat, les experts étaient tous d'accord. Le problème, c'est que ça n'avançait pas à grand-chose.

Je retournai dire au revoir à Mira. L'heure du déjeuner approchant, elle semblait sur les starting-blocks. Elle s'était coiffée comme du temps de mon père, son fameux chignon négligé-pour-de-faux, et portait ses boucles d'oreilles, deux puces en or blanc figurant des trèfles à quatre feuilles. Ça faisait bien des mois que je ne l'avais pas vue si pressée de manger.

— Ils ont prévu de la langouste ou quoi ?

— Non chérie, aujourd'hui c'est canard-purée, du moins je crois... Mais Jean-Louis et moi, nous jouons aux épitaphes.

— Jean-Louis ?

— Oui, tu sais, mon voisin... M. Gauthier... Ça fait trente ans qu'il vit avec une sorte de pamplemousse en travers du cerveau, et depuis trente ans, il peut mourir d'une seconde à l'autre !

Elle était si excitée en racontant cela, on aurait dit une gamine à qui on venait de promettre un poney.

— Et donc, vous jouez aux... épitaphes ?

Elle sourit. Ce sourire, un instant, lui rendit sa jeunesse. Elle partit chercher le bloc-notes sur la table, situé maintenant entre la bouteille d'eau et le chausson gauche. Quand elle me le donna, je remarquai ses ongles : ils avaient beaucoup poussé, elle qui d'ordinaire les portait au plus court sur ses doigts laborieux.

— Tu vas voir. Ce que c'est amusant !

J'ouvris le calepin. Une série de petites phrases y étaient notées, et je compris alors à quoi servaient les stylos de l'inventaire. Deux écritures alternaient, celle de Mira en vert, racée, pleine d'élégants déliés, et une autre plus grossière, en bleu, les lettres aux contours flous, ridés comme des flaques. « Rien ne sert de pourrir, il faut mourir à point » ; « *Y'a plus de whisky, sautons dans le puits* « Jean-Louis trépasse, l'herbe repousse » ; « *Le pissenlit, sûr, c'est mon plat préféré* » ; « Son cœur nous a lâché, allons faire un jogging » ; « *En Gaspésie, il mangea des vers. Désormais, les vers se vengent* ».

— Avec ça, quand le pamplemousse explosera, nous serons parés !

Je relevai la tête. Ma mère me fixait, impatiente et stressée comme une ballerine novice au soir de la première, une lueur de malice brillant au coin des yeux. Les aphorismes absurdes s'étalaient ainsi sur cinq ou six pages, miscellanées mortuaires, salies de-ci, de-là par des taches de gras ou l'empreinte brunâtre d'une goutte de café.

— OK..., fis-je en lui rendant le carnet, un peu atterrée.

— C'est rigolo, non ?!

— Très, maman. C'est très, très rigolo.

Je fus sur le point d'avouer que de mon côté, je faisais la même chose ; sauf que mon projet à moi était conçu pour la vie, et non pour la mort.

Finalement, je ne dis rien. Juste : *Bon appétit.*

En traversant le jardin, le vert effroyable, les pivoines explosives et les saules en sanglots, je remarquai une jeune femme et son petit garçon, main dans la main, marchant d'un pas lent, prudent, comme s'ils avaient progressé au bord d'un précipice. L'enfant semblait perdu dans les méandres obscurs d'un cheminement muet : son regard, cerclé de lunettes rondes, jouait avec les graviers tel un mathématicien avec un boulier. Sa mère était planquée derrière des verres fumés, mais je voyais à ses lèvres pliées origami que ça n'allait pas fort. À l'instant où je passai à leur hauteur, le petit déclara, avec la gravité d'une sentence définitive :

— En fait, la tête de Pépé, c'est comme un bocal. Sauf que le poisson rouge, il est dehors.

La vérité sort de la bouche des enfants. Jamais lapalissade n'avait sonné si juste : ce gosse me fit l'effet d'un électrochoc. Alors, passant la grille du jardin, je décidai de ne plus remettre les pieds dans cet enfer avant d'avoir terminé *L'Oreille cacodylate*, désormais convaincue que cette toile insolite était seule capable de ramener Mira dans notre bocal vide – et moi avec.

LE RETOUR DES VIVANTES

Sans nouvelles de Jonas.

Je me demandais s'il avait ressenti la même chose que moi, l'échange de nos fluides comme l'échange de nos morts. Son silence me blessait mais, d'une certaine manière, me soulageait aussi, car ma libido était redescendue bien plus vite qu'elle n'était montée. À tous les niveaux, mon existence cet été-là ressemblait à des montagnes russes. Je ne me sentais jamais tout à fait raccrochée à la terre, plutôt soulevée par des milliers de baudruches noires gonflées à l'hélium, une grappe de chauves-souris qui me baladait de trous d'air en trous d'air, jusqu'à la nausée.

Plus simplement, j'étais : à-côté-de-mes-pompes.

Le retour de Marie et Joh' dans ma vie, ce même dimanche, n'en fut que plus violent. Elles étaient assises là, princesses sur les hauts tabourets du bar, et leur jeunesse, leur beauté, semblaient si décalées ! Johanna, surtout, était particulièrement belle ; j'avais oublié à quel point. De ces beautés classiques, intemporelles, cascade de boucles brunes encadrant un teint mat au grain de peau parfait, comme si cette peau n'avait pas eu la même texture que celle des autres humains, veloutée et lisse, si nette qu'on se demandait même comment elle respirait, ainsi dépourvue de tout pore apparent.

Un soir dans une fête, je l'avais embrassée. Et ses baisers ressemblaient à sa peau.

Pourtant, Joh' avait un côté froid, inaccessible. Marie, en revanche et comme d'ordinaire, était très volubile. Elle racontait, racontait et racontait encore, tous les poivrots du bar scotchés à ses lèvres, médusés par cette apparition dominicale et pas très catholique, la micro-jupe relevée sur les cuisses pain d'épice. Aujourd'hui, Marie est comédienne ; ça lui va comme un gant, si incroyablement douée pour captiver l'auditoire, y compris cet auditoire d'énergumènes bourrés qu'elle était parvenue à faire taire par un genre de miracle. Jamais je ne les avais vus si calmes, attentifs comme des mômes devant une exhibition de trapézistes, à retenir leur souffle pour l'anecdote suivante. On aurait dit que la Sauterelle voulait les pincer afin de vérifier qu'elles étaient réelles. Même le Vilain se tenait correctement, l'air d'avoir oublié que sa braguette existait, et si Tag faisait mine de rien, il écoutait aussi, comme les autres. Je ne sais plus ce qu'elles ont raconté. Je regardais seulement leurs bouches évoluer dans l'espace, organes suspendus au bord de mon grand nulle part. J'imaginais Mira au fond de sa clinique avec son carnet de mort et je me sentais abandonnée – seule dans cette multitude, infiniment plus seule que si je l'avais été.

J'étais une capsule. Une grande capsule de Rien.

Mes amies, mes meilleures amies, semblaient des décalcomanies appliquées sur un paysage qui n'était pas le leur. J'avais le cœur étriqué, calcifié, j'étais loin, si loin des plages, des téquilas-shot, des baisers sous néon, si loin des zodiacs, des jet-skis, des maisons à la chaux, si loin de tout, je fixais à travers la verrière le soleil rond et rouge, posé en haut des immeubles comme une boule de feu dans un tour de passe-passe. Ce soleil était au bon endroit, en accord avec l'horaire, la saison, vingt heures trente, fin août ; mais il me faisait l'effet d'un décor, d'un astre factice sur une scène de théâtre. Johanna recommanda un demi, Marie un kir-pêche, elles continuèrent ainsi de parler sans que je sache de quoi, pantomime des clients autour d'elles, marionnettes trop sages, le Caribéen, Momo, le Vieux aux yeux écarquillés, même son bout de moquette opinait du chef avec courtoisie comme ces simili-chiens sur la plage arrière des voitures de gogos – affligeant spectacle des hormones en furie, répandues sur le zinc telles des billes de mercure.

Je pensais : Vie émaciée.

Je pensais : Sans consistance.

Je pensais : Où est Je ? Qui est Je ?

Je dis un mot ou deux, trois peut-être, me composai une figure. Sans doute me trouvèrent-elles bizarre mais elles eurent la délicatesse de le garder pour elles. Nous nous embrassâmes, projetant un hasardeux dîner pour la semaine suivante. Je les regardai s'éloigner, silhouettes de cartoon dans l'immonde réel, les poivrots de plus belle se remirent en action, commentaires de commentaires de commentaires, à boire pour oublier que des filles comme elles, ce n'était pas pour eux. Je rinçai les verres, cela me fit du bien, me calma. Je rinçai-rinçai-rinçai, actionnai le robinet à bière, distribuai les sous-bock comme des cartes à jouer. Un minuscule insecte translucide paré de reflets vert pâle traversa le comptoir, quelqu'un raconta qu'on avait trouvé un caïman dans un étang des Vosges.

— Ces cons, y ramènent des bestioles de voyage et pi après, y assument pas. C'est comme ça qu'un de ces jours, y'aura un boa constrictor dans mes chiottes.

J'avais pleuré tout le trajet du retour, chaque pas me donnait un peu plus l'impression de mourir.

Cette nuit-là, je rêvai de l'alvéole.

Elle ressemblait beaucoup à la vraie, sauf qu'on ne pouvait y accéder par une porte ; seulement par une sorte de trappe en hauteur, ouverte sur un labyrinthique tunnel, boyau étranglé et claustrophobique dans lequel il fallait ramper sur les coudes comme dans une caverne. Je ne pouvais pas respirer, mais je devais absolument rejoindre l'appartement, bien que la raison de cette nécessité fût nébuleuse – seule l'impérieuse sensation d'une question de vie ou de mort. Rien à faire : je ne progressais pas. Le conduit s'allongeait au fur ou à mesure, ou bien était-ce moi qui faisait du surplace, comme un saphir bloqué sur la rayure d'un disque. De temps en temps, l'image se pixellisait, mutait points de couleurs, vibrants, grésillants, et de façon étrange, ces pixels restent dans mon souvenir l'aspect le plus terrifiant.

Il m'arrive encore de faire ce genre de rêves, surtout ces derniers temps – des paysages pointillistes, criards et irréels, qui donnent envie de vomir.

Plusieurs fois, je m'éveillai. Je me levai, j'allai boire un verre d'eau ou respirer par la fenêtre ; mais dès que je me rendormais, je me retrouvais à ramper immobile dans cette putain de tranchée, suffocante, forcée de poursuivre cet impossible périple dans un but imprécis, ou même inexistant.

Au quatrième éveil, je décidai d'abandonner l'idée de dormir. Il était six heures du matin.

J'étais debout sur le paillasson en forme de tigre depuis cinq bonnes minutes, incapable de me décider à pousser la sonnette. Dans ma tête résonnait en boucle la chanson du Petit Prince, « *Puisque c'est ainsi, nous reviendrons mardi* ». Mais à l'instant même où j'allais renoncer, j'entendis un fracas de chaînes, chevillettes et autres verrous se mettre en branle derrière la porte, comme le mécanisme d'une horloge géante.

Le visage coupé en deux par l'entrebâilleur, la mère Mc Bean fit son apparition.

— Nola, n'est-ce pas ?

J'acquiesçai. La porte se referma. Un dernier cliquetis trébucha contre mon oreille et la porte s'ouvrit en grand sur une vaste robe imprimée de parapluies. Aux pieds, les tongs vertes, éternelles, à croire que leur propriétaire serait enterrée avec. La voisine saisit ma main, la serra avec force.

— Bienvenue, Mistinguett ! lança-t-elle de sa voix plus-éraillée-tu-meurs, cigarillo au bec sous son gros nez en goutte. Tu tombes à pic, j'ai fait du thé !

Avec prudence, la toile sous le bras, je pénétrai l'antre de la vieille dame. L'alvéole était entièrement rouge, on aurait dit une membrane. Elle considéra mon air interloqué, souffla trois ronds de fumée et déclara avec son accent de romancière anglaise :

— J'aime le rouge.

Je la suivis donc dans le couloir rouge, jusqu'à un très grand salon rouge, surchargé, tendu de rideaux rouges, meublé d'un nombre incalculable de sièges, chaises, canapés, poufs et autres sofas, recouverts de tissus incroyables à dominante rouge – tartan, liberty, toile de Jouy, un feu d'artifice de motifs désassortis – mais bien que cela fît mal aux yeux, l'ensemble fonctionnait, dans une sorte de cohérence de l'incohérent. Sur une table basse en plastique transparent, il y avait une théière en forme de coccinelle et des macarons enroulés comme un arc-en-ciel. Derrière, sur un haut guéridon, une cage abritait un canari, sans doute parce que les animaleries ne vendaient pas de rouge-gorge. Le canari semblait amorphe, vaguement déplumé, à demi intoxiqué par la fumée de cigare qui flottait dans l'air tel un nuage de gaz. J'avais l'impression d'être l'Alice de Carroll chez le Chapelier fou, et cette impression ne s'arrangea guère quand je tournai la tête vers l'autre côté de la pièce. Sur le mur du fond s'étendait une immense bibliothèque vitrée, dans laquelle reposait un millier – peut-être un million ! – d'objets miniatures. Mini-chats en collection, mini-chiens en collection, mini-gens en collection, mini-maisons, mini-arbres, mini-chouettes, mini-trains, mini-livres, mini-vaisselle, mini-meubles, mini-souliers, mini-guitares, mini-boutiques, tout un mini-monde en totale inadéquation avec la générosité charnelle d'Harriet Mc Bean. Littéralement, elle me fit l'effet d'un éléphant dans un magasin de porcelaine.

— Positivement incroyable, non ? dit-elle en riant à ma mine hallucinée. Le travail d'une vie, mon pitite ! Mais buvons le thé avant qu'il refroidisse, tu étudieras la maison d'Harriet plus tard. On ne fait pas attendre l'*Earl Grey* d'un tel qualité, n'est-ce pas ?

Comme lors de l'emménagement, j'oscillais entre la terreur et le fou rire – avec, ce jour-là, un léger penchant pour la terreur. Je pris place dans un canapé Empire tapissé d'écossais qu'elle me désigna d'une main encigarillottée, tout en essayant d'avoir l'air *normal,* ce qui n'était pas une mince affaire. Tandis qu'elle versait le thé avec d'infinies précautions comme s'il s'agissait d'or liquide – et je crus alors qu'elle allait me parler de son « scintillement » – je remarquai un cadre en bois garni d'une vieille photo, posé sur la cheminée : on y voyait un jeune homme en uniforme des années 40, un soldat de l'armée française. À côté, il y avait une urne funéraire en marbre rose.

Naturellement, l'immeuble était hanté : dans toutes les alvéoles, il y avait un fantôme ! Et soudain, le bâtiment me fit l'effet d'un calendrier de l'avent créé pour les Enfers, dont les petites fenêtres s'ouvriraient chaque matin sur un nouveau cercueil.

Après nous avoir servi le thé, Harriet s'installa face à moi sur une méridienne que ses fesses emplirent presque entièrement. Je sus tout de suite que c'était son siège attitré : elle l'avait *investi,* corps et âme, et je songeai que ce serait précisément sur cette méridienne qu'elle finirait ses jours. En voyant mon regard coincé sur la cheminée comme un chewing-gum sous une semelle, elle s'exclama très fort, avec son terrible accent de rocaille :

— *It's my lover !* Alexandre, Alexandre Dumas. Ah ah, *absolutly* véridique, ses parents étaient une pitite peu inconséquentes, son père se prenait pour d'Artagnan... Pauvre homme. Parti voilà six ans... Mon amant, pas son père tu te doutes, tu n'as pas l'air trop bécasse pour une blondinette. Le cholestérol... Le cœur tout enrobé, *my God*, ça, piloter le bombardier, prendre un éclat d'obus dans le crâne et se faire avoir par le graisse hydrogénée, ça oui jeune fille, tu peux dire, *ironic* ! Mais comme ça, nous nous sommes rencontrés... Pas le cholestérol, l'éclat d'obus ! J'étais infirmière au front, renfort avec le contingent britannique à Mogadiscio, vingt-deux ans j'avais à l'époque et j'étais fort jolie, plus tard j'ai même fait de la réclame, si, si, les bas Nylon ! Et lui, pitite soldat *frenchy*, si jeune, dix-neuf ans, la tête dans le compotier, enfin, vieille histoire, aussi vieille que moi... Mais nous nous sommes jamais mariés, je tiens l'Église en sainte horreur, pffff, ramassis de pervertes, d'ivrognes et saltimbanques, *God save the Queen*, auras-tu entendu pareille sornette ? Mais à l'époque, pas se marier tu vois, c'était quelque chose ! Vivre dans le péché ! *The Sin !* Et lui, tu diras ? Oh, lui... Depuis la guerre, Dieu faisait figure de fadaise, publicité mensongère, même si « publicité » et « mensongère » c'est un peu pléonasme, *you're right* jeune fille je te l'accorde, j'ai fait de la réclame alors je le sais bien... Du sucre, du lait ? *Cream*, peut-être ?

Le débit de la vieille dame était ahurissant, cascade de syllabes écorchées aux falaises de ses lèvres. Elle malaxait les mots comme des caramels mous et sa barbichette tressautait en cadence. Je chuchotai : « Non, rien, merci. » Je commençai à me sentir vaguement nauséeuse, peut-être à force de l'imaginer assez svelte pour porter des bas Nylon. Harriet ajouta un dé à coudre de crème dans sa tasse de thé, contempla avec satisfaction le nuage blanc se former à la surface. Puis elle jeta un coup d'œil vers la toile, que j'avais posée de dos contre un fauteuil en velours carmin d'où pendaient d'improbables pampilles. Son cigarillo, qu'elle ne lâchait jamais, passait de sa main droite à sa main gauche et de sa main gauche à sa main droite à la façon d'un minuscule bâton de majorette.

— Alors Mistinguett, pourquoi le plaisir d'une visite impromptue ? Je dis « le plaisir » car je ne vois pas grand monde… Depuis la mort d'Alexandre je ne sors plus tellement et un peu de jeunesse, c'est bien agréable pour une pauvre *lady* les orteils dans le tombeau. Macarons ?

Elle me tendit la soucoupe, un disque de faïence saturé de fleurettes sur lesquels les gâteaux juraient comme des tags sur un castel. Je secouai la tête, elle ne s'en formalisa pas ; elle ne semblait jamais se formaliser de rien.

— Euh…, fis-je.

Je bus une gorgée de thé pour me donner une contenance, mais il était effroyablement chaud et je manquai le recracher d'un jet sur le kilt du sofa. Je l'avalai tant bien que mal, la langue en feu, mortifiée d'avoir loupé mon effet de diversion. Mon regard se perdit dans le balancier d'une grande horloge en bois dressée entre les deux fenêtres. L'horloge retardait de vingt bonnes minutes et distillait un imposant *tic-tac*, si présent que je me demandais comment elle pouvait le supporter. Harriet avala d'une bouchée un macaron fluo, le mâcha avec application en me fixant de son fameux regard d'hypnotiseur.

— Tu n'es pas très bavard, Mistinguett ! Oh, je sais, je parle pour deux, Alexandre le disait toujours, « *My God* Harriet, tu parles pour deux », *My God* pour se moquer, il adorait se moquer de moi, de mon accent, soixante années dans votre pays et je n'ai jamais réussi à le perdre... Mais quand même, tu es bien venue pour quelque chose, n'est-ce pas ?

Soudain, le canari poussa un cri, une sorte de *hiiiiiiii* pénible, comme s'il avait eu un chat dans la gorge. En fait, cela ressembla plutôt à un crissement de pneu. Prenant la chose pour un encouragement ornithologique, je posai ma tasse sur la table basse et retournai la toile. La mère Mc Bean secoua la tête plusieurs fois, ses yeux d'obsidienne zigzaguèrent dans leurs orbites, si vite qu'ils parurent faire du bruit comme des maracas dans un concert latino.

— Une oreille ! Oh, c'est super ! Positivement merveilleux ! *Very pretty ! So realistic ! Incredible !*

Elle porta la main à sa tête et souleva une mèche du carré synthétique pour dévoiler un sonotone.

— Sourde, mais pas muette ! Ah, ah !

Elle se leva pour lire la phrase de Virgile. Tout haut, elle déchiffra :

— *Les routes trop belles sont impraticables*... Impraticables ? Je ne suis pas très d'accord ! La plupart du temps, c'est juste dangereux. Les routes de montagne, n'est-ce pas ? Creusées à flanc d'à-pics dans le grande forêt noire, toutes ces pitites lacets terrifiantes ! Moi je n'ai jamais conduit, mais Alexandre conduisait très bien, et il adorait la montagne !

— Il travaillait dans quoi, votre mari ? Euh... votre amant ? finis-je par demander, car je sentais bien que je ne pouvais pas éternellement faire vœu de silence.

— Ah oui, ta maman aussi ? Oh, avec la chaleur qu'il y a eu, c'est bien normal ! Nous avons tous rêvé de montagne ! Lacs gelés ! Neiges éternelles !

Bon. Visiblement, le sonotone avait des ratés.

— VOTRE AMANT ! Qu'est-ce qu'il faisait, DANS LA VIE ?

— Alexandre ? Maître d'école ! Et moi ? Oh, moi je n'ai pas fait grand-chose… La décoration, et puis la collection… Sûrement parce que des enfants, nous n'en aurions jamais. Le verdict est tombé un jour de 52, *like a* « guillotine », tu vois ? La fausse couche, les complications… Une horreur ! Mon utérus s'est retourné comme un gant, il a fallu l'ôter. C'est cette année-là, après l'opération, qu'on a emménagé ici. Pas facile, 52… Mais nous étions heureux, ça oui, heureux malgré tout… Cet immeuble est tellement saturé d'ondes positives ! J'ai toujours su que personne ne ferait jamais notre bonheur à notre place… Être heureux, c'est le secret du bonheur ! J'ai pas raison, jeune fille ?

J'acquiesçai et bus une gorgée de thé. À cet instant, je fus triste pour elle, car l'immense vitrine aux miniatures aurait rendu hystérique n'importe quel gamin, pire que le plus gigantesque des magasins de jouets. Mais Harriet souriait toujours, de sa grande bouche ronde et pleine de fausses dents.

– *So what !* N'êtes-vous pas heureux, demoiselles en A, comme je l'avais prédis ?

— Vous savez, je crois que chez nous, les ondes positives ne sont pas encore arrivées…

Elle plissa le front, souffla un rond de fumée. Sa main libre de cigarillo alla trifouiller sa prothèse auditive. Je répétai :

— CHEZ NOUS, LES ONDES POSITIVES NE SONT PAS ENCORE ARRIVÉES.

— Oh, fit-elle, déstabilisée. Eh bien quelquefois, elles prennent leur temps, n'est-ce pas… Ce n'est pas une science exacte.

Elle se tut, fixa l'oreille sur la toile. Le brusque silence avait quelque chose d'anormal, saturé par l'angoissant *tic-tac* de l'horloge, un *tic-tac* franchement funèbre. Du coup, je me décidai à répondre à sa question.

— En fait, expliquai-je le plus fort possible, je fais signer cette toile à tous les gens que je connais. Ne me demandez pas pourquoi… Moi-même, je ne sais pas très bien.

— Oh, oui ? C'est comme le tableau du grand Picabia ! L'œil, tu vois ? J'ai toujours adoré le *Dada* !

— C'est le principe, madame Mc Bean…

— Harriet !

— Harriet.

Elle se gratta la barbichette, réfléchit une seconde puis déclara :

— Okay, okay ! J'ai une milliard d'idées !

— Une seule suffira…

Je sortis le feutre de la poche de mon jean et le lui tendis. Elle s'en saisit, le décapuchonna en pirouettant sur elle-même avec une grâce surprenante.

— Pose le tableau sur la cheminée, Mistinguett. J'ai le dos catastrophique, pas possible de me pencher. J'avais un acupuncteur merveilleux, mais cet crétin s'est empalé sur la grille de son jardin. Et comment il a fait ? Balayant les feuilles mortes sur son toit !

Elle éclata de rire, comme si c'était l'histoire la plus drôle qu'elle ait jamais racontée.

— Quelle fin ridicule, n'est-ce pas ? Tué par les feuilles mortes !

Je m'abstins de commentaire et posai la toile sur la cheminée, calée contre le mur, à côté de l'urne qui renfermait feu Alexandre Dumas. Harriet se mit à l'ouvrage. À la regarder faire, toute pleine de parapluies avec ses tongs aux pieds, je me dis que ce projet était bien dans la plus pure tradition surréaliste.

Elle écrivit : *God Save The Ear... Ah, ah !*

Je la remerciai chaleureusement puis parvins à prendre congé sous prétexte du travail, bien que je dusse expliquer (plusieurs fois, réglages obligent) en quoi il consistait, où, pourquoi, comment, et accepter d'engloutir un macaron rose vif – framboise givrée. Une fois son antre quitté, j'eus la sensation d'être passée au mixeur. Étrangement, c'était plutôt agréable. Derrière chaque porte du monde se joue une tragédie ; mais en passant celle d'Harriet, il me semblait soudain possible de vivre avec. Toute son existence, elle enfila les drames comme on enfile des perles ; pourtant, elle souriait. S'il y a une chose que je garde d'elle, c'est bien cela : son sourire, immuable, contagieux, un stupéfiant virus de Bonheur. Je le revois, décroché de tout comme celui d'un chat du Cheshire, suspendu merveilleux au milieu des ténèbres.

ANTÉCÉDENTS (II)

L'année de mes dix ans, Paul et toi, papa, vous m'aviez construit une cabane.

Ce fut le dernier été que nous passâmes ensemble, le dernier été avant la dispute.

Dans notre jardin de Montreuil, il n'y avait qu'un seul arbre, un très grand marronnier, bien vieux et bien solide, un arbre qui, dans un conte de fées, aurait sans doute parlé avec une grosse voix façon Père Noël, « Oh oh oh mais qui va là, ne serait-ce pas la petite Nola ? »

En tout cas, depuis l'enfance, j'avais l'impression que cet arbre était vivant, je veux dire, presque humain. La nuit, il me faisait des coucous en ombres portées au plafond de ma chambre, et je lui répondais en lumière morse avec ma lampe de poche.

Dans mon for intérieur, je l'appelais Waldo.

Waldo-le-marronnier.

Mon pote.

Et voilà que toi, papa, tu étais juché dans Waldo, harnaché avec des cordes, un baudrier autour des fesses ! Paul faisait de grands gestes de contrôleur aérien, il y avait des planches partout dans la pelouse – la tête de maman, affolée pour ses précieuses plantations, *Faites attention, bon Dieu, faites attention !* – clous, rivets, poutres, vous criiez beaucoup et vous riiez parfois, Paul avait ôté son t-shirt parce qu'il faisait trop chaud et notre voisine passé l'après-midi dans une chaise longue, les yeux comme des jumelles braquées sur son torse.

La construction de la cabane dura tout le dimanche et encore tout le lundi – jours de fermeture de *Michel Coiffure*. Moi j'étais en vacances et d'humeur partagée, un peu inquiète que vous fassiez mal à Waldo, bien que je fusse assez grande pour savoir que ce n'était qu'un arbre et que bon les arbres, en principe, ça ne souffre pas (mais quand même, un fichu petit doute) et très excitée aussi, car incapable d'imaginer que là-haut, il y aurait bientôt une maison *pour de vrai*.

Mais le lundi soir, il y avait bien une maison, cent pour cent pour de vrai. Les bras-branches de Waldo passaient à travers les fenêtres et on aurait dit que mon arbre avait mis un t-shirt, un t-shirt tout en bois, ainsi qu'un bonnet, phrygien ou schtroumpfique, car le toit était d'un pointu biscornu, genre meringue ratée. L'édifice semblait plutôt bancal ; pourtant, il dégageait une odeur de château.

Je vous revois, Paul et toi, tout en sueur, les vêtements déchirés et la peau aussi, les mains blessées, les jambes griffées, bras dessus, bras dessous me dire en chœur :

— Joyeux anniversaire !

Et maman de secouer la tête, se tordre les mains d'une incommensurable angoisse, et moi de regarder la maison dans l'arbre sans vraiment croire à son existence – en tout cas, pas avant que toi, papa, tu déroules l'échelle de corde et crie :

— Ben vas-y Moineau, monte, on s'est pas tué la santé pour que tu restes au sol !

J'avais peur mais plus encore envie, alors j'ai posé le premier pied sur l'échelle. Paul et toi me poussiez du regard et, sous votre regard, je commençai à balancer, un pas, deux pas, trois pas, des pas verticaux et instables, c'était comme de voler sauf que mes jambes tremblaient, puis je me suis hissée, haut, tout en haut sur le « palier » (la-planche-qui-faisait-office-de, disons) et j'ai pénétré dans mon royaume. À l'époque, le royaume était vide, les murs et le sol nus, mais ce jour-là, je m'étais dit :

— C'est donc à ça que ça ressemble, le *bonheur* ?

Pendant près d'une semaine, je n'étais pas redescendue de mon arbre. Maman râlait et tempêtait tandis que vous la taquiniez :

— Fiche-lui la paix, Mira, ta fille, elle ne va pas s'envoler !

— Mais alors quoi, elle ne se lave pas ! Tout de même, ce n'est pas un singe !

On me livrait à manger grâce à un panier d'osier pendu à une ficelle et j'avais de fréquentes visites, Marie et Johanna bien sûr, mais aussi le fils de la voisine-aux-yeux-en-jumelles, laquelle trouvait là un bon prétexte pour aguicher mon oncle (n'ayant jamais osé lui poser la question, je me demande toujours si, à force, elle avait réussi son coup ; en ce qui me concerne, j'ai beaucoup embrassé le fils de la voisine, fils qui, avec le recul, n'était pas tout à fait un prix de beauté, mais le cœur a ses raisons, *et cætera*).

La maison dans Waldo abrita toutes sortes de Clubs ultra-secrets et vraiment très intéressants, une réserve à biscuits, des plans d'évasion au cas où nous serions un jour accusées d'un crime en pays barbare (*Midnight Express* – traumatisées), nombre de pyjama-party-confidences-sur-l'oreiller, quelques séances de spiritisme peu convaincantes (mais qui manquèrent plusieurs fois foutre le feu), diverses études anatomiques sur les-seins-de-qui-seront-les-plus-gros (définitivement, Johanna a gagné) et puis Marie qui réussissait à faire des bruits de tuyauterie ahurissants en remuant son ventre, premières beuveries, la bouteille de Martini rouge piquée à la cuisine (et quelquefois j'avoue, nous avons vomi du haut de Waldo), des disputes aussi, des histoires de garçons, et le jour où Joh' avait volé des bonbons à l'épicerie, je n'avais même pas voulu y goûter, tellement bien élevée dans le carcan de la morale, à culpabiliser pour trois crocodiles gélifiés à dix centimes pièce (*Midnight Express !*) – et les murs de la cabane grandissaient avec nous, repeints dix fois car souvent femme varie et ado encore plus, des bibelots de vacances, posters de Madonna et de Jim Morrison, pas peur des grands écarts, mini-poste radio, coussins en pagaille, époque talkie-walkie, époque chorégraphie, époque Bob Marley, bindis, encens, époque Supertramp, et puis un peu plus tard, quinze, seize ans, époque techno, des touche-pipi et des baisers et des shots de vodka et des doigts maladroits ôtant des soutiens-gorge et des mains maladroites au fin fond des caleçons pour ne pas trouver grand-chose, et puis le sexe vraiment, avec Thibault, la cabane maintenant avait le sol couvert d'un vieux tapis persan et ça râpait les genoux, à renoncer aux jupes au risque de se faire griller comme dépucelée notoire.

Et ce fut cette cabane, moi, que je pleurai le plus lorsqu'il fallut quitter le pavillon – car c'était à ma jeunesse que je disais adieu. J'ai ce souvenir qu'en passant une dernière fois la grille du jardin, j'avais cru voir dans les bras de Waldo une petite Nola fantôme agiter un mouchoir, telle une femme de docker en larmes au bord d'un quai.

Oui, j'ai eu exactement la même impression, avait murmuré Jonas quand je lui parlai de ma cabane. Comme si on m'avait obligé à grandir avec un tire-bouchon.

L'expression était surprenante, mais je voyais très bien ce qu'il voulait dire. Une mèche torsadée enfoncée dans la tête et puis, *hop*, on tire, vous n'êtes plus un enfant, terminé l'insouciance – un bon vieux souvenir dans un carton de passé.

Une seconde naissance, mais en forme de bientôt-mort.

Néanmoins, nous venions de faire l'amour, et ça avait été beaucoup mieux que la première fois. La cigarette, même, avait meilleur goût.

En rentrant de *L'Évasion* à une heure du matin, je l'avais trouvé assis sur notre paillasson. Il ne faisait rien, il ne dormait pas, ne lisait pas, n'écoutait pas de musique, il était juste là, à m'attendre, comme si cela avait constitué en soi une activité suffisante. Quand je suis arrivée, il a d'abord levé les yeux puis son corps tout entier, et j'ai sorti mes clés en demandant :

— Pourquoi t'es parti, l'autre fois ?

— J'avais des trucs à faire.

Mes clés sont restées suspendues dans l'air sans atteindre la serrure.

— Tu sais à qui tu parles, là ? Tu ne peux pas me servir tes réponses de mec qui sont des non-réponses comme si j'étais n'importe quelle fille.

Il eut un sourire en coin et une sorte de foudre bleue traversa son visage.

— Tu étais à poil avec ta peinture, tu dormais et tu rêvais. Dans ton rêve, tu parlais... Mais une autre langue, je ne sais pas quel charabia, en tout cas ça te faisait marrer... Et ton rire résonnait dans tout l'appartement, c'est même ça qui m'a réveillé. Bref, c'était bizarre, cette toile, toi en train de rigoler en dormant et tout, il y avait une drôle d'ambiance et j'ai eu envie de partir. Voilà. Tu préfères ?

J'ai enfoncé ma clé dans la serrure.

— Oui, j'ai dit. Je préfère.

Comme si j'avais pressenti que toute ma vie n'était que mensonge et que du mensonge, je n'en voulais plus.

Au salon, j'ôtai mes ballerines, j'allumai la radio et nous servis les bières qui avaient survécu à sa dernière visite. Jonas, lui, était tombé en arrêt devant *L'Oreille cacodylate,* posée sur son chevalet au milieu de la pièce.

— Ouah. C'était ça... ? Ce que tu trafiquais, l'autre nuit ?

— Yep, fis-je en lui tendant son verre.

Il me fixa d'un air curieux, un air qui n'avait plus rien de compatissant, puis se pencha pour lire les phrases sur la toile. Il y en avait beaucoup car, quelques jours plus tôt, j'avais fait signer toute *L'Évasion* à l'heure de l'apéritif – heure qui, on le comprendra, fut une grossière erreur. Néanmoins, l'affaire avait créé une sorte de micro-événement autour du comptoir, un peu comme la visite de mes copines en moins sexy, et la soirée avait été particulièrement festive.

La Sauterelle, bien entendu, avait noté : *On est les champions !* Le Vilain avait fait un dessin très réussi, une sorte de visage à la Picasso, peut-être un autoportrait. Mais sa signature se résuma à un gribouillis informe et je compris alors qu'il ne savait pas écrire. Momo : *Toutes des salopes, sauf ma mère*. Je l'avais incroyablement engueulé, mais c'était trop tard. Il avait rétorqué : « Ben quoi ? T'as dit de marquer le truc qu'on pense le plus ! Et moi, c'est le truc que je pense le plus. J'y peux rien si ça te défrise. » Le Caribéen, inspiré par l'oreille : *Écoutons-nous les uns les autres*, suivi du logo « Peace & Love », utopie beatnik largement raillée par la faune alentour. Un type qui passait par là : *J'aime le jambon et la saucisse* – et son écriture grasse était tout à fait en accord avec sa phrase.

C'était justement celle que mon tristement nouvel amant était en train de lire. Il éclata de rire et un peu de la bière qu'il venait d'ingurgiter lui coula au menton.

— Évidemment, soupirai-je, avec des artistes pareils, ce n'est pas de la grande littérature… Picabia doit s'arracher le linceul.

— Tu parles ! Si tu veux mon avis, il frétille de joie. On va le voir quitter le tombeau pour venir te saluer !

— T'es gentil, Jonas.

Tag, lui, avait longuement réfléchi. Puis il avait écrit : *Je vous attends*. Intriguée, je lui avais demandé si cette affirmation s'adressait aux extraterrestres. Il n'avait pas vraiment répondu, juste soufflé : « De toute façon, s'ils se pointent, ils ne risquent pas de venir ici. T'imagines, la vision apocalyptique de l'humanité ! » Bien sûr, ce constat désobligeant lui valut une avalanche de Biiiip de la part des clients et il dut payer la tournée du patron pour se faire pardonner – ce qui, comme avec tout bon poivrot, avait parfaitement fonctionné et relancé l'ambiance dans une sorte d'amnésie générale. *L'Évasion* était un haut lieu de la peur du vide. Du verre vide, surtout.

Mais le plus étonnant, ce fut le Vieux.

Pendant tout l'atelier *Oreille*, il était resté en retrait, assis avec sa moquette et son ballon de rouge à la table du fond sous les *Douze Salopards*. Il jetait de temps en temps des coups d'œil vers le zinc autour duquel les autres s'affairaient en riant, buvant, criant, se tapant sur l'épaule au-dessus de la toile.

Mais le Vieux, non : il restait dans son coin, à tirer sur son bandana comme si le foulard cherchait à l'étrangler. Plus que jamais, il ressemblait à son chien, l'air abattu et le poil terne, si bien que j'avais fini par m'installer face à lui.

— Ça ne va pas, m'sieur Simonnet ?

— Si, ça va très bien. Mais j'ai pas envie de participer à ton truc, c'est tout.

— Pourquoi ?

— Je t'en pose, moi, des questions ?

— Je veux. Vous êtes tout le temps à me demander si je suis en train de rater ma vie !

Il avait souri, et c'était bien la première fois que je voyais ces grosses lèvres baveuses faire autre chose que baver.

— Booooh, c'est qu'une expression, va.

— Si c'est qu'une expression, j'aimerais bien que vous cessiez.

— La gosse, y'a que la vérité qui fâche.

Bon sang, ce que j'avais pu le détester, à ce moment-là ! Une haine en déferlante – *splash !* – au revers du visage.

— Vous savez quoi, m'sieur ? Vous avez raison. J'ai l'impression d'être assise au bord d'un trottoir à regarder passer ma vie en même temps que les bagnoles. Tous les jours, j'attends que quelque chose arrive, vous voyez, quelque chose qui me délivrerait. Et tous les soirs, je me dis : demain, ça ira mieux. Le matin, ça ne va pas mieux du tout, mais je me lève quand même, je mets un pied devant l'autre, et les jours avancent comme ça, pas après pas, à espérer je-ne-sais-quoi pour que cette merde s'arrête, tout en sachant très bien que ça ne s'arrêtera pas, jamais, parce que mon père est mort et que la mort de mon père, ce n'est pas une chose qui peut... s'arrêter.

Il était devenu tout pâle, comme une vieille endive au fond d'un frigidaire.

— Excuse-moi, Nola. Je ne savais pas.

— Eh ben maintenant, vous savez.

Il avait liquidé presque d'un trait le contenu du ballon, puis caressé sous la table le crâne de sa moquette, entre les deux oreilles.

— Moi, je suis en plein divorce. Soixante ans passés avec elle... On s'est rencontrés au collège, tu te rends compte ? Et voilà qu'un beau matin, il y a trois mois de ça, sans autre forme de procès, elle m'a dit : « Je pars. Je ne te supporte plus, je préfère encore crever toute seule que de crever avec toi. » Soixante ans. Une vie entière... Pour entendre ça ! Alors qu'elle et moi, on a déjà un pissenlit dans le bec... N'est-ce pas absurde ? Dis-moi, la gosse, n'est-ce pas complètement absurde ?

— Si, m'sieur Simonnet. C'est absurde.

— Ouais. Même les avocats sont d'accord. Mais l'autre vieille bique, elle ne veut rien entendre. Pourquoi elle fait ça, je ne sais pas. Ce qui lui a pris. Peut-être qu'elle est en train de perdre la boule... Les médecins disent que non, qu'elle est en pleine forme. Mais c'est tellement absurde ! On n'a même pas eu d'enfant et maintenant, on va mourir chacun dans notre coin, comme des cons.

Il avait les larmes aux yeux, les replis de peau flasque tout rougis de tristesse, et d'impuissance. Le chien s'était mis à couiner sous la table, on aurait dit qu'il chialait, à verser les sanglots que son maître contenait à grand mal. Le Vieux avait lapé la dernière goutte au fond de son verre et crié trop fort : « Patron, la même ! », comme pour détourner sa propre attention de ce qu'il venait de raconter.

Je ne savais pas qu'on pouvait divorcer à soixante-quinze ans. J'imagine qu'il n'y a pas d'âge pour se lasser de quelqu'un mais tout de même, le Vieux avait raison : c'était absurde.

Finalement, après quatre ballons de rouge, il s'était décidé à laisser une trace.

Ce fut : *J'ai aimé.*

— Tu veux que je marque un truc, moi ? demanda Jonas en relevant la tête.

J'acquiesçai. Je voulais la contribution de tous les gens rencontrés depuis ta mort, papa. Et plus que tout, je voulais un mot de maman.

— Tu sais, reprit-il, l'oreille a souvent été associée à la maternité, la naissance... Au Moyen Âge, on représentait la conception de Jésus par la pénétration du Saint Esprit sous la forme d'une colombe dans l'oreille de Marie. Tu parles, un oiseau... Un truc blanc et pacifique et complètement non sexuel !

Mais il y a plein d'histoires du genre, où les dieux naissent de l'oreille de leur mère. Katia m'avait fait lire un bouquin là-dessus. Je t'ai dit, elle était calée… Symboliquement, c'est assez simple. Métaphore vaginale.

Je n'y avais jamais pensé sous cet angle mais soudain, tout m'apparut d'une clarté étincelante. À la radio passait *Bachelorette*, le tube de Björk – *I'm a fountain of blood in a shape of a girl* – et j'eus soudain le sentiment qu'elle chantait à ma place.

J'ai imité le Vieux, vidé mon verre d'un trait, *you're bird on the brim,* la bière pivert liquide m'a picoré la gorge. Jonas s'est approché, il m'a tendu la main.

— On danse ?

J'ai attrapé sa main et nous avons dansé, seuls dans la nuit noire ; pieds nus dans ses bras, j'étais minuscule. Un moineau. L'Islandaise parlait d'une orque piégée dans une baie, j'ai posé ma joue contre sa poitrine. Il a lentement passé ses doigts dans mes cheveux, comme pour les démêler. J'ai frissonné, mon cœur s'est mis à battre, *badam-badam*, si fort qu'on le voyait tressauter à travers la fine blouse en chambray que je portais ce soir-là. Jonas a posé sa main à l'endroit du battement, *life is a necklace of fears,* et j'eus l'impression que sa main n'était pas sur le tissu, ni sur mon sein, ni même sur ma peau, mais posée directement sur mon cœur – mon cœur, à pleine main. J'ai fermé les yeux et j'ai murmuré, sans réfléchir, sans même être certaine de le penser, juste parce que j'en ai eu envie :

— Je t'aime.

Je n'avais encore jamais dit « je t'aime » à personne.

Enfin si, à toi, papa. Et à Marie, à Johanna, et à beaucoup de monde quand j'étais petite fille, à Paul, à mamie Jeanne, aux grand-mères qui me donnaient une pièce et peut-être même à Waldo – mais à un garçon, ça non alors !

Après cela, l'amour eut le goût de la vie.

AUTOPSIE

Nous avions dormi sur nos quatre oreilles. C'était la première nuit que je dormais si bien depuis l'emménagement.

Quand j'ouvris les yeux, le lit était vide. Mais cette fois-ci, il y avait un mot sur l'oreiller. On l'aurait dit rédigé par un petit garçon, d'une main maladroite : « *Parti en quête de croissants. Pris les clés, kzou tu dors. Baisers.* »

Je m'étirai.

Au salon, de la même écriture enfantine, je vis qu'il avait laissé sa contribution à l'*Oreille*. Je m'approchai pour la lire, un peu fébrile, comme on déchirerait l'emballage d'un cadeau. Jonas avait écrit, tout en haut, à l'extrême gauche, bien droit : *(Sur)vivre, c'est refuser le non-sens*.

Oui. Nous avions (sur)vécu. Et nous devions non seulement continuer, mais aussi donner une signification à cette survie, une valeur à leur mémoire – à eux, Katia, Jacques et les autres. La phrase de Jonas aurait pu me faire pleurer, mais elle me fit sourire, et je mis la cafetière en route. Le soleil illuminait la pièce. C'était un soleil doux, fragile ; le profil de l'automne, déjà. Septembre. Ce fichu été touchait à sa fin et il faisait bon, juste tiède, on se sentait à l'abri d'une petite moufle invisible. Ça faisait un moment que je n'avais pas préparé de café, plus depuis le départ de ma mère. Je n'en faisais jamais pour moi seule et c'était agréable de m'occuper de quelqu'un qui, en échange, s'occupait de moi. Bien sûr, au fond, je culpabilisais : je n'avais pas rendu visite à Mira depuis plus d'une semaine, mais je manquais de courage. J'attendais un dernier signe pour me rassembler, puiser la force d'affronter cette dissonance, longtemps pressentie mais toute proche désormais, affleurant à la surface de moi comme une plante aquatique.

J'entendis bientôt le bruit de la serrure, puis le pas de Jonas ; la culpabilité s'évapora, *pouf*, en fumée. Sa tête apparut dans l'encadrement de la porte, masquée par un pochon en papier qu'il secouait en rythme pareil à une clochette.

— Déj' Express, à votre service.

Il me rejoignit derrière le bar. Ma main effleura ses hanches, sa bouche effleura mes lèvres.

— Le pourboire, ma chère !

— Ah oui ? Chez Déj' Express, on vous règle en nature ?

— Absolument.

— Et ça marche bien ?

— Bah, mam'zelle, vous savez ce qu'on dit : « Toutes des salopes, sauf ma mèèèèère ! »

Il contrefaisait si bien Momo bourré que j'éclatai de rire. La cafetière tinta la fin de son office et j'attrapai deux tasses sur l'étagère. Elles étaient poussiéreuses ; ça faisait longtemps que je n'avais pas pris le petit déjeuner. Je les rinçai, nous servis. Je m'installai à table, déballai un croissant. Il y eut un long silence. Je l'avais trouvé divin, ce silence, la grâce de ces paroles qu'il n'était pas nécessaire de prononcer, qui existaient par-delà nous, suspendues dans l'espace, en apesanteur. Je n'étais plus seule, disons, plus *si* seule. La communauté humaine avait repris sa place, matérialisée par toutes les sentences apposées sur *L'Oreille*, ces mots qui n'avaient plus besoin d'être dits pour être entendus. Oui, le silence, enfin, n'était plus du vide. Un trop-plein, peut-être.

Jonas prit sa tasse sur le bar. Je vis sa main trembler, une fraction de seconde, à peine. Il vint s'asseoir face à moi, à la place qu'occupait Mira d'habitude. J'avais suivi son déplacement des yeux et dans l'incroyable lumière qui saturait la pièce, son grand corps hâve semblait fantomatique.

— Les croissants sont bons ! déclarai-je finalement, hommage à Picabia.

Absorbée par les délices d'une aube nouvelle, je ne m'en étais pas rendu compte – mais son humeur avait changé. Ses yeux, à nouveau, ne tenaient pas en place, s'agitaient dans les fissures, ses paupières clignaient à tort et à travers comme chassant quelque insecte mal logé dans l'iris. Enfin ils s'arrêtèrent, et fixèrent la petite meunière sur le sachet de la boulangerie.

— Nola, il faut que je te dise quelque chose.

— Quoi ? demandai-je, la bouche pleine.

— Je m'en vais.

J'avalai tout rond mon morceau de croissant.

— Tu t'en vas ? C'est-à-dire ?

— J'ai un cousin... À Londres. Je vais habiter chez lui, j'ai trouvé un stage dans un cabinet juridique.

Les ténèbres s'abattirent sur le monde, *paf,* éteint l'univers, court-circuit général, anéanti le soleil des matins de septembre.

— Mais tu pars quand ?

— Dans une semaine.

— OK… C'est sympa de prévenir.

— J'ai eu la réponse hier, c'est pour ça que je suis venu. Je ne peux pas rester ici… J'ai peur de ne jamais m'en remettre, si je ne pars pas.

Il y eut un bref silence, affreux celui-là, dense comme un trou noir. Les larmes étaient montées à toute vitesse, sans crier gare, sans que je puisse une seconde anticiper leur apparition. Je m'étais brusquement levée de table ; il m'avait imitée, dans un mouvement de recul. Je m'étais jetée sur lui, j'avais cogné sa poitrine, je me rappelle, cogné très fort, sans m'arrêter.

— C'est toi qui es venu ! C'est toi ! Je n'avais rien demandé ! C'est toi !

— Nola…

— C'est toi ! Pourquoi tu es venu, si c'était pour te barrer un mois plus tard ? Pourquoi t'as fait ça ? Pourquoi tu ne m'as pas juste laissée tranquille ?

Il ne disait rien. Il me contenait, littéralement, ses deux mains serrées sur mes bras pour retenir les coups, pour m'écarter de lui, pour repousser mes poings, et je frappais le vide, je criais « c'est toi », je ressens encore cette émotion, la violence de cette émotion que je n'attendais pas, mais alors pas du tout ; ce n'était pas de la colère, c'était de la déception, une immense et intolérable déception, l'impression désespérante que décidément, personne, non, PERSONNE n'était digne de confiance. Que tout le monde, tôt ou tard, finissait par partir. Que, quoi qu'il arrive, on est toujours tout seul. Définitivement et inexorablement *tout seul*. Je prenais conscience pour la première fois de cette vérité-là, la plus inaltérable de toutes les vérités.

Une telle désillusion, je n'avais pas supporté.

Je finis par me calmer, par cesser de trembler.

L'annonce de son départ, déjà, s'éloignait dans le noir, comme le souvenir d'une claque dont on ne garde pas trace. Mes sentiments-montagnes russes avaient repris leur course sinusoïdale et nous étions côte à côte dans le sofa vert anis, amis, ennemis, amants, bourreaux, victimes – quelle importance ?

Je posai ma tête sur ses genoux, le denim de son jean absorba mes dernières larmes. Je sentais sa main au-dessus de moi, la *présence* de sa main, pas son contact. Je crois qu'il aurait voulu me consoler, mais il n'osait pas me toucher. Je sentais ces gestes sans cesse avortés, cette tendresse qu'il ne se risquait plus à m'offrir puisque je venais de la lui reprocher. Et ça lui en coûtait. Je pouvais deviner, dans l'ombre de cette paume, dans ses caresses réprimées, périmées, combien ça lui en coûtait. J'étais triste, déçue ; mais je ne lui en voulais plus.

— Tu sais quoi ? Vous êtes tous pareils.

Il soupira.

— Nola... Je t'aime aussi. C'est vrai. Et je sais que tu le sais. Mais toi et moi, ça ne peut pas marcher. Il y a quelque chose... de... de...

Je me suis redressée, je l'ai regardé droit dans les yeux – et ce regard-là, il n'avait pu le soutenir.

— D'incestueux ?

— Oui, c'est ça. D'incestueux. Comme si tu étais un peu de ma sœur.

— Et toi, un peu de mon père... Enfin, tu ne lui ressembles pas du tout, hein, à mon père !

— Tu ne ressembles pas non plus à ma sœur, je te rassure. Mais on n'aura jamais une relation par-delà les morts, Nola... On n'y arrivera pas.

— Non, je sais bien. Ce que je voulais dire, c'est que vous, les hommes, vous êtes des fugitifs. Mon oncle, dès qu'il y a un problème, il disparaît. Il a fait ça toute sa vie… *Pfffuit !* Il continue. Et mon père, il partait dans sa tête. Il était là, et pas là en même temps. Ça lui allait bien, enfin, ça faisait partie de son charme. Maintenant, ma mère lui ressemble… Mais à elle, ça ne lui va pas du tout.

Il a froncé les sourcils, par instinct, un instinct d'animal.

— Pourquoi tu me dis ça ?

— Je dis que fuir la réalité, c'est pas la solution. Vianelli, c'est ce qu'il a fait aussi, je te rappelle.

— Je ne fuis pas, Nola. Je change d'air, nuance. Je veux juste retrouver un sens… C'est pour ça, ma phrase sur ton tableau… J'ai perdu le sens de la vie, tu comprends ?

Je n'ai pas répondu puisqu'en réalité, il n'y avait pas de question. Bien entendu, je comprenais ; je n'étais pas d'accord pour autant. J'ai quitté le canapé, ramassé nos tasses sur le formica de la table, les ai rincées dans l'évier, à grand bruit, *bing-ting, bing-ting*. Je voulais m'occuper les mains, à mon tour éviter son regard, même si je savais bien qu'il évitait, lui aussi, de me regarder. Les barbelés étaient revenus – définitivement. Quand enfin j'ai coupé le robinet, il a lancé d'une voix blanche :

— Ça ne devrait pas se terminer comme ça.

Il a levé les yeux, et ses yeux étaient rouges.

Je lui avais souri au-dessus du bar, mon premier vrai sourire depuis plus de neuf mois – un sourire sincère comme un baiser d'adieu.

— Toi et moi, Jonas, on est bien placés pour savoir que les choses ne se terminent jamais comme on le voudrait.

« Le sens de la vie. »

Depuis la mort de mon père, j'avais le sentiment de vivre en vain. Ces fameux petits pas dont j'avais parlé au Vieux, péniblement posés les uns après les autres, sans autre but que de continuer à *fonctionner*... Les popoches avaient raison, tous autant qu'ils étaient. J'étais occupée à rater ma vie. J'étais un robot. Mais une part de moi se refusait encore à redevenir humaine ; l'alvéole n'était pas étrangère à cette inhibition tant je ne parvenais plus, parfois, à faire la différence entre les murs et moi, les fenêtres et moi, le parquet et moi, comme si les limites entre ma chair et la pierre avaient été abolies, comme si l'appartement était en train de m'absorber. Il paraissait vide, sans Mira. Tout était rangé, presque aussi bien que si elle avait été là ; pourtant, il y régnait un climat de désordre.

Je marchais dans la ville en pensant à tout cela, cette ville totémique hérissée de symboles, panneaux, poteaux, tubes, pubs, signalisation, une ville brouillée de mots et d'images, comme mon tableau, comme ma tête.

Au carrefour, ma progression fut interrompue par le déchargement d'un container à verre. Le camion avait tendu son bras aimanté au-dessus du trottoir, empêchant les gens de passer. Une petite foule patiente s'était formée, les yeux levés au ciel pour observer l'opération. Je les imitai. Deux hommes pressés avec des attachés-cases cherchèrent à traverser pour ne pas attendre, mais c'était difficile, l'avenue large et encombrée – traverser ici, c'était du suicide. Finalement, ils renoncèrent en regardant leur montre d'un air agacé puis, à leur tour, levèrent les yeux pour suivre l'énorme aimant soulever de terre le cylindre en plastique.

Le fracas fut épouvantable. Certains sursautèrent, une fillette se boucha les oreilles à deux doigts en faisant la grimace.

Toutes ces bouteilles. Ces amnésies.

Le container, vide maintenant, se balançait au-dessus du sol avec la légèreté d'un pompon. Il atterrit sans encombre, doucement – une caresse sur le bitume. Le bras se replia, la petite foule patiente se remit en marche, la fillette m'offrit un sourire que je n'avais pas demandé.

Elle était blonde et gracile dans sa salopette bleue.

Elle ressemblait à qui j'avais été.

Je ne me sentais pas bien. Je me suis assise à une terrasse, le serveur est venu me demander ce que je désirais. J'ai failli dire « un flingue », mais j'ai dit « un café ».

J'avais une heure à tuer avant *L'Évasion*.

Je n'avais pas envie d'aller à *L'Évasion*. S'évader de quoi ? S'évader comment ? On s'enivre de mensonges comme on s'enivre de bières, à traquer les chimères sur les zincs au carré – mais le sens, dans tout ça ?

Foutues montagnes russes.

En m'éveillant ce matin-là, j'étais presque heureuse. Et maintenant ? Maintenant, je me sentais seule et triste et vide et abandonnée, comme un tableau noir qu'on viendrait d'effacer. Mon portable a sonné, numéro inconnu. Je n'ai pas répondu. L'inconnu a laissé un message. Intriguée, j'ai fini par l'écouter : c'était l'agence immobilière. Le salon, enfin, venait de trouver preneur.

D'un geste lent, j'ai posé l'appareil sur la table, cette blatte technologique, lourde, son antenne démesurée, son design grossier de précurseur. Ce vilain cafard venait pourtant de nous délivrer ; car ce coup de fil, je le savais, c'était un signe. Le signe que j'attendais. Le signe que de cet été-là, il fallait en finir.

Alors j'ai appelé Tag pour me faire porter pâle, et je suis retournée chercher *L'Oreille cacodylate*.

DÉPOSITION

J'étais postée devant la grille de la clinique, la toile dans un sac de jute accroché à l'épaule. Il me semblait plus lourd que d'ordinaire, empesé d'avoir absorbé les vies, les drames – fadaises comprises. Pour la première fois, j'avais songé à Dorian Gray. Aussi, plus bêtement, à *Paris Match*. « Le poids des mots. »

Je pris une grande inspiration. Il faisait beau mais frais, un temps splendide, un temps qu'on souhaiterait *ad vitam aeternam*. À peine la grille franchie, le chant des oiseaux me sauta aux oreilles. Cette grille paraissait une frontière, portail entre deux mondes, le monde du bruit, de la ville, et ce monde-là, merveilleusement clinique, où seuls les oiseaux et le vent avaient droit de cité. Je traversai le parc : les feuilles mortes commençaient à salir la perfection des allées et j'avais pensé au pauvre acupuncteur de la mère Mc Bean.

En montant les marches de pierre jusqu'à la porte en bois – *cette grande porte noire*... –, je jetai un coup d'œil à ma montre : dix-sept heures. J'espérais tomber entre deux collations puisque ici, repas et goûter façonnaient le Temps, ossature en plateaux, ramequins, tasses, couteaux, fourchettes. Je poussai la porte. Le hall désert évoquait la salle des pas perdus d'une gare par menace d'attentat, un genre de sas entre la vie et la mort, le réel et la fiction. Cela donnait le vertige mais heureusement, je vis bientôt arriver l'infirmière, la jolie beurette au visage poupin.

— Bonjour, Nola ! Ça faisait un moment qu'on ne vous avait pas vue !

— Oui, j'ai été occupée. Le travail, tout ça...

— Vous êtes venue toute seule ?

— Mon oncle est en tournage. En Afrique du Sud.

— Ah... Nous ne le reverrons pas de sitôt, alors.

— Je crains que non, il en a pour trois mois.

Elle semblait si déçue ! *Paul passe, les cœurs trépassent*. Chouette épitaphe.

— Vous êtes bien chargée, dites donc !

Je baissai les yeux sur le sac.

— Oh, ça ? C'est un tableau. C'est pour ma mère. Elle va bien ?

— Elle va bien, oui. Le docteur Lemsa envisage de la laisser sortir. Pour la suivre de jour, vous voyez ? Elle a seulement l'air... comment dire... un peu triste. Elle va être contente de vous voir, vous lui avez manqué.

— J'espère..., murmurai-je, saisie d'un doute.

L'infirmière sourit, et son sourire aussi était triste. Étrangement, ça la rendait encore plus jolie. La tristesse va bien à certaines femmes. Pas à moi. Elle s'éloigna dans le couloir, claquante sur ses claquettes. Après son départ, le hall retomba dans le silence, un silence de cathédrale dans lequel mon souffle même semblait faire écho.

— Maman ?

Mira était postée face aux deux pans de miroir, accrochés à chaque revers des portes de l'armoire. Elle portait une robe en soie bleue, on aurait dit la Vierge, une Vierge multipliée par le reflet des glaces. Quand j'entrai dans la chambre, nous formâmes un triptyque – maman, moi et maman. Mon apparition, à l'inverse de ma voix, l'avait fait sursauter et elle se retourna en ôtant ses boules Quiès.

— Chérie !

Son timbre était rauque ; on aurait dit qu'elle était malade, ou qu'elle avait pleuré. J'avais hésité à l'embrasser mais n'avais pas osé, comme si subsistait encore le miroir entre nous, nos deux mondes disjoints par une vitre inviolable. Elle ne fit pas non plus de mouvement en ce sens car elle fixait le sac pendu à mon épaule. Moi, je fixais les tampons de mousse rose qu'elle gardait jalousement au creux de sa main, comme des jetons de casino à dix mille dollars.

— Maman, tu as encore besoin de ces trucs ? Y'a pas un bruit, ici... Y'a tellement pas de bruit que c'en est flippant.

— Oh, c'est juste au cas où... Certains crient parfois, tu sais. Certains font des crises. C'est rare, mais quand ça arrive, c'est abominable.

Elle désigna le sac :

— Qu'est-ce que tu trimballes, là-dedans ? Un carton à dessin ? Tu retournes à l'école ?

Avec un sourire tel un roulement de tambour, je sortis la toile pour la lui montrer. Elle fronça les sourcils.

— Nola... Quel genre d'études fais-tu, au juste ?

— Ce n'est pas pour l'école. Viens voir.

Mais elle ne broncha pas. Fixe. En faïence.

— Ben, viens voir ! Ça ne va pas te manger !

Elle se décida enfin à avancer vers le tableau. Ses pas étaient lents, prudents, comme si elle s'approchait d'un cobra.

— Cette oreille... C'est tellement... On dirait qu'elle est vivante !

— Ah ! Je suis douée, hein ?

— Oui, sans aucun doute. Mais ça me... Je ne sais pas. Ça me fait mal au ventre.

D'ailleurs, elle posa sa main sur son ventre, à plat, au niveau du nombril.

— Pourquoi tu fais ça, chérie ? C'est une drôle d'idée, quand même... Je ne comprends pas très bien.

— J'en connais qui jouent aux épitaphes. Alors, les drôles d'idées, ça doit être de famille.

Mais visiblement, son sens de l'humour n'était pas réparé. Du coup, je pointai l'index sur *God Save The Ear*.

— Celle-ci, c'est la mère Mc Bean. Et ça, c'est le jeune homme du deuxième. Tu vois, le chauve, celui avec les enfants ?

Mais elle ne voyait pas : elle n'était presque jamais sortie de l'alvéole. Moi-même, j'avais rarement croisé d'autres locataires tant, à cause de *L'Évasion*, je vivais en décalage. Ma mère se pencha et lut malgré tout quelques phrases. Son visage n'exprimait pas grand-chose. J'étais déçue, j'espérais au moins la faire sourire. Mais bientôt, son regard s'arrêta sur la phrase de Jonas. Elle releva les yeux vers moi, ses yeux si clairs, translucides, deux hublots ouverts sur le bleu d'un lagon.

— Jonas S. ? Qui est *Jonas S.* ?

— Un ami. Il était là le soir où tu as eu l'accident dans la baignoire, tu te souviens ? C'est lui qui a appelé les secours.

— Le joli brun ?

— C'est ça. Le joli brun.

— Mais… Pourquoi a-t-il écrit ça ?

Elle tremblait de tous ses membres. J'hésitai un instant, mais je savais que j'étais là pour la vérité, la dire, la recevoir. Même si la vérité faisait mal.

— Le S., maman, c'est pour Soloria. Katia Soloria était sa sœur.

Deux brusques halos rouges lui montèrent aux joues. Elle s'assit sur le lit, craignant que ses jambes ne sachent plus la porter. Je ne pouvais guère lui en vouloir : j'avais eu la même réaction. Ensuite, pour une raison obscure, elle remit ses boules Quiès.

— Donne-moi ce qu'il faut.

J'eus une seconde de latence avant de comprendre de quoi elle parlait, mais son regard avait plongé dans l'oreille comme dans un précipice : à son tour, elle semblait fascinée par l'appendice en trompe-l'œil expulsé de la toile.

Profiter du pouvoir magique, vite, avant qu'il ne se sauve.

J'avais fouillé mon sac, lui avais tendu le feutre. D'une main mal assurée, mais à toute vitesse, sans réfléchir, elle avait tracé : *PARDON*. Comme ça, en lettres capitales, tout en haut. Les seules capitales de tout le tableau. Je l'avais dévisagée, mes yeux avaient posé de silencieuses questions. Plusieurs fois, ses lèvres s'étaient ouvertes, refermées, ouvertes, refermées. Son regard papillonnait dans la pièce, insecte affolé, piégé entre quatre murs ; puis enfin, il s'était fixé sur moi. Elle respira trop fort et d'une voix limpide, extraordinaire, sa voix d'*avant,* elle dit :

— Nola, je crois que, peut-être, ton père est en vie.

Je soupirai.

— Maman...

Mais pour me faire taire, elle posa sa main sur mon avant-bras.

— Non, écoute-moi. Il faut que tu m'écoutes.

Je me rappelle cette main : cette main était brûlante.

C'était le mois d'octobre 1979, et j'aimais ton père plus que tout au monde. Au-delà de tout au monde : il était le monde. Jacques incarnait tout ce que j'avais toujours voulu, l'être que j'avais toujours cherché sans espérer le trouver un jour. Je l'aimais tant que cet amour me terrifiait, vraiment, tu es trop jeune pour comprendre mais j'avais l'impression que cet amour-là était capable de me tuer. J'avais sans cesse peur qu'il réalise s'être trompé, qu'en réalité ce n'était pas moi qu'il voulait, peur qu'il m'abandonne, comme tous les autres avant lui…

— Maman…

— …je l'aimais trop, Nola, et je ne savais pas quoi faire pour l'aimer un peu moins. J'ai toujours perdu tous les gens que j'aimais, comme une malédiction… Et probablement, cette terreur joua-t-elle un rôle dans les événements. Je ne me cherche pas d'excuses, je veux juste expliquer. Car non, bien sûr, il n'y a pas d'excuses. Il faisait très froid, ce jour-là. Jacques était malade, alité, rongé par la grippe. Paul et moi devions faire tourner le salon sans lui mais c'était un samedi, il y avait un monde fou, une vraie foire d'empoigne… Le soir, nous étions épuisés, ankylosés, mais de bonne humeur vois-tu, contents de boucler la porte, que cette journée soit enfin derrière nous. Comment dire... C'était une sorte d'état cataleptique... Oui, c'est ça... Une légère catalepsie... Et, je me souviens, en passant à ses côtés le seuil du salon, je me sentais si légère ! J'avais l'impression d'être une plume portée par le vent.

» L'enchaînement des choses, je ne sais plus très bien. De cette nuit-là, cette nuit qui conditionna le reste de ma vie, je n'ai qu'un vague souvenir. Des impressions... Des bruits, des parfums... Des couleurs aussi... Non, une seule couleur, du bleu, un bleu intense. C'est ça, exactement : cette nuit, Nola, c'est un souvenir bleu. Mais pas bleu comme le ciel, non. Bleu comme les ecchymoses, les escarres, un bleu douloureux, flasque, ferreux... avec un goût de sang.

» Il était si beau. Je n'imaginais pas qu'un homme si beau puisse s'intéresser à moi. Puisse ne serait-ce que... me... regarder.

» Et les serveuses ne s'adressaient pas à moi, jamais. Je commandais un verre de vin, mais c'était toujours à lui qu'elles demandaient : *lequel ?* Et les hommes le dévisageaient, comme s'ils avaient voulu percer son secret, connaître son « truc », l'origine d'un tel magnétisme. Autour de Paul, il y avait... il y a... cette aura... électrique... Tu le sais. Tu le sais bien. Même toi, quand tu étais petite, il te fascinait, je te voyais faire, cette façon que tu avais de le regarder, ça me torturait, et quand il te lavait les cheveux, quand il te massait la tête, ton visage... Cette extase sur ton visage... À cinq ou six ans, il y avait déjà du désir dans ton regard... de l'érotisme...

» J'aimais ton père. Je l'aimais. J'étais une carcasse remplie de mousse, une mousse toute rose et aérienne, une mousse entièrement fouettée d'amour. Mais voilà, Nola, il était si beau. Je n'étais plus si jeune, mais j'avais peu vécu…

— Mam…

— Tais-toi ! Laisse-moi dire ! Je… Enfin… nous n'avons jamais reparlé de cette nuit-là. Jamais. C'était une grosse boule noire coincée dans l'estomac, suintante, qui me remontait parfois en travers de la gorge, m'empêchant de respirer. Paul, lui… Ah, Paul ! Cette capacité enfantine d'oublier ce qui ne l'arrange pas ! Toujours, il a été comme ça… Toujours… Alors lui, Paul, avait réussi à tirer un trait sur cette histoire, comme si rien n'était arrivé, comme si tout ça n'avait été qu'un rêve, agréable et désagréable à la fois, à la manière des rêves. Cette nuit, il l'a comme… oblitérée, tu vois ? Je ne sais pas… Je crois.

» Et puis, j'ai réalisé que j'étais enceinte. Mais il m'était impossible de savoir si c'était arrivé *cette nuit-là*. Les dates collaient. Coïncidaient. Qu'est-ce que j'aurais dû faire ? Nola, s'il te plaît, arrête de pleurer. Quand je me suis rendu compte que je t'attendais, j'ai hésité… Tu comprends de quoi je parle, n'est-ce pas ? Mais je n'ai pas pu. Et pourtant, je savais que te garder me condamnait au doute… au doute et au mensonge… pour le reste de ma vie. Pour le reste de la vie de ton père, en tout cas. Car jamais je n'aurais pu lui avouer ce que nous avions fait. Je l'aurais perdu, je l'aurais tué. Nous l'aurions tué, Paul et moi, si nous avions parlé. Et avec lui, je serais morte. Je serais morte aussi et toi, chérie, tu ne serais pas là.

» Nous nous sommes mariés. À l'église, j'avais l'impression que le curé savait, que tout le monde savait. Je me suis évanouie, ils ont mis ça sur le compte de la grossesse. Mais ce n'était pas la grossesse, Nola, c'était la honte, la culpabilité, et tout cet amour, ce formidable amour que j'avais pour ton père rendait cette faute encore plus inadmissible... Comment avais-je pu faire une chose pareille ? Comment ? Pourquoi ? J'ai cherché des réponses, j'ai cherché un sens, mais je n'ai rien trouvé. J'imagine qu'il n'y en a pas, c'était juste une erreur. Le vin, la fatigue, la peur... et la beauté... Péché d'orgueil, de gourmandise... Péché de paresse, péché de luxure, péché d'envie... Tous les péchés du monde noués en un seul acte, un acte d'amour mais un acte barbare. Je ne crois pas en Dieu, tu le sais... Pourtant... Au démon, peut-être... Ou à cette sorte d'équilibre du cosmos... J'ai voulu être parfaite. Voulu me rattraper. Réparer... l'irréparable... Depuis cette nuit-là, j'ai fait en sorte que rien, jamais, ne puisse m'être reproché. Mais toujours, il y avait cette faute, ce doute et ce mensonge. Et je me disais qu'un jour, oui, un jour, tôt ou tard, je payerai pour ça, pour ce bonheur que j'avais volé, ce bonheur trafiqué...

» Et quand ton père... Quand Jacques a été tué... Cette improbable catastrophe, tu comprends ? Cette catastrophe qui n'arrive qu'aux autres, aux infos ou alors dans les films, je me suis dit que moi, je l'avais provoquée. Je l'avais provoquée pour me libérer du poids de ce mensonge. Jacques était mort et peut-être, enfin, pouvais-je tout avouer... Dire la vérité... Comme si une censure venait de disparaître, une censure qui avait dirigé toute mon existence depuis cette nuit-là. La mort de ton père est la chose la plus monstrueuse qui ne me soit jamais arrivée, Nola, plus monstrueuse encore que la perte de mes parents. Mais d'une certaine façon, oh ! inconsciente d'abord, j'en ai été soulagée...

Peux-tu croire ce que je suis en train de dire ? La mort de ton père m'a soulagée !

— Maman, s'il te plaît, arrête de pleurer...

— Parce qu'enfin, chérie, après dix-huit ans, je n'étais plus condamnée au silence.

PORTRAIT-ROBOT

No-la. Celle qui ne devrait pas être là.

Je me regardais dans la double glace aux revers de l'armoire. Je regardais ce reflet censé être moi, mais je n'étais pas certaine de me reconnaître.

Cheveux : blonds. Presque blancs.
Peau : claire. Légèrement hâlée. Canicule.
Pommettes : slaves.
Oreilles : parfaites.
Bouche : étroite.
Lèvres : charnues.
Seins : petits.
Mains : petites.
Pieds : petits.
Stature : petite.
Yeux : grands. Et verts. Kaki.
Signes particuliers ? Néant.

Fille de qui ?

Paul et Jacques étaient frères, mais ils ne se ressemblaient pas. Le jour et la nuit. Mon père aussi était beau, enfin, je l'ai toujours trouvé beau, à sa manière un peu sauvage. Mon oncle est beau comme le sont les dandys. De l'esbroufe. Poudre aux yeux. Mais ça marche. Magicien, prestidigitateur, je prends un cœur, hop, je disparais, *pfffuit*, réapparais, fumée dans le haut-de-forme, lapins, larmes, hop, réapparais, *pfffuit*, reprends le cœur, re-disparais. Toute sa vie, mon oncle vécut de la sorte, à jongler avec les femmes comme des torches enflammées.

Que Mira n'ait pas été différente de ces femmes, oui, cela m'avait blessée. Choquée. Estomaquée, surtout. Sans doute ne l'avais-je connue que sainte et jamais je n'aurais pu imaginer qu'elle était autre chose que cela – la Mère des Mères.

Une femme. Faible. Garce. Idiote. Capable de se laisser embobiner comme la première venue.

Mais non.

Rien qu'une femme.

Le dernier domino venait d'enfin tomber et nous avions pleuré dans les bras l'une de l'autre.

J'étais en colère, encore un peu, juste encore un peu. Mais je la serrais quand même car, dans cet incroyable torrent trop longtemps tari, ces paroles que je n'aurais pu entendre dans mes pires cauchemars, descendues de sa bouche avec la force d'une vague, pire, d'un tsunami, couvrant de verbe précipité un désert de mutisme, elle était revenue, maman, elle était revenue du monde des morts, des enfers, du bruit tonitruant des secrets mal enfouis. Et assises sur le lit de cette chambre hygiénique, nous nous étions bouffées, bouffées des mains, bouffées des yeux, cannibalisme mère-fille. Puis j'avais demandé, premiers mots prononcés par moi depuis le mot *silence* prononcé par elle :

— Mais Paul, dans tout ça ? Je ne comprends pas… Paul aussi a bien dû se poser la question, non ?

Car me revenaient en masse tous ces souvenirs, ces regards, les regards de mon oncle sur moi qui n'étaient pas toujours des regards d'oncle, c'est imperceptible mais on sent ces choses-là, on le sait, sa tristesse parfois à me contempler, lui qui toujours était si joyeux, c'était d'ailleurs dans ces moments-là qu'il te ressemblait le plus, papa, ces moments où il avait dans les yeux cette absence, ordinaire dans les tiens. Et puis ce voyage avant sa disparition, après avoir annoncé à toute la famille son intention de quitter *Michel Coiffure*, ce voyage à Genève, juste lui et moi, en tête à tête, ce grand bateau illuminé sur lequel nous avions dîné, féerique lac Léman, j'avais bu du champagne et je n'avais que dix ans, inconséquent cet oncle, avec son costard noir de gangster, cette soirée durant laquelle il m'appelait sans cesse sa « petite fiancée ».

— C'est pour ça qu'il est parti ? Parce que c'était trop lourd ? Ne pas savoir, c'était trop lourd ?

Maman avait haussé les épaules. À l'époque, ils se taisaient depuis une décennie. C'était trop tard pour remuer cette histoire-là ; et puis dans les années 90, les tests ADN n'étaient pas chose courante. C'était, au mieux, un truc de flic.

— Peut-être, oui. Sûrement. Mais je ne lui ai rien demandé à ce sujet. Pour lui, pour nous, pour toi, j'ai fait semblant d'avoir tout oublié. Je n'en ai jamais parlé à personne. Ni psy, ni curé. Pas même un inconnu dans le bus. Comme si verbaliser, *cela* risquait d'engendrer un genre de cataclysme. Je sais bien, ça peut paraître incroyable… Incompréhensible… Pourtant, Nola, c'est exactement ce que nous avons fait : semblant de rien.

Alors à force, j'arrivais parfois à me persuader que, réellement, cette nuit-là n'avait jamais existé. Mais mes yeux tombaient sur toi, et je ne pouvais pas m'empêcher de chercher des ressemblances. C'était idiot... Vain et idiot. Mais c'était plus fort que moi.

— C'est à toi que je ressemble, maman.

— Oui, chérie. C'est à moi que tu ressembles.

À cet instant, son regard s'est perdu, sa voix s'est re-cassée. J'ai cru qu'elle allait repartir à peine revenue alors vite, je me suis levée et j'ai dit :

— Maman, fais ta valise. On se tire d'ici.

Son regard s'est restauré et, sans un mot, elle a obéi.

Par le biais des miroirs, dos à elle, je l'ai observée. Pliage, repliage, la minutie d'antan, militaire, l'ordre pour abolir le chaos. C'était limpide maintenant, cette frénésie de précautions enchâssées comme des matriochkas, cette insoutenable surprotection à mon égard, à *notre* égard, inquiétudes empilées les unes sur les autres toute sa vie durant – un millefeuille de terreurs, écarlate. À ce moment-là, dans le couloir de la clinique, il y avait eu de la musique, *California Dreamin'*, la version de Bobby Womack ; en langage vernis à ongles, Los Angeles signifie rouge.

— Tu sais, m'man... Quelquefois, de mauvaises choses arrivent. Et ce n'est la faute de personne. En tout cas, pas la tienne. Ni la mienne. Ni celle de papa, ni celle de Paul. C'est la faute à la vie.

Ma mère avait tiré le zip de son sac, *zwiiiiit*, puis m'avait regardée. Après un long silence, elle avait murmuré :

— Mais maintenant, Nola ? Qu'est-ce qu'on va faire, maintenant ?

— Rien, maman. On ne va rien faire du tout, on va rentrer chez nous. Et une fois rentrées chez nous, on va déménager.

Elle m'avait fixée, impuissante, désolée, l'air de vouloir hurler : « J'aimerais bien, mais avec quoi ? »

— On déménage, je te dis : le salon est vendu.

Tu vois… Je le savais bien, qu'il y aurait une rentrée.

Tag avait dit cela comme s'il allait pleurer. J'ai pris sa main au-dessus du zinc, je l'ai serrée très fort.

— Vous savez, patron, il faut que je vous dise… Vous me rappelez mon père.

— Il croyait aux OVNI, ton père ?

— Je ne sais pas, mais il adorait regarder les étoiles. L'été, lui et moi, on se couchait dans l'herbe dès qu'il faisait bien noir, et on regardait le ciel. C'était comme d'être sous cloche… Une grande cloche bleu nuit toute pleine de diamants.

Tag a souri, il a rempli nos verres sous le robinet à bière. Sa bougie à la figue embaumait l'univers, j'avais l'impression de sentir son parfum pour la toute première fois.

— T'as fini ton tableau ?

J'ai haussé les épaules.

— Il ne sera jamais vraiment fini, mais bon, ça m'a fait du bien.

— Bah, l'art, c'est toujours une sorte de thérapie, non ? C'est ce que dit ma fille, en tout cas. Elle fait des documentaires.

— Des documentaires sur quoi ?

— Les villes. Les gens. Les gens dans les villes. Je ne sais pas trop.

— Elle s'appelle comment ?

— Virginie.

Quelqu'un est passé en chantant dans la rue, mais c'était impossible de reconnaître la chanson. Tag a pris deux cigarettes, les a mises ensemble dans sa bouche ; il a joué les morses, ça m'a fait rigoler, puis les a allumées et m'en a donné une.

— Tag, votre phrase... « *Je vous attends* »... Ce n'était pas pour les extra-terrestres, hein ?

— Elle a eu un bébé... L'année dernière. Un garçon.

— Pourquoi vous n'y allez pas, vous, à Boston ?

— J'ai peur de l'avion.

Il a éclaté de rire, un rire gigantesque qui a résonné dans toute *L'Évasion,* comme un gong.

— Tu parles d'une connerie ! J'ai même fait le stage, là, leur séminaire anti-trouille, le truc d'Air France... Mais je suis un cas désespéré. J'ai piqué une crise de nerfs dans leur simulateur, tu vois le topo. Alors t'imagines, si je devais monter dans une soucoupe volante !

J'ai tiré une longue bouffée, regardé le nuage de fumée s'évanouir contre l'affichette « Quand je dis NON, c'est NON. »

— Je l'ai encore jamais pris, moi, l'avion...

— C'est normal, Nola. T'es rien qu'une petite fille. Mais les petites filles, ça grandit toujours.

Nous avions bu en silence. C'était un silence chaud, doux, rassurant. Je m'amusais à souffler mes volutes sur la flamme pour la faire vaciller ; Tag m'a fait les gros yeux alors j'ai arrêté.

— Elle va venir... Je suis sûre qu'elle va venir. Elle doit juste attendre que le bébé soit assez grand.

— Ouep. Pour Noël, va savoir ? Si elle arrive à

décider son Amerloque ! Je ne le connais pas. Je sais qu'il s'appelle Alan, c'est tout... Même pas vu une photo, tu te rends compte ? Enfin, grâce à ton oreille, elle va peut-être m'entendre...

Puis il a enchaîné, histoire qu'on soit moins tristes :

— Et là, pour le coup, ça serait vraiment du pur paranormal !

Mais la venue de sa fille, c'était comme les extraterrestres. Il avait envie d'y croire... sans y croire tout à fait.

N'empêche. Au paranormal, nous avions trinqué.

C'était le premier jour de l'automne, et je me regardais dans le miroir de la salle de bains. Fille de qui ? Fille de mon père. Fille de Jacques. Je ne voulais rien savoir de plus. Tout ce que je voulais, c'était récupérer ma vie. Ma vie *d'avant*. Alors, à mon tour, je décidai de fuir. Fuir la réalité. Fuir la vérité. Je comprenais enfin mon triste et bref amant : s'éloigner de ce qui *est* pour espérer un autre *sera*... À l'époque, cela me sembla aussi la bonne solution. L'unique solution. Le kit de survie. J'aurais aimé dire à Jonas que c'était sa phrase, *cette phrase-là*, qui avait déclenché les grandes eaux de ma mère ; mais je ne l'ai jamais revu. Nous n'étions pas un couple, plutôt un mausolée.

Ce jour-là, au seuil de l'alvéole, il y avait des cartons, les mêmes cartons que trois mois plus tôt, ceux que la mère Mc Bean nous avait regardées monter le long des marches biscornues de l'immeuble-mutant, cigarillo au bec. Sauf qu'à notre place, il y avait des déménageurs dans le colimaçon, deux armoires à glace en petit marcel blanc. Debout sur son tigre, Harriet les observait, entourée de fumée comme un grand chef indien.

— Nola ! On y va ?

— Oui, m'man ! Je suis prête, une seconde…

J'avais posé du blush sur mes pommettes slaves, je m'étais reconnue. J'avais marché pieds nus dans le coude du couloir pour la toute dernière fois. Et mes ongles étaient pourpres – destination *Paris.* Je n'avais plus envie de partir. Pas trop loin, en tout cas.

Dans l'entrée, j'enfilai mes sandales, des spartiates à brides multiples que j'avais choisies précisément pour cela, un genre de casse-tête en forme de chaussures. Maman était presque redevenue Maman et piaffait, impatiente, dans l'encadrement de la porte. Mais moi, je prenais mon temps. J'avais tellement détesté cet endroit ! Pourtant, je n'arrivais pas à le quitter, comme s'il y avait encore un peu de moi entre ces murs, des bouts de Nola coincés dans les stores, les lattes du parquet, moi dans l'ampoule du plafonnier, les fissures au plafond, moi dans les tapisseries, les décrochages, les bizarreries architecturales, « Bon, chérie, tu les boucles ces sandales ou quoi ?! », moi dans cette glace piquetée, le formica de la table, l'anis du sofa, moi dans l'évier, le frigo, le bar américain et, en passant le seuil de l'appartement, théâtre du plus étrange été de toute mon existence, je m'étais retournée avec mélancolie, comme on dirait adieu à une vieille connaissance qu'on ne reverra jamais.

Dans les escaliers, je pris la main de ma mère. Nous descendîmes, cinquième étage, quatrième, troisième ; mon cœur battait plus vite à chaque dénivelé. Finalement, la voix tout étranglée comme les corridors, j'avais demandé :

— Dis, maman… Tu m'aimes ?

Elle s'était arrêtée net sur le palier du deuxième, juste devant la porte du Che.

— Grands dieux, Nola… Évidemment, je t'aime ! Je t'aime plus que tout, enfin, qu'est-ce que c'est que cette question ?

— Oh, m'man, ça va, monte pas sur tes grands chevaux…

Et voilà : elle m'aimait, m'exaspérait, m'aimait, m'exaspérait. J'en conçus une joie phénoménale et dévalai les marches. Elle râla dans mon dos, « qu'est-ce qu'il ne faut pas entendre ».

En bas, dans le hall éclairé d'orange vif par la vitre jaune abeille, il y avait quelqu'un. Quelqu'un qui ressemblait à une apparition, une image de fiction mais dans un conte de fées.

Elle était là – le fantôme des photos sur le mur de Virgile.

Elle était là, ébène, décuplée en contre-jour par la lumière étrange, entourée de valises. Elle était là. Elle était revenue. Alors, à cet instant précis, j'avais enfin compris.

Ce n'était pas l'immeuble, qui était hanté.

C'était nous.

IDENTIFICATION

Tu sais, papa, maintenant que je suis une grande fille, une *adulte*, je me demande ce qu'a été votre vie, en réalité. Je me demande si tu savais, si tu te doutais. Maman avait dû changer, après cela. Paul aussi, probablement. C'était ton frère, c'était ta femme… Connaît-on si mal les gens qu'on aime le plus ?

Sans doute avais-tu mis cette modification sur le compte de la grossesse. La maternité change une femme. Je suis, aujourd'hui, bien placée pour en parler. Mais tout de même, elle avait eu bon dos, la grossesse… J'imagine ce que maman a ressenti tandis qu'elle m'attendait, toutes ces émotions qu'elle n'a pu partager, ces sensations gigognes qu'elle a dû taire, subir en silence – cette inconnue en vous qui bouge, grandit, se déplace, apparaît parfois sous la peau, cette inconnue qui se nourrit de vous, reliée à vous de tant de manières, cette petite poupée russe, dernière de la lignée, avant de devenir à son tour, un jour peut-être, dans vingt ans, trente ans, la matrice nouvelle d'une nouvelle poupée russe. Mais je n'étais pas simplement inconnue, comme le sont toutes les graines dans le ventre de leur mère. J'étais une *étrangère* – étrangère en tout cas puisque j'étais le Doute, l'incarnation du Doute.

C'est trop lourd à porter lorsqu'on est une graine, c'est trop lourd à porter lorsqu'on est une enfant, c'est trop lourd à porter lorsqu'on est une jeune fille, c'est trop lourd à porter lorsqu'on est une femme, mais c'est insoutenable lorsqu'on va être mère.

Quelque chose clochait, oui.

Quelque chose avait toujours cloché, papa.

Pourtant, j'étais heureuse. Nous étions heureux – je crois. Mais il y avait cette fracture à l'intérieur de nous, cette faille dans notre histoire, fissures invisibles sous l'impeccable laque de notre joli monde, notre pavillon parfait truffé de vices cachés. Au fond, nous le savions. Tous, nous le savions. Ce n'était pas une connaissance à proprement parler, plutôt une intuition – et l'intime conviction du « quelque chose qui cloche », papa, prenait pour moi la forme de ce ptérodactyle posé sur le sternum, ces rêves pixellisés, toutes ces terreurs d'enfance que rien ne vient expliquer, que l'inconscient refoule, rejette aux eaux usées. Mais *rien ne se perd, rien ne se crée*. Les craintes se déplacent, semblables à ces poussières qu'on cache sous les tapis et qui ressortent ailleurs, plus denses, plus noires, parce qu'additionnées aux nouvelles poussières, éternel recyclage d'angoisses embouteillées.

Alors, papa, je vais briser la chaîne.

J'ai revécu tout cela pour avoir le courage d'enfin briser la chaîne. Et j'ai peur. Peur plus que jamais, plus que cet été-là. Terrifiée car je sais, papa, j'en suis consciente : c'est un peu comme si tu pouvais mourir une seconde fois. Cette possibilité épouvantable et saugrenue que, oui, tu puisses mourir une seconde fois ! Seulement, voilà : il arrive un moment où l'on ne peut plus fuir. Où que nous allions, où que nous nous cachions, les fantômes nous suivent. Mais de fantômes, je n'en veux plus. Comme le Vieux en son temps, les fantômes, je ne peux plus les encadrer.

Quoi qu'il arrive, papa – pardonne-moi.

6 juin 2010,
Paris

Nolita,

J'ai bien reçu ta lettre. Il m'a fallu quelques jours pour digérer le contenu, mais tu trouveras ci-joint ce que tu m'as demandé. Ceci explique cela : le concours d'UPS. Je ne fais pas confiance à la Poste pour convoyer une donnée aussi précieuse que mon ADN !

Oui, je sais, je ne devrais pas blaguer.

Toute ma vie, j'ai blagué. La politesse du désespoir, dit-on…

Sans doute aurions-nous dû parler de tout ça au siècle dernier.

Mais je comprends.

Qui aurait voulu de moi pour père ?

Évidemment, Nola. Moi aussi, le doute m'a taraudé ; et plus tu grandissais, pire était ce doute, grandissant avec toi, à me crever la tête, à me crever la vie.

Évidemment, Nola, je suis parti pour ça. À cause de ça.

Un jour (un soir plutôt, le dernier Noël que j'ai passé avec vous), j'ai été sur le point de dire la vérité. J'ai failli cogner du couteau contre mon verre à pied, me lever de table et déclarer tout haut : « Nola, je suis peut-être ton père, et j'en crève, je crève de ne pas savoir, ça fait dix ans que j'en crève, je ne peux plus supporter. »

Mais la vérité, parfois, c'est juste du sabotage.

Alors, quelques semaines plus tard, j'ai quitté le salon. J'ai quitté mon frère. Je vous ai quittés.

Cet été-là, il y a douze ans, Mira t'a confié un secret. Tu as choisi de le garder pour toi jusqu'à aujourd'hui ; tu en avais le droit. Après tout, rien de tout ça n'est de ta faute. Rien de tout ça n'a jamais été de ta faute.

Mais je vais t'en confier un à mon tour, chérie. Et ce secret aussi, tu devras le garder, le taire, jusqu'à ma mort ; au-delà, si tu tiens le coup.

Je me souviens de ce jour, le premier jour où Jacques est arrivé avec elle. C'était janvier, fin janvier. Il faisait froid, il faisait nuit, et j'étais à la porte du salon à taper des pognes comme un pingouin débile. Jacques était en retard et moi, j'avais oublié les clés (ça m'arrivait souvent, tu me connais, je ne suis pas du matin...) Un vent glacial coupait le visage, cinglait la peau, bref, un temps à repartir au pieu illico, ce que j'étais sur le point de faire, d'ailleurs.

Et au loin dans la rue, je l'ai vu arriver avec cette fille, lui qui ne fréquentait jamais de fille.

Elle portait une robe en lainage rouge pétard, un manteau écossais, un bonnet en grosse maille qui lui donnait l'allure d'un lutin de Noël. Et, derrière elle, le jour se levait.

Il ne m'a pas fallu plus d'une seconde pour tomber amoureux.

Cette seconde-là.

Elle, dans la rue, sa robe rouge et le soleil levant.

Une femme, deux frères… Une histoire vieille comme le monde. Je ne suis pas fier qu'elle figure à mon tableau de chasse, vois-tu. Pas le genre de fait d'armes à coller dans un livre d'or. Mais oui, c'est vrai. Ce soir-là, j'ai profité d'un instant de faiblesse. J'ai profité d'elle. J'ai profité de cette chose que je fais aux femmes, cette chose dont je n'ai jamais compris l'exacte nature mais dont j'ai trop usé.

Usé pour l'effacer, ta mère.

Je me suis usé dans les corps, des tas de corps, comme d'autres s'usent dans l'alcool, la drogue, toutes ces matières d'oubli. Et toute ma vie, j'ai été un salaud. Parce que toute ma vie, j'ai puni les femmes de n'être pas Mira. J'ai presque soixante ans, et je n'ai pas changé. Un demi-vieillard, et toujours aussi con.

Je ne cherche pas ta compassion, encore moins ta pitié. J'ai eu la belle vie. Elle a sa tache, oui, indélébile. Mais j'ai eu la belle vie et franchement, je ne suis pas à plaindre.

Tout ce que je veux dire, Nola : quel que soit le verdict du petit bâtonnet, tu es, tu as toujours été et tu seras toujours un enfant de l'amour.

Alors, j'attends.

Depuis trois décennies, j'attends. Un peu plus ou un peu moins…

Je t'aime, qui que tu sois.

Paul.

Le soleil d'été. Haut et rouge. Le même qu'à l'époque, exactement le même.

Immuable.

J'ai trente ans, aujourd'hui. Trente ans et sept mois. Mais ces sept mois ne m'appartiennent pas, non, pas vraiment. Ce sont ceux de mon ventre.

À l'intérieur, il y a une fille qui, d'ores et déjà, s'appelle Anya, comme ma grand-mère. Je suppose qu'Harriet Mc Bean est morte et incinérée, qu'elle repose désormais au fond d'une urne à côté d'Alexandre dans un caveau de famille, quelque part ; mais je me dis que ça lui aurait fait plaisir, cette digne descendante des demoiselles en A.

Dans mon ventre, il y a Anya. Et dans ma main, il y a une enveloppe qui, comme une chrysalide, couve la mort d'un mystère encore plus vieux que moi.

Depuis trois ans, j'habite Marseille ; plus près de la mer, plus près de ma mère, aussi, qui fut la première à descendre vers le Sud. Mais chaque mois, papa, le 2 du mois, elle prend le TGV pour venir fleurir ta tombe. Chaque mois, sans faute. Je ne le fais qu'à la Toussaint, je suis une mauvaise fille. Pour autant, ça ne m'empêche pas de penser à toi. Un peu trop, même, sûrement.

Mais aujourd'hui, voilà, j'ai fait le déplacement. J'avais envie de revoir l'immeuble. Besoin. Un pèlerinage avant la vérité.

Je remonte la rue, cette rue, ce foutu ciel de périphérique. Ça n'a guère changé. Peut-être est-ce plus propre, plus calme, mais toujours cette engeance des ambulances, en trombe, sirènes hurlantes. Oh ! oui, je le sais bien : il faut sauver des vies.

Je suis passée devant *L'Évasion*, tout à l'heure. C'est devenu une banque. Crédit Mutuel. J'espère que Tag est à Boston téléporté par un OVNI, son petit-fils dans les bras à défaut de petit gris. Néanmoins, cette disparition aurait dû me mettre la puce à l'oreille car en haut de la montée, là où se tenait jadis l'immonde créature dont – si longtemps, mais sans jamais y remettre les pieds – j'ai gardé l'image, nette comme une diapositive, il y a un immeuble neuf. Flambant neuf. Un cube gris et rose, aseptisé, avec pour seules excroissances les gracieux balcons suspendus sous le coton rayé des stores extérieurs.

Plus trace de la cour, des petits graviers bruns.

Devant la double porte vitrée, encodée, je vois mon reflet, le reflet de mon ventre, tous deux déformés, tassés par les strates successives de verre securit.

Une femme arrive derrière moi, elle me fait sursauter. Elle est pleine de paquets, des sacs de boutiques et de supermarché, elle a l'air très radieuse de toutes ses possessions.

— Je peux vous aider ? Vous voulez entrer ?

— Oh, non, merci. Je... J'attends quelqu'un.

C'est vrai, dans un sens. *J'attends quelqu'un.*

La femme entre. Je la regarde disparaître dans le hall en marbre, tapissé d'un côté par des boîtes aux lettres en aluminium brossé, de l'autre par un grand parterre de plantes artificielles, vertes à faire mal aux yeux. La porte se referme, parfaitement silencieuse sur ses gonds impeccables.

Je m'assois sur le perron, comme cette gamine que je ne suis plus.

Je fixe mes pieds, chaussés de sandales plates. J'ai mal aux jambes, mauvaise circulation, l'abus de tabac bien sûr mais Paul m'avait prévenue : moi non plus, je n'ai pas pu arrêter, pas jusqu'à ma grossesse. Je fixe mes ongles – gris/*Minsk*, béton Biélorussie – et j'ai soudain l'impression d'entendre la voix du Vieux, grésillante et lointaine, émise au pavillon d'un antique gramophone, la voix du Vieux qui dit :

— Encore occupée à rater ta vie, la gosse ?

Un autre habitant du cube arrive à ce moment-là, me regarde d'un drôle d'air dans son costard-cravate, mon visage d'abord, puis mon ventre, puis de nouveau, trop vite, mon visage. Il paraît sur le point de dire quelque chose mais finalement non, il tape le code, la porte buzze, il disparaît.

Respire, Nola. Pas de larmes. Pas maintenant.

Je me tripote les oreilles – une vieille habitude. Accrochées à mes lobes, il y a mes créations. Des pièces uniques faites de bric et de broc, objets de récup', pierres, coquillages, montres anciennes, démontées, remontées, avec pour seul leitmotiv, chaque fois, une petite poupée russe. Cette petite poupée russe, c'est ma marque de fabrique. Des boucles d'oreilles... *Ironic, n'est-ce pas ?*

Cet été-là, je venais d'avoir dix-huit ans et nous étions champions du monde. J'avais perdu mon père, manqué perdre ma mère. Mira et Jacques étaient mes parents, mes seuls parents. De papa, je n'en voulais pas d'autre. J'aimais mon oncle mais il devait rester mon oncle, cet être fantasmatique, merveilleux, infernal – car Paul a bien raison : ça non, je ne le voulais pas pour père ! Et je me fichais de la vérité, de cette vérité-*là*. Il était loin, en tournage à Johannesburg, et cette distance sans doute facilita les choses. Alors, en accord avec maman, je finis de grandir avec Jacques pour père, car Jacques était mon père, *est* mon père, envers et contre tout. Nous voyions Paul de temps en temps, et ces temps en temps étaient toujours bizarres. Moi aussi, toutes ces années, j'ai cherché des ressemblances.

Après la vente du salon de coiffure, nous avions emménagé dans un quartier calme, onzième arrondissement, investi un immeuble trop moderne pour abriter un quelconque revenant. Troisième étage avec ascenseur, T4 confort moderne, des pièces toutes carrées avec des murs tout propres, des plafonds tout lisses, des multiprises, du carrelage blanc et du double vitrage. Pour Mira, c'était le paradis. Délivrée du secret, elle fonctionnait de nouveau, sans boules Quiès, sans délires, sans pilules, à la façon d'une plante en phase d'anabiose. Mais la tristesse ne l'a jamais quittée, une tristesse insondable qui file dans ses yeux comme le font les nuages, surtout quand il fait beau. Et moi, délivrée de son poids, du poids de sa douleur et de sa maladie, libérée de ma colère, ce vilain sentiment que je ne connaissais pas et ne voulais pas connaître, j'acceptais enfin ce qui s'était passé. On ne pardonne pas pour les morts ; on pardonne pour les vivants. Car bien entendu, Jonas avait raison : *on ne peut pas vivre comme ça*.

Alors cet automne-là, lentement, la vie avait repris son cours. Pas la vie d'avant. Juste la vie.

Mais de notre alvéole, j'ai gardé une leçon : les secrets sont des couvercles, bâillons de cire aux oreilles des familles, bourdonnent, bourdonnent, fantômes sans armoiries qui, tels des parasites, abîment à petit feu votre généalogie. Ce secret était un larsen aux tympans de ma mère, un long et terrible larsen qui a duré trente ans, jusqu'à l'insupportable. Je refuse que mon enfant naisse sourde parce qu'on ne lui aura pas dit ce qu'elle devait entendre.

Il m'a fallu plus d'une décennie pour affronter cela mais aujourd'hui, voilà : dans cette enveloppe, il y a la vérité.

Mon téléphone sonne. C'est Thomas. Mon *amant*, comme aurait dit Harriet. Nous non plus, nous ne sommes pas mariés. Ça nous convient très bien.

— Alors ?

— Pas encore.

— Ah. Mais ça va ?

— Oui, ça va.

Un blanc. Je suis sûre qu'il regarde *L'Oreille cacodylate*, à la maison, au-dessus de la cheminée. Une fois vernie, la toile a traversé le temps, stigmate de ces trois mois durant lesquels la fillette que j'étais devint, à tout jamais, une grande personne.

— Tu as retrouvé l'immeuble ?

— On peut dire ça... Il a été rasé. Maintenant, c'est neuf. Tout est neuf... Un bloc de béton.

— On dirait que ça te rend triste.

— Oui, ça me rend triste... C'est bête, je sais.

— Mais non, Nola, c'est comme tous les souvenirs d'enfance… Quand on réalise que certaines choses sont perdues à jamais.

Je raccroche, et je comprends cet amour dont m'avait parlé Mira, ce jour-là, à la clinique. Ce formidable amour, fort à vous terrifier.

Le soleil monte encore au-dessus de l'immeuble, je le suis du regard. Je ne devrais pas, c'est un coup à brûler. Comme une sorcière. Anya donne un coup de pied, peut-être qu'elle m'encourage ; elle me fait mal, pourtant.

Une sirène passe, URGENCE GREFFE, URGENCE SANG, et je déchire l'enveloppe.

Je commence à me dissocier, des années que ça ne m'était pas arrivé, mes doigts sur cette feuille mais le corps haut, très haut dans les airs. En boucle, je me répète *ce n'est que de la salive et ça ne veut rien dire, l'ADN, c'est du vent, ça ne changera rien, quoi qu'il arrive papa, ça ne changera rien*, comme un mantra, *ça ne changera rien,* mes doigts déplient la feuille, une fois, deux fois, *ça ne changera rien*, j'essaie de redescendre mais je n'y arrive pas, mes yeux parcourent les lignes, elles sont brouillées d'abord, hiéroglyphes indéchiffrables, adrénaline, je monte, descends, yo-yo, toupie, tourniquet, le regard papillonne, insecte affolé, puis mes yeux se stabilisent enfin au cœur de mon visage, comme les bulles d'un niveau.

Alors, je lis.

Il me faut un instant pour saisir le sens des résultats – leur *signification*. L'information s'emmêle dans les circuits de ma tête, je lis, relis, redescends, je ne suis pas sûre, relis encore, encore et encore, je pense à maman, à ce qu'elle va dire, à la portée de tout cela pour elle, pour ces trente années de semi-conscience, de semi-absence, trente années d'incertitude, de mortification, trente années d'excellence pour effacer la tache, cette tache qui, d'une certaine façon, n'a jamais existé.

Parce que j'en étais sûre, papa. Il n'y a jamais eu personne d'autre que Toi.

Oui, ce n'est que de la salive. Mais c'est la matière dont on fait les baisers.

MERCI

À Karina, Maÿlis, Caroline.

À l'ensemble des jurés du Prix Ciné Roman Carte Noire 2009, ainsi qu'à ses organisateurs.

Au CNL.

À Lettres Frontière.

MERCI à mes « cobayes ».

Lise, pour ton temps, tes conseils.

Lauren, pour ton amitié, tes enfants.

Olive, pour ton fantôme, tes sabotages.

Emma, pour tes mots lorsque des miens, je n'étais plus certaine.

MERCI à Olivier Abbou.

Toujours, et plus que jamais.

MERCI à « Michel Verdier » & Sébastien « le Che ».

MERCI pour leur soutien à mes parents, à Jérôme, à ma famille dans son ensemble, Aline et Claude en particulier ; à mes amis – lyonnais, parisiens & d'ailleurs.

MERCI au Café Pierre, deuxième bureau. Spéciale dédicace à Erwan.

MERCI à *This is my city* de Timothy Victor, bande-son d'écriture.

MERCI aux inconnus – tous ceux qui, sans même s'en rendre compte, ont participé à l'élaboration de ce livre.

9864

Composition
IGS

Achevé d'imprimer en France
par BLACK PRINT CPI
le 21 février 2012.

Dépôt légal février 20121.
EAN 9782290032381

ÉDITIONS J'AI LU
87, quai Panhard-et-Levassor, 75013 Paris

Diffusion France et étranger : Flammarion